AF275266

Donde termina el verano

«Una novela extraordinaria sobre la amistad y la culpa entre dos mujeres a lo largo de los años en la brutal frontera entre México y Estados Unidos. Narrada con una técnica asombrosa y la dosis justa de suspense y emoción para mantener en vilo al lector, la novela pone en el centro de la trama cómo la lealtad está por encima de la ley en una comunidad sin piedad hacia los más débiles.»

Jurado del Premio Biblioteca Breve 2026

SERGIO BANG

LAURA BARRACHINA

ADOLFO GARCÍA ORTEGA

SANTIAGO RONCAGLIOLO

ELENA RAMÍREZ

Seix Barral Premio Biblioteca Breve 2026

Elma Correa
Donde termina el verano

© Elma Correa, 2026
Published by arrangement with Gaeb&Eggers Literary Agency
© Editorial Planeta, S. A., 2026
Seix Barral, un sello editorial de Editorial Planeta, S. A.
Avda. Diagonal, 662-664, 08034 Barcelona (España)
www.seix-barral.es
www.planetadelibros.com

Primera edición: marzo de 2026
ISBN: 978-84-322-4957-0
Depósito legal: B. 470-2026
Composición: Realización Planeta
Impresión y encuadernación: CPI Black Print
Impreso en España

A mi madre, Irene
A mi hijo, Saúl

1

Iban contentas cuando corrieron hasta la duna más alta del baldío, levantando una polvareda tras de sí. Sus huellas se imprimían en la tierra fina y arenosa, unas encima de las primeras y de las siguientes, superponiéndose, como si un ciempiés regresara sobre sus pasos una y otra y otra vez. Habían corrido cuadra y media sin parar, desde el jardincito reseco donde crecía un arbusto de jacaranda con hojas pálidas, rodeado de suculentas, biznagas y otros cactus que apenas sobrevivían a ese verano en que empezaba a hablarse en serio sobre el calentamiento global. Dejaron atrás el convivio improvisado por los vecinos. Carne asada, cervezas, sándwiches, refrescos Shasta de los abarrotes coreanos de Calexico, un pastel del mercado y una bocina que expulsaba cumbias, corridos y alguna balada pop. Apretaron el paso hasta que ya no oyeron las carcajadas, las voces sin ritmo que se arrastraban en un intento por seguir los estribillos de las canciones. Por fin estarían solas.

En la cumbre del remedo de montaña, Aimé se puso

a recoger piedras y Elisa quiso lanzarse hacia abajo, dar un gran salto que la acercara a la siguiente duna que estaba unos metros adelante. Sabía que caería de pie en las faldas de la montañita contigua, pero no quería alardear, así que dejó la mochila sobre la tierra, junto a un pedazo de ladrillo que tomó y le entregó a su amiga haciendo como que le ayudaba. Aimé sonrió y lanzó el ladrillo tan lejos como pudo. Continuó con las piedras, y Elisa se concentró en recoger ramitas de un chamizo de cachanilla que crecía en la única orilla del baldío que tenía cerco. Así era su relación desde que se conocieron en segundo de primaria, cuando Aimé llegó a la colonia. Aquel verano acababan de terminar el sexto grado, y esa tarde sería la última que pasarían juntas.

El sol estaba a punto de ponerse y las nubes resplandecían en tonos naranja y rosa con destellos dorados, haciendo palidecer las breves pinceladas de azul que lograban colarse en aquel lienzo que era el cielo del desierto. Había algo de espacial, de fuera del mundo, que hizo que Elisa pensara en su banda favorita, la banda favorita de todas las niñas del planeta.

—Es como si las Spice nos vieran desde ahí —dijo, imaginándose el vestido de Baby Spice, el cabello de Ginger y el combinado deportivo de su heroína personal, Sporty.

Aimé volteó hacia arriba, hizo un esfuerzo por ver lo que Elisa miraba y dijo:

—Falta Posh.

Elisa la ignoró y le entregó las ramitas. Aimé había dispuesto las piedras en círculo y colocó las ramas al centro, después sacó un pedazo de papel y un encendedor del bolsillo de su pantalón.

Aimé pensó en su amiga, que tenía una imaginación tan sin sentido común. Ahí donde cualquiera miraría un algodón de azúcar, Elisa veía a las Spice Girls. Ella, por el contrario, no tenía tiempo para esas cuestiones. Lo suyo era resolver con pragmatismo, lo que contrastaba con la serie de supersticiones con las que regía su joven vida. Era influencia de su madre. Aimé no tomaba decisiones sin consultar el horóscopo semanal, incluso había presentado un trabajo final de Español sobre la lectura de la palma de la mano, que, gracias a la enciclopedia Encarta, descubrió que se llamaba quiromancia.

Por eso estaba contenta aquella tarde, porque su horóscopo predijo una despedida, sí, pero una despedida breve, así que no había nada que temer, ella y Elisa volverían a verse muy pronto.

—¿Y ahora qué va a hacer esta pobre niña? —había dicho la señora Luz, sin preocuparse por que Aimé la escuchara, mientras apagaba su cigarro en un vaso de *foam*.

—Visitarme en las vacaciones —contestó Elisa, molesta, defendiendo a su amiga de la lástima de los presentes.

—Cuándo, si las vacaciones acaban de empezar.

Aunque Elisa sabía que la señora Luz tenía razón, no iba a darle el gusto a una anciana malvada que olía feo, tenía dientes terribles y se ocultaba detrás de su edad para ser insidiosa.

—Lo bueno es que Elisita se va, Marina, con lo difíciles que están los tiempos —dijo otra vecina, dirigiéndose a la madre de Elisa.

Se refería a las desapariciones de niños en la periferia

11

de la ciudad. Y todos ellos, los invitados a aquella reunión de vecinos para festejar el triunfo de Elisa en las jornadas estatales de atletismo, vivían en la periferia. Eran la periferia.

Se decía que por esos rumbos robaban niños desde hacía mucho tiempo. Todos tenían la historia de un hijo, un sobrino o un hermano de algún conocido que se había desvanecido en el aire. Solo hasta que hicieron ese reportaje a unos meses de que se firmara el Tratado de Libre Comercio, cuatro años antes, la policía abrió una investigación. Tenían miedo de que un medio californiano tradujera la noticia, y las inversiones de millones de dólares en la frontera se esfumaran igual que los niños.

Desde entonces, las mamás dejaban a sus hijos en la puerta de la primaria y esperaban ahí afuera las cuatro horas hasta la salida para llevarlos sanos y salvos de regreso a casa. Las maestras les repetían una y otra vez a los niños que no hablaran con extraños. Y en el único canal de televisión de la ciudad se revivió la campaña de «Ojo, mucho ojo» con personajes de la farándula local que nadie conocía. Los señores sacaban sillas a las banquetas y ahí tomaban su cerveza de la tarde, sospechando de cualquiera, especialmente de los gitanos. El papá de Elisa les había dicho que no se aproximaran a ellos, que si las veía cerca del campamento les iba a arrancar las orejas a las dos, una amenaza que se refería a los jalones de patillas por los que era célebre y que las niñas consideraban absurda. ¿Por qué las castigarían por caminar por las calles de la colonia?, ¿acaso no estaban en su derecho? Ese recelo general hacía que los forasteros les despertaran más curiosidad.

El campamento gitano estaba justo enfrente del baldío donde jugaban, en otro lote abandonado que nadie estaba seguro de a quién le pertenecía, por eso pudieron llegar y poner sus casas rodantes, carpas y tiendas de campaña.

Y así como los gitanos habían reclamado aquel espacio, las niñas también lo hicieron con el suyo. En el barrio se sabía. El baldío con dunas de tierra y desperdicios, surcado por los caminos que Aimé y Elisa trazaban al correr o al andar en sus bicicletas, era de su propiedad. El cuadrante sin cercar colindaba al este con una avenida grande, que era poco transitada; al oeste con el terreno que ocupaban los gitanos; al sur se abría la colonia, que entonces era como decir el mundo, y al norte se levantaban las placas de acero que separaban el país de Estados Unidos. Aunque en esa época no pensaban en términos de países o Estados nación, lo que ese cerco separaba era algo más pequeño, más accesible y manejable. Las separaba del *mall*, de la comida rápida y de las tiendas chinas y coreanas donde cualquier cosa costaba un dólar. El muro dividía sus universos personales de la ciudad estadounidense contigua, que era más o menos del mismo tamaño de un barrio mexicano promedio.

Aimé encendió la hoja de papel. Era un ritual que había leído en una revista. Escribieron sus miedos y sus deseos, y después los purificaron con fuego. Se tomaron de las manos en silencio. Si ponían atención, les llegaba el rumor del campamento gitano. Ahí estarían las mujeres. Faldas largas, túnicas, blusas vaporosas, a veces turbante, a veces cabello salvaje. Era raro que, a pesar de que estaban cubiertas por completo, se intuía una sensualidad extraña en ellas. Una disposición al sexo que no expelía ninguna mujer que las niñas conocieran. En ese entonces no sabían que se trataba de algo sexual, solo era exótico, exuberante de un modo desconocido. Tampoco sabían decir si aquellas mujeres eran feas o hermosas. Lo único claro era que las perturbaban. Los niños también. Tan iguales y tan distintos a las dos amigas. Ellas tenían padres que trabajaban en el *field* y les daban dólares, pocos, pero eran dólares y no pesos. Tenían madres amorosas, sumisas con sus maridos y feroces con sus hijos, de delantal y trapo húmedo siempre listo y a la mano. Hermanitos y primitos a quienes pelearles los juguetes. Los gitanos parecían no poseer absolutamente nada. Y aun así eran los únicos que no se acercaban cuando llegaban los aleluyas.

Esa era la forma despectiva de llamar a las congregaciones de las Iglesias estadounidenses que cruzaban al lado pobre de la frontera para ganar adeptos, curar sus conciencias y asegurar su entrada al reino de su Dios antes del juicio final. Mormones, metodistas, testigos de Jehová, cristianos evangélicos. Cada dos o tres semanas, la caravana aparecía por la calle principal de la colonia repartiendo comida enlatada y ropa del Ejército de Salvación. Como esa tarde en que el barrio palpitaba, lleno de vida, lleno de sospechosos, lleno de versiones distintas y contradictorias de lo que sucedió. Los vecinos del barrio en la fiesta de despedida de Elisa; los gitanos en su campamento planeando robos y estafas, que era lo que imaginaban todos los adultos de la colonia; los aleluyas con su camioncito, lleno lo mismo de promesas de un mundo mejor que de amenazas del apocalipsis.

14

Una ráfaga de viento seco se llevó las cenizas del papel. Aimé y Elisa se recostaron en la tierra. Cuando vas a cumplir doce años, tener una mejor amiga desde los siete es como tener una hermana, pero una que te agrada porque no es de tu familia. Las niñas eran tan cercanas que a veces se comportaban como si fueran siamesas, como si estuvieran unidas también físicamente y, cuando alguna persona que no las conocía preguntaba sobre su parentesco, se quedaba segura de su filiación. Hermanas legítimas. Por adopción y decisión. Jamás peleaban, no porque faltaran motivos, sino porque Aimé era servicial y atenta, pero no de un modo patético, sino por gusto, porque admiraba a Elisa y deseaba verla feliz. Sabía que su amiga era especial y ella también se sentía especial por formar parte de su día a día. Incluso durante un tiempo Elisa trató de integrar a Aimé a sus entrenamientos, por diversión, hasta que fue claro que no funcionaría. Elisa, en cambio, estaba hecha para triunfar.

Tenía los mejores puntajes del municipio. Se había destacado desde preescolar. Era rápida, ágil, precisa, disciplinada. El profesor de Educación Física de la primaria la vio y supo que no poseía lo necesario como entrenador para ayudarla a explotar sus habilidades, así que, durante los dos años siguientes, la becó con su propio dinero para que entrenara en la Ciudad Deportiva. Para quinto de primaria, Elisa ya había ganado todos los campeonatos de atletismo del municipio y entrenaba los fines de semana en el centro de alto rendimiento de Tijuana gracias a un sistema de patrocinios, porque sus padres no podían permitirse pagar esos viajes semanales a la ciudad vecina. Ahí se concentró en el salto de longitud y

15

calificó a la olimpiada estatal en la categoría de once y doce años.

El premio era una beca del cien por ciento para estudiar en una secundaria de deportistas en Monterrey, donde tendría clases y entrenamiento de tiempo completo. En esa escuela se preparaba a los atletas del mañana. Y Elisa ganó con un récord de tres metros y sesenta y dos centímetros. Por suerte, una prima segunda de su madre había estudiado en la Universidad de Nuevo León y se había quedado a vivir en Monterrey. Ella recibiría a la niña.

Elisa no pensaba en nada de eso, ella solo corría y después saltaba. Su cuerpo hacía el trabajo. No se sentía diferente ni mejor que las otras niñas, aunque disfrutaba la atención. Le gustaba Aimé, le gustaba estar con ella porque era fácil y cómodo. Se sentía aceptada, y su amiga era la única que parecía no esperar nada a cambio más que su compañía. Los demás siempre querían algo. Más velocidad, más altura, más esfuerzo; una foto, una sonrisa, un abrazo. Las personas pensaban que podían tocarla porque era una especie de famosa de barrio. Sus padres también eran molestos. A Elisa le daba vergüenza ganar cosas con sus competencias. Tener que tomar los refrescos de la marca que la patrocinaba, aceptar que en la tienda de don Jacinto les dieran jamón o pan, y saber que los viajes a Tijuana eran gratis y que en Monterrey también viviría de la caridad; todo eso la hacía renegar de sus talentos. Después estaba en la pista y las dudas y miedos se desvanecían.

Elisa había nacido para ganar y Aimé, para ser una espectadora. No era como si careciera de posibilidades.

A los once años las posibilidades son infinitas. El futuro es deslumbrante y lejano al mismo tiempo, y no tiene prisa por llegar. Aimé era diligente, hacendosa, propiciaba el bienestar ajeno. Se ganaba su lugar a fuerza de ser indispensable. Marina, la madre de Elisa, decía que era una niña magnífica. *Magnífica* era una palabra que había robado de una telenovela, no era algo que se usara en el barrio. Marina sabía que era un buen cumplido y Aimé se empeñaba en ser tan magnífica como pudiera, en no defraudar, en demostrarles a todos que la mamá de su amiga tenía razón.

Así que, cuando estaban en casa de Elisa, Aimé ayudaba en la cocina, ponía la mesa, levantaba y lavaba sus platos. Era sencillo porque en esa familia solo eran tres personas. Y si Elisa se atrasaba en las tareas por los entrenamientos, Aimé se encargaba de ello. Aunque en la primaria nunca hubieran reprobado a Elisa, si cumplió con las entregas y los exámenes fue gracias a su amiga.

En la casa de Aimé las cosas eran diferentes. No eran tan malas como podían ser, como lo eran para muchos otros niños, pero no eran como en la familia de Elisa. Los padres de Aimé eran de Sinaloa, de una ranchería cercana a Badiraguato. Habían llegado a Mexicali huyendo de un problema que el papá de Aimé tuvo con un grupo de personas que andaban con los señores de la sierra. Como casi todos los migrantes nacionales, esperaban que el paso por Mexicali y sus veranos insufribles fuera algo temporal; su destino real era Tijuana, con su clima californiano y sus opciones de trabajo en ambos lados de la frontera. Y, como muchos de esos migrantes nacionales sin suerte, se habían asentado de mala gana en aquella

17

colonia popular, donde el padre de Aimé se ocupaba en un taller mecánico.

Además, como ocurría con muchas familias migrantes en general, su casa era el epicentro de la migración de su pueblo. A ella llegaban familiares, amigos, conocidos y extraños enviados por cualquiera con referencias. Aimé nunca podía estar sola. Pasaba casi todo el año durmiendo en un colchón en el piso de la habitación de sus papás, mientras su cuarto era ocupado por los inquilinos temporales. Las estancias variaban de acuerdo con lo que tardaran en conseguir coyote para cruzar la frontera, en establecerse en algún otro punto de la ciudad o el estado, o en desilusionarse y regresar a sus lugares de origen. Aquel verano había dos muchachos recién llegados.

A Juana Emilia, la mamá de Aimé, también le gustaba la amistad de su hija con Elisa. Pensaba que le hacía bien codearse con la familia célebre del barrio. Era una mujer que confiaba en la belleza y en los caminos que esta cualidad les abría a las mujeres. Ella era hermosa, una vez había sido dama de una reina del carnaval de Mazatlán. Y Aimé también lo sería, cuando se hiciera mayor, cuando sus curvas se pronunciaran y su voluptuosidad apareciera. No había prisa, la naturaleza era sabia y seguía su curso. Juana Emilia era consciente de que la chiquilla flacucha y desgarbada que era Aimé florecería para salir de ese barrio ingrato. No lo sabía por una mera corazonada o una intuición de madre, lo sabía porque tenía pruebas.

Juana Emilia fue una de las primeras en acercarse al campamento gitano. A escondidas de su marido y de los vecinos, una noche se escabulló y pidió que le adivinaran

18

el futuro. La gitana, una mujer muy mayor, de largos cabellos blancos, le tomó las manos y las observó a la luz de un foco rodeado de polillas. Después le tiró las cartas. Barajeó y cortó el mazo siete veces, y luego le dijo que eligiera nueve cartas. Las volteó y le pidió seleccionar tres de acuerdo con sus cualidades, tres de acuerdo con sus defectos y tres pensando en su futuro. Y ahí estaba claramente expuesto: Aimé era quien la sacaría adelante. No su esposo, no su hijo. Nadie más que Aimé. Al salir de la carpa, la mujer le entregó dos cuarzos bendecidos, con los que Juana Emilia mandó a hacer unos dijes a juego para ella y su hija.

En el barrio había una sola secundaria, a la que se inscribirían todos los chicos de la generación de Aimé y Elisa. En lugares como ese se crecía con las mismas personas, sin oportunidad de ver otros estilos de vida. Juana Emilia sabía que eso era importante, las relaciones, los vínculos que Aimé hiciera en otros ámbitos. Por eso aplaudía su amistad con Elisa, porque cuando la acompañaba a sus competencias veía algo diferente. Así, sus aspiraciones y sus sueños se cumplirían, solo necesitaba poner a Aimé en el camino correcto. Esa confianza de ver realizado su anhelo de superación era lo que le permitía seguir, día tras día, lavando la grasa de motor de la ropa de su marido, cocinando guisos de papas con arroz y completando la despensa gracias a la beneficencia de los aleluyas.

En la colonia los hogares eran católicos, apostólicos y romanos, y no aceptaban propaganda de ninguna otra religión a menos que los pastores, predicadores o sacerdotes de las Iglesias gringas llevaran las marcas correctas.

19

Y más aún en los días de evento, como cuando inauguraron un Salón del Reino itinerante y, además de comida y ropa, repartieron sobres con quince dólares para los que se quedaran al estudio de la Biblia. O cuando hicieron la kermés de Pascua y Pentecostés, y había juegos, piñatas y pasteles. Los vecinos no creían que estuvieran faltando al catolicismo, al contrario, su fe se fortalecía al escuchar las rarezas de las otras religiones, y había una sensación general de estar burlando a los estadounidenses, como si fuera una especie de revancha que se saldaba cada vez que se aprovechaban de ellos.

El papá de Elisa era de los pocos que renegaba de esos regalos, pensaba que los aleluyas atraían a los niños con dulces para saciar sus pulsiones poco cristianas. Cuando Marina llegaba con una caja llena de latas de salsa de *cranberry*, de crema de elote, de sopas Campbell's, de cosas que no se conseguían en los mercados locales o que si se ofrecían era a precios exorbitantes, chasqueaba los dientes y subía el volumen de la televisión para que supiera que estaba enfadado.

—No quiero a esa gente cerca de la niña —decía mirando fijo a Marina, antes de dar cuenta de algún guisado hecho con la comida regalada.

El dinero, por supuesto, era uno de los temas más importantes en la comunidad. A los únicos a los que no les importaba era a aquellos que lo tenían. Elisa, Aimé y los demás niños sabían que había niveles de pobreza y tenían muy claro dónde se encontraba cada uno en ese escalafón. Las familias de su grupo de la primaria se dividían en las que tenían papá y las que no. En los papás que trabajaban en la ciudad y los que lo hacían del otro lado

20

de la frontera. En las mamás que trabajaban y las que no. Primero se apreciaba a las familias con papá que trabajaba al otro lado y luego a aquellas con papá que lo hacía en el lado mexicano; después venían las familias con las mamás que eran amas de casa, porque era importante una mujer en la casa y un hombre proveedor, seguidas de aquellas con mamás trabajadoras, a las que ya se miraba con pena; por último, estaban las familias sin papá, que era un terrible estigma y, peor aún, si la madre no se comportaba como se esperaba de una mujer sin marido. Eso era imperdonable. En ese rubro estaba Rosario Jiménez, en el nivel más bajo de aquella cadena alimenticia.

Rosario era la niña más pobre de la escuela y de la colonia. Solo tenía el apellido de su madre y no sabía quién era su papá, aunque en su casa siempre había algún señor que se quedaba durante poco tiempo y luego desaparecía. Muchos de esos hombres eran obreros de la fábrica donde trabajaba su mamá y, como hacían varios turnos en una semana, se quedaba sola muchas veces. Cuando era más chica, salía a caminar por el barrio, a veces descalza y sucia, hasta que alguna vecina le daba un sándwich o un taco, y la llevaba de vuelta a su casa. Después creció y se encerraba a ver la televisión. Era mala estudiante, siempre tenía sueño y llegaba demacrada, como si no durmiera. En los recreos nadie se sentaba con ella, solo miraba fijamente la comida de los demás y, si alguien se acercaba, de lo único que hablaba era de telenovelas.

Estaba obsesionada con Elisa. A pesar de que ella y Aimé la rechazaban constantemente, Rosario encontraba las formas más ridículas y vergonzosas para llamar su atención. Una vez, Elisa estaba hablando de que le comprarían los tenis de las Spice Girls, unos tenis con plataforma gigante que costaban más de cien dólares en el Imperial Valley Mall, y Rosario dijo que ella tenía un par. Aimé sabía que no era verdad, Rosario usaba todo el tiempo los mismos zapatos escolares de suela gastada con tallones en los costados. Los llevaba hasta las veces que los dejaban ir a la escuela sin uniforme, con su ropa normal. Era imposible que pudiera tener los tenis de las Spice primero que Elisa. Cuando Aimé la confrontó y la retó a ponérselos al otro día, Rosario dijo que no los usaba porque le apretaban y después faltó a clases una semana completa. Cuando volvió a la escuela llevaba el cabello corto, como los niños, y se corrió la voz de que había tenido piojos.

Después pasó lo del cochinito. Al inicio del año escolar, en el salón de clase hicieron un ahorro para la graduación. La maestra llevó una alcancía de barro en forma de cochinito que decoraron con pintura, diamantina y calcomanías. Todos los días, cada niño colocaba una o dos monedas dentro. Cada niño excepto Rosario. Nadie la vio acercarse a la alcancía en meses; aun así, cuando una mañana el cochinito fue destripado en el suelo, no dudaron en acusarla. Hasta la maestra sospechó que, de alguna manera, Rosario había robado los ahorros. Fue antes de las vacaciones de Semana Santa, un viernes en que la escuela era un caos porque una secta de gente loca se había matado en un suicidio colectivo en un rancho de San Diego, California.

Los niños no entendían bien lo que pasaba, pero era de lo único que hablaban los profesores, que se quedaron en la dirección a mirar la noticia, por lo que los niños estuvieron sin supervisión. Entraban y salían de los salones, era como si el recreo se hubiera extendido a todo el horario escolar. Y en ese momento de alboroto y confusión se cometió el crimen contra el cochinito. Ninguno de los niños del grupo vio o escuchó algo, el robo ocurrió a plena vista sin que se dieran cuenta y, sin embargo, no se puso en duda la culpabilidad de Rosario.

Se hizo una investigación. La maestra dirigió interrogatorios y realizó la reconstrucción del hecho a partir de los testimonios. No sacó nada en claro. Rosario lloró y lo negó, lo que la hizo parecer más culpable en el proceso. Se habló de cierto comportamiento misterioso y surgieron dudas razonables. Cuando la maestra estaba por cerrar el caso con un resultado inconcluso, fue Aimé quien puso el último clavo en el ataúd de Rosario al decir que, si bien no la vio cerca de la alcancía, sí la había visto ocultando el dinero.

Rosario la miró con los ojos muy abiertos. Así como estaba, de pie en medio del salón, pequeña y retraída, con la frente en alto pese a las acusaciones, parecía un lémur a punto de ser estrangulado por una boa constrictor.

El dinero lo había tomado Elisa para comprar sus tenis. Se lo confesó a Aimé porque no sabía cómo ir a Calexico y regresar con algo tan caro sin que sus papás la descubrieran, y ya era demasiado tarde para devolverlo. Aimé mintió por su amiga sin que tuviera que pedírselo. Porque de eso se trataba la amistad. El plan funcionó durante una tarde entera. La maestra le dijo a Aimé que no comentara con los otros niños lo que le había contado y a Rosario que hablarían después, con un tono

23

que hacían evidentes su decepción y menosprecio. Luego sacó de su bolsa un aproximado del dinero que debía tener el puerquito en la barriga para reponerlo. El asunto se habría saldado ahí de no ser porque Elisa tuvo un ataque de remordimiento y obligó a Aimé a acompañarla a la casa de Rosario.

—Así nos disculpamos juntas —le dijo.

Aimé se mordió el labio y la siguió.

Se internaron en una parte de la colonia a la que nunca iban. Tuvieron que preguntar a una señora malhumorada para saber cuál era la casa de Rosario.

—Por eso se las roban, chamacas vagas.

Era una casita mucho más chica que la de ellas, sin banqueta ni cemento en el patio. Pese a lo humilde, hubieran esperado que fuera más deprimente. En la entrada había un herraje muy lindo con una flor hecha de gemas de bisutería color turquesa que servía para llamar a la puerta.

También hubieran esperado que estuviera sucio y oscuro. Adentro era normal. Con pocos muebles que, aunque viejos, se mantenían en buen estado. La televisión estaba prendida en un capítulo de *Mirada de mujer*. Elisa y Aimé se voltearon a ver. Les emocionó que Rosario viera algo para adultos sin supervisión. En una pared, una repisa estaba llena de lo que parecían centros de mesa de diferentes fiestas. Las de boda tenían la etiqueta con la fecha y unas iniciales. «H & L»; «M y S»; «R + P». Había varias de quinceañeras y figuras de yeso de personajes de Disney. Elisa reconoció una alcancía de la Sirenita que les regalaron a los invitados a su fiesta del año anterior. No había invitado a Rosario, pero sin duda era de su fiesta. La

Sirenita tenía la fecha de su cumpleaños escrita con plumón indeleble y la letra de su mamá.

En otra pared había fotos de la mamá de Rosario de joven. Era muy bonita. Más bonita que sus mamás y eso que la mamá de Aimé casi fue reina del carnaval. Había también un cuadro con cinco caritas de Rosario de bebé. Sonriendo, llorando, seria, atenta y dormida. En otra foto más reciente aparecían juntas, la mamá con una minifalda tan corta que hizo que se sonrojaran. Era muy evidente que nada de eso podía ser bueno, aunque no supieran por qué. Solo reaccionaban según lo que entendían que se esperaba de ellas. Era curioso, porque se esperaba de ellas que no robaran ni mintieran y, sin embargo, lo habían hecho.

Elisa fue la primera en hablar.

—¿Estás sola? —preguntó por decir algo.

Rosario asintió.

Elisa miró al piso. Estaba cubierto de linóleo viejo, desgastado, descarapelado, con cuadritos rotos. Era color mostaza con verde. Lo encontró interesante, diferente, como si tuviera personalidad. Si lo mirabas fijamente suficiente tiempo, parecía tener movimiento. Aimé le tocó la pierna con la rodilla. Elisa tomó aire y dijo:

—Perdónanos.

Aimé mostró una bolsa de papel de las que se usaban para el pan dulce. El sonido de las monedas repiqueteando hizo que Rosario sintiera un escalofrío.

—De todas formas todos creen que lo agarraste tú —dijo Aimé alargando el brazo hacia ella.

Elisa resopló.

—No es por eso, mañana le vamos a decir la verdad

25

a la profe. Voy a decir que me lo gasté; quédatelo, por favor.

Rosario no contestó. Se quedó mirando la bolsa unos segundos que hicieron que a Aimé le temblara la mano y que sonaran las monedas otra vez.

—¿Quieren Tang de mango?

En la televisión había una escena sexual entre los protagonistas. Las niñas se sentaron a ver lo que pasaba. Elisa se bebió el agua azucarada de su vaso y del de Aimé, que no pensaba tocarlo. Cuando Rosario notó que les interesaba lo de la televisión, fue al único cuarto de la casa. Las niñas escucharon que abría y cerraba cajones, y removía cosas. Regresó con las manos en la espalda, les pidió que cerraran los ojos y, cuando los abrieron, les mostró un VHS pornográfico. Era rentado. En la portada había dos mujeres rubias con senos gigantescos y un hombre pelirrojo con un bigote que le llegaba hasta la barbilla, como una herradura al revés. Las niñas nunca habían visto algo así. Los pezones de las mujeres eran enormes, de color rosado.

Aimé solo había visto los de su mamá, senos aniñados, y por eso no se preocupaba al desvestirse delante de ella. Elisa únicamente conocía su propio cuerpo, en el que no había ninguna protuberancia.

Cuando salieron de la casa, Aimé dejó el dinero en el sillón.

Elisa tenía la lengua amarilla.

Esa noche, Aimé durmió mal, pensando en lo bien que estaría durmiendo Rosario y en lo que Elisa le diría a la maestra. Le dieron ganas de llorar.

A la mañana siguiente, cuando llegaron a su salón, la

26

maestra tenía una noticia que darles. Dijo que el misterio del robo se había resuelto. Aimé tragó saliva. Elisa contuvo el aliento. Rosario sonrió. Aimé miró a Elisa con desesperación, estaba a punto de levantarse de su mesabanco y salir corriendo cuando la maestra contó una historia sobre un accidente que terminó con el chanchito reventado en el suelo y con el dinero puesto en una bolsa a buen resguardo mientras alguien podía conseguir una nueva alcancía. Luego dijo «Tarán», como hacían los magos cuando sacaban pichones de los sombreros, y mostró una alcancía de yeso. Era un busto de la Sirenita.

No volvieron a hablar con Rosario en lo que quedaba del año. No mencionaron el dinero ni los pechos desorbitados de las rubias ni los tenis de las Spice. El último día de clases, cuando faltaba menos de una semana para la gran competencia de Elisa, Rosario se acercó a desearle buena suerte igual que los demás, sin mayores ceremonias. No estuvo en la entrega de documentos, solo la vieron afuera de la fiesta de graduación, con un vestido viejo que le quedaba demasiado grande. Iba de la mano de un muchacho. Elisa se detuvo a mirarlos fijamente, sin parpadear, hasta que Aimé la jaló para que entraran y pudieran bailar. Sin que Aimé se diera cuenta, Elisa salió una o dos veces a ver de nuevo al chico que estaba con Rosario en la banqueta. La última vez que se asomó, ya se habían ido. No volvieron a pensar en ella.

Desde que Elisa podía recordar, había una voz, la de Marina, que le repetía de manera constante que fuera buena niña, que se comportara, que agradeciera sus bendiciones. Elisa solo quería los tenis de las Spice Girls. Esperaba que después de graduarse de la primaria y ganar los estatales por fin se los compraran o que, por lo menos, fueran su regalo de despedida cuando estuviera por irse a Monterrey.

El viaje no le producía miedo, al contrario, se sentía envuelta por la expectación de lo nuevo.

—¿Me alcanzas las servilletas? —Marina lanzó la pregunta sin dirigirse a alguien en específico.

Aimé sabía que le hablaba a ella. Le entregó el paquete de servilletas de papel y Marina las repartió en las mesitas de plástico que habían reunido entre varios vecinos para la fiesta de Elisa.

—Muchas gracias. —Aimé esperó un segundo—. Eres magnífica, ven, ayúdame adentro.

La niña siguió a Marina hasta la habitación principal. Era como entrar a un lugar sagrado. Tuvo una sensación similar a la que la asaltaba cuando entraba a la habitación de sus papás sin tocar antes, como de estar siendo recibida en un espacio al que pocos tenían acceso. Era otra prueba de su pertenencia a esa familia. Marina sacó una bolsa de JC Penney de un cajón, era reciclada, lo que contenía de ninguna manera había sido comprado en esa tienda, debía ser de Walmart o de otro lugar así. Era una parka azul.

—Dicen que en Monterrey también hace mucho frío en invierno.

Aimé quiso decirle que era un regalo espantoso, que Elisa había pedido una y otra vez los tenis de las Spice, que ella misma se había ganado su lugar en el infierno por culpa de esos tenis y que debería escuchar más a su hija. En cambio dijo:

—Qué bonita.

28

Marina sonrió.

—Mentirosa.

Aimé se quedó muy quieta.

—No deberías decir mentiras, menos a los adultos.

No estaba molesta, lo dijo como si fuera una broma.

Guardó la parka en la bolsa de JC Penney y salió al patio a recibir a los primeros vecinos.

La despedida de Elisa nunca estuvo planeada de esa manera. A pesar de que se respiraba la certeza de que ganaría los estatales de atletismo y, por lo tanto, se marcharía de la ciudad, sus padres solo habían pensado en llevarla a un restaurante de comida china. Fueron algunas vecinas las que hablaron con Marina y le dijeron que todo el barrio sentía la victoria como propia, y en veinte minutos organizaron quién pondría el pastel, quién llevaría las bocinas, el mobiliario, las bebidas. Eran mujeres prácticas y eficientes. Marina nada más debía abrir las puertas de su casa.

Se corrió la voz y llegó más gente de la que esperaban. Elisa estaba cansada y aburrida de sonreír, de aceptar que le pellizcaran los cachetes o le tomaran las manos cuando la felicitaban, y al mismo tiempo le fascinaba saber que aquel día se trataba de ella y de nadie más. Era agradable escuchar que era el ídolo del barrio, como repetían cada vez más alto los señores, con los bigotes mojados de espuma de cerveza. Las personas aparecían con más comida y bebida, algunas con sus propias sillas plegables, y se iban amontonando en el patio, después en la banqueta y, cuando ya no hubo lugar, la muchedumbre tomó la calle. Había personas que Elisa y Aimé conocían de vista y otras que no recordaban de nada. Llegaron varios com-

29

pañeros de la primaria, aunque ya se habían graduado y dos de ellos vivían en las colonias contiguas.

El camioncito del pastor Graham, uno de los aleluyas más populares de la zona, se estacionó en la esquina. De él se bajaron cuatro gringos, tres señoras y un hombre con rasgos asiáticos, que repartieron cervezas Budweiser a los que estaban en la calle. Eran evangélicos, los únicos de esas religiones que no pensaban que las fiestas y el alcohol eran pecado. El papá de Elisa los vio desde su patio, también vio que estaban todos tan animados, que no hizo ningún comentario y prefirió ignorar su presencia. Cuando empezó a ponerse el sol, hasta un gitano se acercó, cauteloso, y se quedó recargado en un cerco de la acera contraria a la casa de Elisa, dando sorbos a una anforita que contenía un destilado que hacían en su campamento.

Lo que más sorprendió a las niñas fue ver a las dos enfermeras. En esa época, había un programa de salud pública auspiciado por el Gobierno en el que grupos de enfermeras iban a las colonias pobres. Casi siempre andaban en pares. Así que podía verse a dos mujeres vestidas igual, con el uniforme blanco, el suéter azul del Seguro Social y la cofia, recorriendo los barrios casa por casa, como si fueran otro tipo de aleluyas. Ponían inyecciones y vacunaban, repartían sobres con suero, pastillas para desparasitar, ibuprofeno, naproxeno, entregaban folletos con información sobre distintas enfermedades y sobre alimentación saludable. Medían la presión, revisaban la glucosa, tomaban la temperatura y siempre llevaban dulces por si debían inyectar a los más chiquitos. A veces, cuando los maridos no estaban cerca, aprovechaban para hablar con las señoras sobre salud sexual y reproductiva, sobre el diu y la píldora, y sobre enfermedades de allá abajo a las que podían estar expuestas.

Entre sus diferentes insumos, también tenían condones y pastillas anticonceptivas, que rara vez ofrecían porque era una pérdida de tiempo. Las mujeres se incomodaban solo de escuchar la sugerencia de que era algo que las señoras casadas podían tener en su poder. Casadas o solteras, en realidad no había diferencia, la creencia general era que los condones y la planificación familiar eran para las prostitutas. De hecho, los maridos, hermanos, hijos, cada varón de aquellas colonias detestaba la visita de las enfermeras y trataba de evitar que las mujeres las recibieran. Creían que les llenarían la cabeza de ideas absurdas: que podían negarse a tener sexo con sus esposos, que debían ir al ginecólogo o, peor aún, exigirles a ellos revisiones médicas periódicas.

En el barrio se decía que la única que alguna vez les aceptó los condones había sido la mamá de Rosario. Aimé y Elisa no entendían cuál era el problema con las enfermeras, les caían bien, cuando las veían en la calle las saludaban y ellas les daban un caramelo. Además, esa tarde, aunque portaban sus uniformes impecables, no estaban de servicio. Se habían quitado las cofias para sentarse a comer y una parecía coquetearle a uno de los muchachos sinaloenses que estaba quedándose en la casa de Aimé.

El espíritu era festivo y cálido. Las personas reían, cantaban, algunos hicieron de un pedazo de calle su pista de baile. Los niños corrían. Alguien lanzó cohetes. Aún no se metía el sol y ya había fuegos artificiales. Parecía que habían adelantado la Navidad, que en cualquier momento llegaría Santa Claus en camisa hawaiana a repartir los regalos de diciembre en julio. Las conversaciones se centraban mayormente en Elisa, iban y venían entre el futuro de la niña, lo de la secta de San Diego, el reciente título de las Chivas del Guadalajara, lo de México contra Holanda en el Mundial, las novedades sobre las desapariciones y los chismes locales. Estos últimos se referían a los aleluyas, a los gitanos, a las enfermeras y, si el grupo era lo suficientemente reducido como para sentirse un espacio seguro, al nuevo hombre de la mamá de Rosario.

Alguien contó que acababan de encontrar los restos del Che Guevara en Bolivia.

—Si estuviera vivo, ya sería narco —señaló alguien más.

—¿Vieron lo del Señor de los Cielos?

—Morirse así, cambiándose la cara —dijo la mamá de Aimé.

—Que tenía veintiocho hijos —contestó la mamá de Elisa.

—Bendito Cristo, y una que no puede con cuatro —replicó otra mujer.

—¿Vieron las noticias en Telemundo? —preguntó la esposa de don Jacinto, que había llevado los Shasta del refrigerador de sus abarrotes, porque los compraba en Calexico y los revendía en Mexicali.

—En mi casa nomás vemos canales mexicanos.

—Y en la mía.

—¿Qué signo es la tía de Elisa, la de Monterrey?

—También mataron al *Versachi* ese.

32

—En Miami.

—Creo que virgo.

—Era del otro bando.

—¿La tía o el muerto?

—Los gringos son cabrones.

—Yo lo que vi fue lo de María Inés y Alejandro.

—Está buena esa novela.

—Sí, yo ya no miro nada de Televisa, puro TV Azteca.

—¿Ya saben lo de la camioneta?

—¿Cuál camioneta?

—Esa donde se llevan a los niños.

—¿Cómo saben que es una camioneta?

—Dejen que hable.

—Salió en el *Calexico Chronicle*.

—Claro, no lo van a decir en los periódicos mexicanos.

—Ya no tardan en sacar su versión.

—¿La nieta de la señora Luz no trabaja en la policía de allá, de Calexico?

—Es secretaria.

—¿Qué decían de una camioneta?

—Ema, muy buena muchacha.

—Eso, que un vehículo de interés es una camioneta sin placas, de los años ochenta, que varios testigos han dicho que la ven cerca o rondando cada vez que desaparece un niño.

—¿Qué tipo de camioneta?

—Una Dodge Ram.

—Yo no entiendo de carros.

—Una van.

—De las que no traen ventanas.

33

—Sí tienen, pero del lado del conductor y del copiloto nada más.

—Por eso, no tiene ventanas ni atrás ni a los lados.

—Blanca, con los vidrios polarizados.

—Especial para esconder lo que sea.

—Cosas robadas.

—Niños.

—¿Aquel es de los húngaros?

Elisa y Aimé estaban con el gitano, que había reconocido el cuarzo en la cadenita de Aimé y les hizo un par de trucos. Encontró una moneda en la oreja de Elisa, luego la hizo desaparecer y la sacó del cabello de Aimé. Las niñas estaban encantadas.

Marina buscó con la vista a su marido. Cuando constató que no había notado a las niñas, salió a la banqueta, se abrió paso entre la gente y dijo con voz firme, sin gritar:

—Niñas, vengan a comer.

Ya habían comido, así que sabían por qué las llamaban. Las dos dieron media vuelta para volver a la casa sin despedirse.

El gitano dio un gran trago de su ánfora y se dirigió al campamento.

Más tarde, cuando la policía apareciera a tomar declaraciones, sería mencionado por algunos presentes.

La fiesta estaba en su esplendor cuando las niñas por fin pudieron ir al baldío. Aimé le pidió permiso a Marina y a Juana Emilia mientras Elisa buscaba su mochila. Ambas mujeres dijeron que sí y entonces las niñas corrieron lo más rápido que pudieron. Aimé se esforzó por alcanzar a Elisa, como siempre, y Elisa bajó un poco las revoluciones, como siempre, como un gesto hacia su amiga.

En el baldío reunieron lo necesario para hacer el ritual de despedida que Aimé había leído en una revista de Juana Emilia. Habían escrito sus miedos y sus deseos con anticipación porque sabían que en algún momento estarían solas para despedirse con calma y hacerse las promesas que desde el fondo de su corazón añoraban ver cumplidas.

Acostadas en la duna, recordaron momentos importantes que habían vivido juntas. Dos veranos atrás, cuando Aimé aprendió a nadar y ella y Elisa pasaron un mes entero de las vacaciones sin salir de la alberca de la Ciudad Deportiva. O cuando Elisa quedó en segundo lugar en una competencia y estaban tan tristes que Juana Emilia las llevó al cine y vieron cuatro veces *George de la selva* con el mismo boleto, cambiándose de sala a escondidas. O cuando fueron al cumpleaños de Romina y había una princesa Disney que pintaba caritas y ellas pidieron un diseño de Batman y Spiderman en lugar de flores o corazones y las demás niñas se sorprendieron mucho y estuvieron mirándolas todo el rato con envidia y admiración.

Estaban contentas, la despedida no las ponía tristes porque a las niñas de once años algunas cosas no les parecen para tanto. Hablarían por teléfono, se verían en vacaciones, Elisa no estaría lejos por siempre, un día iba a volver. Su amistad se mantendría inquebrantable.

—Marina no te compró los tenis, te va a regalar una chamarra.

—Ya sé, la vi escondiendo la bolsa.

35

—¿Conoces a tu tía de Monterrey?

—Vino una vez, hace un montón.

—¿Hace cuánto?

—Yo estaba en el kínder.

—¿Te acuerdas de ella?

—Hay unas fotos y hemos hablado por teléfono.

—¿Te cae bien?

—Es más joven que mi mamá... Dice que también le gustan las Spice.

—¿Cómo será viajar en avión?

Elisa sintió cosquillas en el estómago, si algo le emocionaba de esa secuencia de acontecimientos que estaba pasándole por encima sin que ella entendiera demasiado era el vuelo. La entusiasmaba la idea de subirse a un armatoste que se elevaría entre las nubes y cruzaría medio país para llevarla a su nueva vida.

Escucharon pasos y se incorporaron. Alertas. Había oscurecido sin que se dieran cuenta y las lámparas mercuriales hacían pobremente su trabajo. Voltearon a verse. No estaban asustadas, en su baldío y en su barrio se movían como en una extensión de su hogar. Nada podía hacerles daño. Lo que les incomodaba era no saber quién osaba interrumpir su tiempo a solas. Ningún ser viviente era bienvenido en su espacio.

Se pusieron de pie y se sacudieron golpeándose piernas y trasero con las manos hasta quedar envueltas en un polvazal.

Una rama crujió.

Aimé deseó no haber lanzado tan lejos el pedazo de ladrillo y se colocó espalda contra espalda con Elisa.

Guardaron silencio, expectantes.

36

—¿Qué están quemando? —dijo una vocecita que reconocieron de inmediato—. ¿Las asustamos?

Eran Rosario y un chico mayor al que Aimé nunca había visto. Elisa lo reconoció. Era moreno, de un moreno distinto al de Rosario. Aun en la penumbra, sus ojos amarillos y alargados resplandecían, como si fuera un gato.

Rosario se veía distinta junto a él, parecía que hubiera tomado vitaminas, irradiaba una vitalidad bizarra, su voz era diferente también, más clara y potente. Era la misma Rosario de la escuela, sucia y pálida, con los moretones de siempre en las piernas y los brazos, como si fuera demasiado torpe y chocara contra las cosas sin darse cuenta. Ahí estaba, la misma mirada de confusión, como si les pidiera algo constantemente con esos ojos saltones. Era la Rosario que había mentido por ellas y a la que ellas ignoraron. Y a la vez era otra Rosario, una que se comportaba como si ya no le diera vergüenza ser ella misma o como si su necesidad hubiera cambiado.

—¿Son tus amigas? —preguntó el muchachito.

Aimé se rio.

—Y tú, ¿eres amigo de Rosario? —dijo Elisa, mirándolo, temiendo que se le saliera el corazón por la boca.

—Aurel, hijo de Farkas —contestó el chico, echándose hacia atrás el cabello que le cubría la frente.

—Es gitano —dijo Aimé en un susurro.

Rosario sonrió, triunfal, como si estuviera demostrándoles algo.

Aurel sacó una bolsita de tela que abrió con una navaja, extrajo papel de liar y tabaco, y se preparó un cigarro.

Aimé buscó la mochila de Elisa, que no se movía, hipnotizada por el chico.

Aurel extendió su mano hacia Rosario, ella tomó la navaja y le dio un cerillo muy largo, parecía una luz de bengala chica. Entonces él dobló una pierna hacia atrás, como los flamencos, y talló el cerillo contra la suela de su zapato.

Elisa lanzó un gritito de emoción.

Todos se rieron, hasta Aimé.

Aurel prendió el cigarro y le entregó el cerillo encendido a Rosario, quien lo sostuvo un momento y después le sopló como si fuera una vela de cumpleaños.

Elisa sintió una punzada de envidia en el esternón.

Aurel le dio una calada al cigarro y lo pasó. Elisa lo interceptó antes de que Rosario lo tomara y aspiró el humo como si fuera una fumadora profesional.

Le dio asco, pero no tosió.

El rechazo de Aimé a todo eso podía sentirse arder como la flama del cerillo gitano.

—¿A qué vinieron a nuestro lugar?

—No sabía que eran las dueñas —respondió Aurel.

—Porque no eres de aquí, los demás saben que este es nuestro lugar.

Elisa le devolvió el cigarro.

—Diles —le dijo Aurel a Rosario.

—Quería despedirme.

—Diles lo otro.

Rosario les mostró una bolsa de papel, como la del pan dulce, solo que más grande. Aimé recordó la bolsa de las monedas y la de JC Penney, y pensó en lo chistoso que sería que también ahí hubiera una chamarra. Aunque era

38

imposible que Rosario tuviera un regalo para Elisa. Debía de ser otra cosa, una tontería sin importancia. Aimé se acercó a su amiga para decirle algo al oído y entonces Rosario abrió la bolsa.

Eran unos tenis. Un par de tenis con una plataforma que simulaban a los de las Spice. Por una fracción de segundo, el corazón de Elisa se detuvo cuando los tomó y después volvió a latir cuando leyó en los laterales la palabra *space* en lugar de *spice*. Eran piratas, tenis elaborados en un sótano de China por niños esclavos. Los verdaderos tenis de las Spice Girls los hacían a mano, en un suburbio de Londres, zapateros expertos encargados de los tacones de la reina. O eso imaginaba Elisa.

—Eli no va a usar algo robado —dijo Aimé con desprecio.

Rosario pasó saliva. Aurel la miró.

—¿Por qué eres tan mala? —le preguntó Rosario con la voz quebrada.

—¿Tú por qué no eres normal?

—No son de mi talla —aseguró Elisa, devolviendo los tenis a la bolsa.

—Puedes agradecer —dijo Aurel.

—¿Cómo? —respondió Elisa, genuinamente intrigada.

—Es un regalo, dale las gracias.

—No importa —replicó Rosario.

—Claro que no —dijo Aimé.

—¿Por qué quieres ser amiga de estas? —preguntó Aurel escupiendo al suelo.

—Ya vámonos —suplicó Aimé, haciendo como que no escuchaba al gitano.

—Muchas gracias, Rosario —dijo Elisa sin quitar la vista de Aurel.

Lo dijo de forma mecánica, como si su madre estuviera en su oído repitiéndole que debía ser buena y comportarse, que debía agradecer sus bendiciones. ¿Era esa una bendición? No lo parecía. La situación, los famosos tenis, el chico gitano que le robaba el aliento de una manera incomprensible.

Aurel la ignoró y tomó de la mano a Rosario para dar media vuelta.

—Rosario, quédate a platicar —dijo Elisa.

Su petición sorprendió a los demás e incluso a sí misma.

Rosario se soltó de Aurel y se acercó a Elisa con una expresión de estar viviendo el mejor día de su vida que puso enferma a Aimé.

Aurel le quitó la bolsa con los tenis a Elisa de un movimiento, sigiloso e intrépido, sin violencia, y se marchó.

Las niñas lo vieron elevarse en lo alto de la duna y luego perderse duna abajo rumbo al campamento.

Aimé miró a su alrededor, no podía calcular la hora. Se sentía cansada. De algún modo, aunque la extrañaría, sabía que sin Elisa podría descansar de muchas cosas. Un par de automóviles pasaron por la avenida y las iluminaron por un instante muy breve.

Rosario empezó a hablar, agitada. Les contó de un programa nuevo que transmitían por cable, lo que era rarísimo, porque ninguna tenía cable. Rosario explicó que en el campamento gitano había una antena parabólica que captaba canales de diferentes partes del mundo. Les platicó que había visto una película en un canal ruso

40

y que los canales del cable se veían sin tener que pagar. Elisa quería saber los detalles, quería saber cómo era el campamento por dentro, quería saber cómo había entrado en él y cuál era su relación con Aurel. Aimé también estaba intrigada y, aunque le molestaba la escena, se sentía más tranquila sin la presencia del gitano. Las tres podían hablar, sin problema, si así era como Elisa quería pasar su última noche en Mexicali.

Se sentaron de nuevo en la duna y Rosario continuó con su monólogo. Elisa le hizo un gesto a Aimé que ella interpretó como un «Está un poco loca», y ambas sonrieron. Eso era lo que Aimé necesitaba para relajarse, saber que su lugar en la vida de Elisa era el de siempre, un recordatorio de que eran y serían mejores amigas a pesar de las intromisiones. Esa intimidad, los guiños que solo ellas reconocían y la forma en que se unían para ser ambas contra el mundo, en ese caso, contra Rosario, la llenaba de calma. Cuando estuvieran solas de nuevo, se burlarían de los tenis, del gitano, de la forma en que Rosario tropezaba con las palabras cuando quería ir rápido para contar más historias sin sentido.

Aimé suspiró.

Resultó que el nuevo novio de la mamá de Rosario tenía tratos con los gitanos y que Aurel había ido a su casa a cobrar.

—¿Cobrar qué? —preguntó Aimé.

—Mi papá dice que los gitanos apuestan —contestó Elisa.

Rosario no negó ni asintió, solo continuó con su relato.

Aurel había ido a cobrar un día que la mamá estaba

41

trabajando y el novio estaba desaparecido, como desaparecía a veces. Entonces se habían quedado mirando la televisión y tomando Tang de mango. Así se hicieron amigos, y por eso Rosario podía entrar al campamento. Les contó que algunas casas eran estructuras de madera con techos y paredes de lona, que a pesar de que ganaban mucho dinero con sus negocios no lo usaban para presumir y esas cosas. Dijo que ninguna casa tenía cocina, que hacían de comer prendiendo lumbradas al centro del campamento y que comió una sopa con garbanzos, ¡garbanzos!, que era lo más delicioso del mundo, que estaba en una olla gigante y las personas metían la cuchara para comer de ahí. Mientras hablaba, jugaba con la navaja de Aurel, la abría y la cerraba, y se la cambiaba de mano lanzándola un poco hacia arriba, como si hiciera un malabar discreto.

—No puedo creer que no usen platos —dijo Aimé.

—¿Es tu novio o tu amigo? —preguntó Elisa.

Rosario se sonrojó.

Aimé puso los ojos en blanco.

—¿Puedes hacer que entremos? —inquirió Elisa como si se le hubiera ocurrido una idea trascendental.

—No sé, le puedo preguntar a Aurel —respondió Rosario.

—No vamos a ir con los gitanos, Elisa.

—Tiene que ser ahorita porque mañana me voy.

Después miró fijamente a Rosario y dijo:

—Si podemos entrar al campamento, te prometo llamarte a tu casa desde Monterrey.

Aimé abrió los ojos grandísimos, como si no le cupieran en la cara.

Las tres niñas cruzaron el baldío y siguieron calle abajo unos cuantos metros, por la línea del bulevar. Ahí estaba, aunque no la habían visto, la camioneta blanca Dodge Ram, sin placas ni ventanas laterales, con los vidrios polarizados; llevaba alrededor de media hora estacionada en la acera opuesta al baldío. Las niñas se detuvieron en un punto en el que quedaban a pocos metros del campamento. Se escuchaba música y voces, palabras desconocidas para ellas en una mezcla de ese idioma extraño y el español. Elisa estaba emocionada e impaciente.

—Háblale a Aurelio —dijo Aimé.

—Aurel —replicó Elisa—. Es un nombre de otro país.

Rosario se acercó al campamento y la perdieron de vista.

Se sentaron en la orilla de la banqueta y Aimé tuvo ganas de preguntarle a Elisa cuál era el lío con Aurel, si acaso se había enamorado de ese gitano fumador y cobrador de sabría quién qué cosa. También quería preguntarle si era verdad que le llamaría a Rosario desde Monterrey. Aimé sabía que ellas dos hablarían por teléfono, era su prerrogativa como la mejor amiga de Elisa, y no podía imaginarla hablando con alguien más, dándose el tiempo y tomándose la molestia mientras asistía a la secundaria especial para deportistas. Elisa miraba al cielo, oscuro y con pocas estrellas, sin pensar algo específico, solo estaba a la expectativa del regreso de Rosario.

Volvió sola, con el mismo aspecto derrotado que Aimé recordaba.

—No está, no lo encontré.

43

—Pero tú pudiste entrar a buscarlo, podemos ir contigo.

—No sé, yo creo que mejor otro día.

—¿Cómo otro día?

La voz de Elisa se volvió dura. Estaba diciéndole estúpida, inútil, en esa pregunta cabían tantas ofensas que Elisa nunca se hubiera atrevido a decir, y Rosario y Aimé las entendieron todas.

La camioneta blanca encendió los faros. Elisa la notó por fin y volteó a verla.

—Vámonos, Eli —pidió Aimé.

El rostro de Elisa resplandeció con una sonrisa extraña.

—¿Quieres que te llame de Monterrey?

Rosario no respondió.

—Si quieres que te llame de Monterrey, pónchale una llanta a ese carro. —Elisa señaló la camioneta.

—Hay gente adentro —dijo Aimé—. Las luces están prendidas.

—Está oscuro y no tiene ventanas atrás, que vaya por el otro lado.

Rosario las miró sin saber qué decir.

—Te dejó su navaja, ¿no? —soltó Elisa con una voz altanera y herida a la vez.

Aimé iba a decir algo, dudó, y Elisa la interrumpió.

—La llanta.

Era un reto, una orden y una promesa.

Elisa le sostuvo la mirada. Rosario las vio a ambas con los ojos vacíos, solo ocupados por la leve sombra de algo parecido al desconcierto, luego nada.

Estaban calladas, y Elisa empezó a aburrirse. Llevó su

44

atención a su alrededor. Un espacio que visitaría y revisitaría, en su cabeza, tantas veces más adelante. Vio a Rosario de arriba abajo. No sabía por qué le provocaba esa aversión. Lo cierto era que la intranquilizaba y por eso se desquitaba con ella. Le ofendía su fragilidad. Las lámparas mercuriales arrojaban una luz opaca y fantasmal. Ni una brisa. Solo ese calor seco que escocía la piel al que estaban acostumbradas.

Aimé se desesperó y se dispuso a marcharse. Elisa no dijo nada más, cruzó los brazos, determinada a quedarse ahí hasta que Rosario cumpliera lo que le había demandado.

Rosario se dirigió a Aimé con un hilo de voz:

—Espérate.

Con sigilo, recelosa, la niña cruzó la calle. Daba pasitos breves e indecisos, fingiendo que no iba directo a la camioneta con una navaja en la mano. Aimé y Elisa voltearon a verse, agitadas. Elisa tuvo ganas de gritarle algo que la animara a continuar, pero sabía que debían guardar silencio. La imagen de Rosario desapareciendo en la parte trasera de la camioneta perseguiría a Elisa durante mucho tiempo. No lo sabía entonces, era una broma, un juego, solo eran niñas. Después de eso los recuerdos serían desordenados. Oyeron voces, gritos. Un grupo de hombres del barrio liderados por el padre de Elisa las buscaba. Y un grupo de hombres gitanos, entre los que se encontraba Aurel, salieron del campamento al escuchar la conmoción.

Se hicieron de palabras. Alguien dijo algo que no debía, las empujaron, ellas también gritaron, los hombres se enfrascaron en una pelea y las niñas corrieron. Un gitano

45

llevaba un bate. Un vecino se quitó el cinturón para usarlo como látigo. Alguien más arrastró una rama y la lanzó al tumulto. Un hombre estrelló una botella en la cabeza del papá de Elisa. Hubo más gritos y luego llanto. Marina y Juana Emilia aparecieron para encontrar a sus hijas. Llamaron a la policía. Los gitanos se dispersaron. En medio del desorden, nadie se dio cuenta de que la camioneta blanca Dodge Ram, sin placas ni ventanas laterales, con los vidrios polarizados, tal como la describió el *Calexico Chronicle*, arrancó, aceleró y se perdió en la noche llevándose consigo a Rosario.

2

La determinación de un halcón peregrino lanzándo-
se en picada a trescientos sesenta kilómetros por hora
para atrapar a su presa. La constancia del vencejo, que se
alimenta, duerme y se reproduce contra ráfagas de más
de sesenta nudos. La destreza del pez vela, que surca los
océanos a casi cien millas náuticas. La velocidad de la
chita al correr acechando la sabana. El dominio del viento del águila real. La agilidad, la intrepidez de una gacela
que huye, evade, se fuga. Elisa sintió los golpes del ventilador en el rostro, se imaginó que planeaba y se deslizaba,
vio su cuerpo vibrar y tensarse al mismo tiempo, sosteni-
do en el aire. Recordó con una claridad prístina la sensación de euforia, esos segundos en que su mente estaba
totalmente en blanco para que las partes que la compo-
nían trabajaran como si fueran entidades independientes
a ella. Las piernas corriendo para tomar impulso, los brazos batiéndose con furia, su torso echado hacia adelante
convertido en bala y, entonces, se elevaba, volando, sus-
pendida como una bailarina en una danza primitiva y

salvaje para aterrizar dos, tres o, su récord personal, cuatro metros más adelante.

Abrió los ojos y el sol de la mañana le rasguñó la desnudez con violencia. La luz reptó desde los dedos de sus pies hasta sus muslos, entibiando la vaselina con que se había recubierto la piel. Evitó detener la mirada sobre la cicatriz de su rodilla. Una escuadra queloide de seis centímetros. Cuando era más joven, jugaba a que era una oruga que de tanto retorcerse se había doblado en ángulo y nunca pudo recuperar la recta. Como la propia Elisa, que, recostada en la cama con las piernas en alto, jugaba a cruzar y descruzar los tobillos contra la pared, en la búsqueda de la mejor perspectiva para las fotos. A Jake le gustaba que parecieran pies de plástico, de maniquí. «De mujer muerta», pensó ella, e hizo un *close up* del dedo meñique de su pie derecho, que empezaba a descarapelarse por el sarpullido. Desde hacía una semana no usaba la pomada para los hongos porque a Jake le excitaban los dedos así y pagaba doble, así que Elisa aprendió a olvidar la comezón.

Aprendió a olvidar y se enorgullecía de ello. La memoria podía ser un monstruo y Elisa había domado al suyo. No era más que un cachorro asustado.

Envió las fotos y dejó el teléfono a un lado. Soltó una exhalación larga y dio una maroma a la inversa para incorporarse. Llevó los pies hacia atrás de la cabeza usando los hombros para impulsar la vuelta y quedar de rodillas sobre el colchón. Dejó los brazos rígidos arriba por un segundo, luego relajó los músculos. Era una manía suya, los resabios de un aprendizaje antiguo, de la prehistoria de su vida, de aquel periodo en que tenía un futuro e iba

48

a ser atleta. El aire le dio de lleno y le enfrió el sudor. Lo disfrutó un rato. Disfrutó el silencio también, un silencio falso, porque sabía que, afuera de esa habitación, el mundo clamaba y lloraba. Ahí estaba serena, de rodillas, desnuda en esa cama arrullándose con el murmullo del ventilador hasta que sonó el teléfono.

Una notificación, después otra y otra más. Elisa se tumbó sobre el colchón húmedo y sonrió antes de ver la pantalla. Ciento cincuenta dólares, y era probable que siguieran llegando transferencias a lo largo del día. Menos el cargo de la aplicación, ciento diez dólares, que al tipo de cambio eran casi dos mil pesos.

Elisa ya vendía fotos de sus pies de vez en cuando desde antes de que la corrieran de la secundaria. En aquel momento en que se encontraba formalmente desempleada, era su único ingreso. No necesitaba mucho viviendo con su tía, que la adoraba y se cortaría la mano antes de cobrarle la renta, los servicios, mucho menos la comida. Era solo que Elisa sabía que eso era lo que haría cualquier adulto más o menos decente. Ganarse la vida. Llevar algo de cambio en el bolsillo. Con las mujeres podía ser raro porque no había muchas opciones y al mismo tiempo se enfrentaban a tantas posibilidades. Había llegado a las fotos de pies casi por casualidad. Bueno, no se llegaba a ese submundo web sin decidir entrar. Lo que llegó de casualidad fue la idea, que se sembró en su cabeza y se fue gestando hasta que la necesidad la superó.

No era una mujer de pies especialmente bonitos, y estaba bien, porque a las personas que pagaban por fotos de pies no les interesaba la belleza convencional. Durante un tiempo estuvo haciendo envíos de medias y calcetines

49

sucios. Muy poco tiempo. Los clientes de ese tipo de objetos suelen ser feroces. Una vez, cuando era primeriza, hizo una entrega en persona. Jamás volvió a cometer ese error. Optó por servicios de mensajería, aunque las entregas fueran locales, y solo dos veces hizo envíos nacionales. El tiempo de uso de las prendas variaba según la persona que hacía el pedido. En alguna ocasión usó los mismos calcetines durante dos semanas completas mientras entrenaba. Ese cliente quiso comprar también su ropa interior. No se atrevió. En ese entonces todavía tenía límites y barreras autoimpuestas que no estaba dispuesta a cruzar.

Miró el teléfono para confirmar la hora. Cuando se citaba con alguien, a Elisa le gustaba llegar temprano. Siempre había sido puntual. Una cosa que el deporte le dejó. Cierta idea de la disciplina que, durante una época, siguió con precisión marcial y después comenzó a negociar consigo misma. Nunca llegó tarde a un entrenamiento, mucho menos a una competencia. Por eso llegaba antes a cualquier parte. Se lo debía todo al salto de longitud. Eso y el cuerpo tonificado, algo de lo que se vanagloriaba. Nunca entendió a las mujeres que pasaban la vida matándose de hambre para odiarse y odiar su cuerpo hasta el último aliento. Ella no. Ella se permitía postres, tragos, se malcriaba porque podía. Porque su metabolismo había sido programado a golpes de ejercicio. Sabía que, incluso si ya no era tan rigurosa en el gimnasio o en sus rutinas en casa, su cuerpo no iba a traicionarla. Que estaba blindada contra las inseguridades habituales de la mayoría de las mujeres. Aun así, Elisa poseía una conciencia a veces dolorosa de que su cuerpo era digno de envidia y de deseo, sabía que el hecho de que su cuerpo pudiera ser admirado no significaba que ella fuera a ser querida. Y estaba conforme con ello.

Por eso caminó desnuda del pizarrón a la salida del laboratorio de Química cuando la directora de la secundaria y el intendente la sorprendieron con el maestro de Matemáticas. Era estar viviendo un cliché: un hombre apocado de mediana edad que usaba lentes de fondo de botella y saco de lana con parches en los codos, que solo atinó a mal bajarse los pantalones, y ella, la joven profesora de Educación Física, a la que todos llamaban entrenadora, aunque sus clases consistieran en obligar a los chicos a correr alrededor de las canchas y saltar la cuerda. El pobre profesor Rodríguez lloró de vergüenza mientras se cubría las miserias durante aquel momento de escarnio. Elisa sostuvo la mirada de la directora, desafiante, obligándola a ella a ruborizarse. Al conserje no lo volteó a ver, pero sintió sus ojos en cada centímetro de su anatomía. En la puerta, se puso los shorts del mismo uniforme que usaban las chicas y la camiseta que decía «Go! Antílopes», y salió con los tenis en la mano, dejando atrás la ropa interior y los calcetines, como un regalo.

No cobró el último cheque, así que sus números del mes dependían por completo de lo que Jake, un gringo de algún lugar de Minnesota, su podofílico de cabecera, quisiera pagarle, y de lo que Miguel le dejara después de su cita. Elisa no era prostituta. Aunque, en ese punto de su vida, no le molestaría tener sexo con alguien por un monto considerable. No con Miguel, claro. Miguel era un amigo con el que se acostaba esporádicamente. También era amiga de Liliana, la esposa de Miguel. Los

51

conoció en el centro de alto rendimiento de Monterrey, donde entrenaba a las dos niñas de la pareja. Se hicieron amigos porque habían nacido en Mexicali como ella. ¿Cuáles eran las probabilidades de encontrarse con dos paisanos cachanillas, que además eran una amorosa pareja que veía el deporte como un modo de sobresalir en el mundo? Solo que ellos eran otro tipo de mexicalense en Monterrey. Miguel era empresario y Liliana se dedicaba a las niñas y a llevar eventos de recaudación de fondos para las personas pobres junto con otras esposas de hombres adinerados.

Si la hubieran conocido en Mexicali, Elisa hubiera sido una de las beneficiarias de esas recaudaciones. De hecho, también en Monterrey le vendría bien algo de ese dinero, porque el centro de alto rendimiento le pagaba una miseria. Estar ahí era más bien una forma de sobarse el ego por no haber llegado ni a la segunda ronda en el campeonato de atletismo de 1999 y, aunque calificó en el 2000 y en 2001, tampoco había pasado nada. Resistió ganando algunos torneos regionales hasta 2004 y después se había hecho pedazos la rodilla. Volverse entrenadora era el camino natural para una atleta mediocre que quería mantenerse activa y le daba cierto estatus en un círculo muy limitado, lo que era mejor que nada.

Fue Liliana quien le consiguió la plaza de profesora de Educación Física en la Secundaria Técnica Núm. 6 gracias a que estaba en el patronato y, cuando decidió dejar el centro, ella misma le organizó una fiesta de despedida con las otras mamás, que sería la fiesta más grande que Elisa iba a tener en su vida.

Lo de Miguel había empezado como cualquier cosa.

Coqueteó con él porque estaba aburrida, después le envió mensajes con fotos suyas para descolocarlo en medio de una reunión de trabajo o de una cena familiar con Lili y las niñas. Y él había seguido el juego, contestándole con imágenes más bien tímidas, que Elisa sabía el esfuerzo que le costaba enviarlas y por eso le provocaban algo parecido al afecto. Un día cruzaron la línea en un desayuno deportivo, tocándose debajo de la mesa con Liliana a un lado y los jefes de Elisa del otro. De ahí pasaron a besarse en las duchas del gimnasio y a tener sexo fugaz en el estacionamiento. Después empezaron a verse una o dos veces al mes, dependiendo del trabajo que tuviera Miguel o de lo difícil que fuera zafarse de Liliana. En varias ocasiones habían pasado hasta dos meses sin verse, por lo que para Elisa no se trataba de una relación de verdad.

Miguel sugirió ayudarla con algún dinero cuando supo que había dejado la secundaria por problemas con el sindicato y ella se negó a que Liliana interviniera, alegando que tenía algo mejor en la mira. «Un apoyo», había dicho Miguel, y Elisa asintió, fingiendo estar apenada y que le costaría mucho aceptarlo.

Escuchó la puerta y se desperezó en la cama para recibirlo. Estaba a punto de abrir las piernas dramáticamente para él, como una broma, pero fue Liliana quien apareció en la entrada de la habitación.

Elisa suspiró y se preparó para el numerito.

Caminó por el lugar buscando su ropa, dejando que Liliana la viera en su esplendor. Las piernas perfectas, firmes, brillantes después del baño de vaselina, tan tersas como si su piel estuviera hecha de terciopelo color carne. Liliana no dijo nada, la miró sin verla realmente. Cuando

53

Elisa estuvo vestida por completo, se colocó de frente a Liliana porque podía soportarlo todo. Gritos, golpes, llanto, reclamos. Estaba lista. En lugar de eso, Liliana le mostró un sobre manila que decía «Eli» en el garabato que era la letra de Miguel. Lo abrió a la altura de su rostro y le dejó ver los billetes. Mil, dos mil, tres mil, cuatro mil, contó con parsimonia hasta los veinticinco mil pesos. Además, había unos seiscientos dólares. Elisa esperó que Liliana se los arrojara con desprecio, hubiera sido ideal, aunque sabía que no tendría tanta suerte. Y se mantuvo ahí, estoica, con un ataque de comezón en el dedo meñique debido a la onicomicosis que adquirió a conciencia en aquella regadera pública llena de moho, especialmente para Jake. No dijo nada cuando Liliana prendió los billetes con un encendedor Bic que pasó a comprar antes de llegar al hotel. Y se calló igual cuando Liliana le dio la espalda y salió de su vida con la frente en alto y la dignidad intacta mientras el detector de humo se activaba y la alarma empezaba a sonar como un taladro que amenazaba con tirar abajo las paredes y su propia existencia, y Elisa solo observó, hipnotizada por el fuego, los billetes desintegrarse a sus pies.

Más tarde, en casa de su tía, hubiera querido tener a quién contarle lo que había pasado. Era triste pensar que lo más parecido a una amiga que tenía era la propia Liliana. Eso, si las amigas fueran condescendientes e hipócritas, si las amigas trataran a sus amigas como criadas, así como Liliana se comportaba con ella. Dejó escapar un suspiro sonoro. Si hacía un recuento, su vida en Monterrey había sido buena en general. No podía quejarse. Su tía se había entregado cien por ciento a su papel de tutora legal, acompañándola, ayudándola, protegiéndola; mediando entre ella y sus papás cuando no quiso regresar a Mexicali. Siendo su confidente sin llegar a pretender ser su amiga, porque era su tía, el adulto que ponía reglas y límites, y que hacía cumplir las reglas y los límites que sus padres buscaban imponer a su hija a pesar de los más de dos mil kilómetros de distancia que los separaban.

La tía había estado ahí para ella cuando un deportista cubano le rompió el corazón durante los entrenamientos para uno de los regionales del 2004. Cuando pasó lo de su rodilla, la había cuidado y ayudado a recuperarse en el largo camino de la convalecencia, ese momento en el que no sabían si podría volver a caminar sin ayuda. Había sido un remanso de calma cuando su madre fue a pasar con ella más de un mes en aquel periodo. Y Elisa había devuelto cada gesto, cada cariño, cada muestra de amor incondicional porque amaba profundamente a su tía y le estaría agradecida por siempre.

La tía se llamaba Angélica y era prima segunda de Marina, la madre de Elisa. Los padres de ambas eran primos. Habían crecido juntas en Mexicali, lo que era un decir, porque Angélica era varios años más joven que Marina y Marina la trataba como a una muñeca. «Como una muñeca» significaba arrastrarla por el lodo, darle de comer a la fuerza, envolverla en cobijas y obligarla a cerrar los ojos para fingir que la dormía. Juegos de niñas. Aquello duró hasta que el padre de Angélica consiguió un trabajo en la construcción de la nueva carretera Durango-Guadalajara, que resultó ser un empleo seguro durante varios años. Así que se mudaron a Guanaceví. A la tía Angélica le daba risa que, a lo largo de toda su infancia, había escuchado los corridos de Los Cadetes de Linares sin entender de qué hablaban y, al final, vivió parte de su niñez y de su adolescencia en la estrofa esa que decía: «Estos eran dos amigos, que venían de Mapimí / que por no venirse de oquis, robaron Guanaceví». Cuando la tía Angélica cumplió dieciocho años, sus papás la enviaron a estudiar a Monterrey una licenciatura en Diseño Industrial, en la Autónoma de Nuevo León. Y ahí había hecho su vida. Tenía un trabajo administrativo en una empresa de consultorías técnicas que le daba todos los beneficios y de donde se jubilaría más o menos joven, por años trabajados. Era una mujer menuda, de rostro agradable y modales delicados. La espalda siempre recta. Simpática cuando se la conocía, sin llegar a ser bulliciosa, aunque parecía demasiado seria en la primera impresión. Sus facciones siempre habían sido juveniles y todavía lo eran, y eso que estaba por cumplir cuarenta y seis años. Se especializaba en compras y presupuestos, y conocía y seguía con diligencia las fluctuaciones del volátil mercado del acero en México y los detalles de los aranceles por exportación e importación.

Nunca había tenido novio o pareja, no que Elisa supiera, y en la familia se decía que era la tía lesbiana. A Elisa le molestaba mucho ese chisme, no porque Angélica pudiera serlo o no, eso no le importaba, sino porque sabía que la gente lo decía con sorna y mala voluntad. Así que durante unos años, sin que Angélica lo supiera, Elisa inventó novios para su tía y contó historias sobre cómo esos hombres imaginarios, que eran a veces ingenieros, a veces arquitectos, a veces médicos y una vez un piloto comercial, la llevaban de paseo y le compraban regalos

56

para ganársela. No recordaba cuándo había empezado a hacerlo ni cuándo había abandonado el hábito.

La tía Angélica tenía una mejor amiga que tampoco estaba casada ni tenía pareja: Diana, una compañera de la universidad con quien la tía había ido a Europa una vez. Si estaban juntas, Elisa jamás había visto señales. Diana le caía bien, a lo largo de los años habían convivido lo suficiente para que ella pudiera darse cuenta de que era una buena persona y que apreciaba a la tía Angélica. Y por más que le hubiera encantado que la tía le tuviera la confianza de hablarle sobre su vida amorosa, también sabía que eso era algo privado y que, además, por muy jovial que fuera, seguía siendo de una generación a la que esos temas les resultaban pudorosos y hasta vergonzosos. Si era sincera, ella misma le ocultaba la mayor parte de sus actividades, así que no podía tomarse como algo personal el silencio de su tía.

Elisa agradecía con todo su ser cada sacrificio de su tía Angélica, cada vez que dejó de hacer lo que a ella le interesaba por hacer algo que tuviera que ver con su sobrina y, a pesar de que agradecía igual los sacrificios de sus padres, no era lo mismo. Con quien había crecido y quien había estado ahí, física y emocionalmente, fue su tía. Recordaba con especial cariño sus primeros veinte, que coincidieron con los peores años de la inseguridad en la ciudad, cuando la guerra contra el narco y la delincuencia organizada estaban en su apogeo. Para Elisa había sido del 2008 al 2013, y recordaba el 2010 y el 2011 como los años más terribles. Después las cosas se habían tranquilizado o por lo menos en las noticias y en las incipientes redes sociales ya no se les daba tanto espacio. En

57

esos tiempos, en los que Los Zetas tomaron la ciudad y su conflicto con el Cártel del Golfo arrasaba con la población, la tía Angélica la cuidó y, cuando Elisa tuvo edad, se cuidaron juntas.

Fue la época del Casino Royal, el que Los Zetas incendiaron porque sus dueños no querían pagar los ciento treinta mil pesos a la semana que les cobraban de «piso» para dejarlos operar libremente, donde murieron más de cincuenta personas.

Hubo quien lo llamó un acto terrorista.

Fueron años espantosos en general y, aunque Elisa resentía el fracaso de su carrera deportiva, no podía dejar de sentirse aliviada por no estar recorriendo las carreteras, que pasaron de ser solo peligrosas a ser tierra de nadie, donde los atletas desaparecían sin dejar rastro, en su camino a las competencias locales o regionales.

Como el camión con el equipo de softbol *amateur* que fue secuestrado y se pidieron tres millones de dólares por el rescate. Durante una semana estuvieron apareciendo pedazos de personas en diferentes puntos de la ciudad. Elisa no supo si al final les pudieron pagar a los secuestradores, pero los cuerpos fueron encontrados muchos años después en tres fosas clandestinas en Tamaulipas. Los diez jugadores, los entrenadores, los acompañantes, el chofer.

También supo que tres chicas habían desaparecido de un complejo de alto rendimiento universitario en Coahuila. Dos aparecieron muertas, la tercera quedó en coma y sus familiares la desconectaron al cabo de unos días de su ingreso al hospital.

Fueron violadas y torturadas.

Porque sí.

Porque los carteles no respetaban nada. Elisa era consciente de que en el noroeste las cosas no iban mejor. Marina, su madre, se encargaba de mantenerla al tanto de los sufrimientos que pasaban en Mexicali y en Tijuana. O de lo que les ocurría a los familiares de Sonora y Guadalajara.

Por esas fechas, su madre y su padre habían iniciado los procesos para obtener la residencia en Estados Unidos. «Metieron papeles», como decía la gente de la frontera.

Cuando era niña y apenas se adaptaba a su nueva vida, Elisa se mordía las uñas mientras esperaba las llamadas de sus papás, procurando recordar cada cosa que le había sucedido durante el día, memorizando lo que había dicho o escuchado, y lo repetía con todos los detalles. También pedía saber del barrio, de los vecinos. Incluso de quienes le caían mal. Obligaba a su madre a hablar hasta que se cansaban. Memorizaba cada cosa que le decían a través del teléfono y se consolaba repitiendo en su cabeza las conversaciones mientras esperaba la siguiente comunicación.

Con el tiempo eso cambió.

Al principio fue un distanciamiento natural. Y poco a poco no hubo vuelta atrás.

Marina notó una reticencia extraña que intentaba franquear con sus noticias, con su insistencia de madre.

—Ya no sé si estás viva o estás muerta —decía Marina y, antes de que Elisa respondiera, continuaba—: Siempre pienso que vas a salir en esas noticias horribles de decapitados y colgados de los puentes.

—No exageres, mamá.

—En Tijuana queman vivas a las muchachas.

—Aquí no es Tijuana.

Y luego se quedaban en silencio, escuchando sus respiraciones, cada una pensando en sus propios asuntos, que poco tenían que ver con las noticias amarillistas que Marina le compartía o con los chismes de alguna persona que a Elisa la tenía sin cuidado, de gente que no recordaba y que no significaba nada para ella. Qué podía importarle a Elisa un viejo gruñón que se robaba las verduras que piscaba en el *field* para venderlas en la tienda de abarrotes de la colonia, por mucho que don Simón o don Sebastián o como dijera su madre que se llamaba tuviera una colección de las notas del periódico de sus competencias infantiles.

El silencio se volvía espeso hasta que colgaban.

Luego incluso esas conversaciones cambiaron. Se fueron haciendo más breves, menos intensas. Y cuando su papá y su mamá por fin obtuvieron la residencia y se fueron a la ciudad de Brawley, en el condado de Imperial, a una hora de camino de Mexicali, y las llamadas se volvieron internacionales, Elisa pudo tener una especie de respiro de su madre. Eventualmente se mudaron al correo electrónico. Mensajes parcos, poco cariñosos de parte de Elisa, largas cartas llenas de reproches y bendiciones por igual de parte de Marina.

En una ocasión, Elisa le envió una felicitación electrónica por su cumpleaños. Un correo automático desde una aplicación en el que, al abrirse el mail, aparecía un muñequito con el rostro de Elisa cantando un rap de *Las mañanitas*. El rostro movía la boca como si fuera una

60

marioneta, y a Marina le había parecido muy feo. ¿Por qué rapeaba con esos sonidos estridentes? Por la Virgen Bendita, ¿no podía llamar a su madre ni una vez? ¿Ni siquiera en su cumpleaños? ¿Qué habían hecho mal con esa niña? Si le habían dado todo, si invirtieron hasta el último centavo en su educación, en su carrera deportiva. Marina se había dejado la juventud, no, la vida, llevándola y trayéndola a sus entrenamientos; viajando por el estado de Mexicali a Tecate, a Ensenada, a Tijuana, hasta a San Felipe, con lo sucia que le parecía esa playa ejidataria, aunque estuviera llena de gringos jubilados. O quizá por eso mismo le daba esa impresión.

Marina había pasado noches en vela cuidándola cuando tuvo escarlatina porque, cuando Elisa era niña, en las colonias pobres todavía había brotes de enfermedades ya erradicadas en otras partes. Y con los chamacos que se juntaba, había sido un milagro que no tuviera piojos o algo peor. Siempre tuvo mal juicio esa muchacha. Pero una cosa era tener mal juicio y otra ser una malagradecida. Una insolente. Una hija capaz de enviar un rap espantoso de cumpleaños, cuando cualquier mexicano sabía que *Las mañanitas* siempre se tocaban con mariachi. Para empeorar la frustración, no había hermanos que suavizaran sus relaciones, que aportaran algo a la dinámica familiar, y ni por eso le tenía algo de consideración.

Cuando ganó el estatal fue el orgullo de su familia, del barrio, de la ciudad, y había ganado gracias a ella, a su madre. Sin demeritar el trabajo y el esfuerzo de la niña, la verdadera impulsora de su talento fue ella. Nunca lo hizo para que se lo agradecieran, lo hacía por amor y si lo mencionaba a veces era porque Elisa la desesperaba con

61

sus actitudes. Con su distancia y su indiferencia. Con sus correos sin ganas, con su voz apagada cuando de milagro le contestaba el teléfono, con sus mensajes de WhatsApp que eran puro sí y no, sin importar cuánto le escribiera Marina, cuántas cadenas de oración le reenviara, cuántos GIF de buenos días y bendiciones que le hacían pensar en ella le mandara. Y el acento. Que nadie la hiciera hablar del acento. Era otra, su hija era otra, se la habían cambiado. Hablaba con ese tonito regio y decía cosas como «el clima» en lugar de decir «aire acondicionado» o «refrigeración», o se atrevía a usar con ella expresiones odiosas como «Te la bañaste», «Bien pata», «Con madre».

Su hijita, su única hija, un pedazo de su carne que caminaba por cuenta propia sin acordarse de sus pobres padres. Como si un trozo de corazón se le hubiera salido del pecho y anduviera por ahí en el mundo con el exclusivo motivo de causarle aflicciones.

Parecía impensable, inaudito, imposible, pero Elisa nunca quiso regresar a Mexicali. Sus padres la visitaron cada año, por las Navidades, desde 1998 hasta 2013, cuando tuvieron que instalarse en su nueva casa californiana para recibir los beneficios de ser residentes en Estados Unidos. El cese de esas visitas, aunque fueran anuales, también hizo que Elisa se sintiera más ligera, más ella misma, porque siempre había pensado que debía ser y actuar como su madre quería, no como era ella en realidad.

La única vez que su madre la visitó en otro momento del año que no fuera Navidad o Año Nuevo había sido cuando se fracturó la rodilla. Se quedó dos meses en casa de la tía Angélica, y Elisa no estaba segura de que pudiera sobrevivir a sus constantes cuidados y preocupaciones. El vínculo que había construido con la tía Angélica era muy distinto. Había algo de maternal en ella, obviamente, pero sin llegar a ser asfixiante, sin exigir ni esperar como una madre podía hacerlo. Como su madre hacía. Además, la relación entre sus dos figuras maternas era de una exasperante tensión continua. Marina estaba celosa y no lo ocultaba. Mientras Angélica trabajaba, se dedicaba a reacomodar la casa. Cambiaba los muebles y los objetos de lugar, fingiendo que lo hacía por ayudar, para volver más funcionales los espacios. Era una forma de imponerse, de ser una autoridad sobre Elisa y sobre Angélica. Que quedara claro quién era el adulto verdadero. Quién era la madre. La madre que sabía mejor que cualquiera cómo optimizar recursos y elementos, cómo mejorar un ambiente, un lugar, una cocina. Con ese argumento metía su nariz en cada rincón, husmeando y cuchicheando para sí misma. Desde la habitación donde se recuperaba del accidente, Elisa la escuchaba con una mezcla de hartazgo y ternura, y nunca sabía dónde empezaba una sensación o la otra. Era como si la disculpara automáticamente porque no soportaba tenerle resentimiento. Porque, de alguna manera que escapaba a su comprensión, sabía que ella y su madre se encontraban igual de perdidas.

La comida era el gran campo de batalla. Angélica y Elisa estaban acostumbradas a ser frugales, como indicaban las dietas estrictas del equipo de Elisa, pero Marina consideraba que las comidas debían ser vastas y confortables para aportar a la recuperación de su hija. Qué iban a saber esas personas de cuidados y alimentación. Ellos

63

mismos atletas de alto rendimiento que habían pasado de competir a preparar a otros para las competencias. «Claro, qué iban a saber», pensaba Angélica. Y Marina arremetía contra las compañeras de Elisa y contra los vecinos del fraccionamiento y contra su marido, que había sido incapaz de subirse a un avión para ver a su hija, que no podía pedir unos días en el trabajo para atender la emergencia familiar, y hablaba todo el rato para dejar muy claro su pesar y su amargura, así como su determinación de volver a ver a Elisa, su hija, ganar otra medalla.

Elisa la escuchaba por debajo de la consciencia que le permitían los medicamentos para el dolor; incomodísima, con la pierna maltrecha colgando del suspensor, recostada en la cama de hospital que Diana había ayudado a Angélica a conseguir y que debían mantener inclinada a cuarenta y cinco grados. Y Marina arremetía también contra Diana, a quien apenas había saludado cuando fue a entregar la cama, diciendo que cómo era posible que no hubieran encontrado una cama que se levantara hasta los sesenta u ochenta grados para que Elisa pudiera estar sentada con comodidad.

Somnolienta, en el límite del sueño, cuando las palabras de Marina perdían potencia, pasaba de escuchar a percibir los movimientos de su madre en una casa que no era suya y que estaba aferrada en poseer. Se mantenía tan atenta como sus sentidos podían y entonces sabía exactamente qué estaba ocurriendo en las demás habitaciones. Permanecía quieta, pendiente del ruido que su madre hacía al lavar los trastes, al mover de lugar las ollas y cazuelas, al cambiar las tazas de estante y subir los vasos, porque en qué cabeza cabía que una persona necesitara antes un vaso que una taza, si con las tazas se iniciaba el día. La oía entrar al baño y orinar, después activar la palanca del sanitario y lavarse las manos ansiosamente, como un médico antes de realizar una cirugía. La seguía con el pensamiento por la sala de estar y el comedor, y sabía que había abierto las cortinas o levantado las persianas incluso si no podía ver la luz que entraba en los otros cuartos.

Se volvió experta en los olores. No solo los obvios como aceite caliente, ajo, cebolla, tomate frito, chile, cilantro, de cuando Marina cocinaba, sino también en los olores más tenues, los aromas corporales, el acondicionador de Angélica que sucumbía ante la crema de Marina, el perfume, el desodorante, cada pizca de olor que flotara en alguna parte de la casa. A veces, cuando no lograba dormir, porque las medicinas tenían efectos diversos, se quedaba con los ojos abiertos en la oscuridad, acariciando la sábana que la cubría a ella y a su pierna enyesada, que sobresalía como un promontorio, como una montaña o un volcán listo para hacer erupción, palpitante debajo de la tela, escuchando la plácida respiración de Angélica en la habitación contigua, y notaba cómo era interrumpida por la respiración más agitada de su madre, que le llegaba desde la sala, donde había montado su cuartel general y desde donde, de vez en cuando, soltaba un ronquido tenue, como un pequeño motor a punto de ponerse en marcha, pero que no lo lograba del todo.

Escuchaba también lo que sucedía afuera, los ruidos de la avenida, de los que llegó a identificar los coches de las camionetas y los camiones de carga, a los ciclistas trasnochados, a los vendedores ambulantes, estaba segura de poder distinguir el camión de reparto de la Coca-Cola de cualquier otro. Gatos, perros, pichones, un gallo desbalagado. Sonidos de ciudad con resabios antiquísimos de monte.

Supo que estaría fuera de las competencias un año completo por una conversación entre sus mamás, como las llamaba en secreto, para sí misma: mamá uno y mamá dos. Ocurrió una mañana después de una visita del entrenador, que había llegado justo cuando el médico y el fisioterapeuta se iban. Tomaron café sentados alrededor de ella, que tenía la pierna en alto como una piñata lista para ser apaleada en medio del grupo. Se rieron y Elisa se sintió contenta. La presencia del entrenador la tranquilizaba, que se tomara la molestia de visitarla le daba la satisfacción de pertenecer de verdad a la comunidad de atletas júnior de la región noreste del país. Y el entrenador era amable y comedido, trataba a las dos madres con propiedad e indulgencia, sin ofrecer más atención a ninguna.

Se despidieron. Marina le dio sus medicamentos a Elisa y luego, junto con Angélica, acompañó al entrenador a la puerta. Hubo susurros y Elisa notó que se demoraban demasiado. Se esforzó por estar atenta cuando por fin escuchó el golpe de la puerta cerrándose y las madres no regresaron de inmediato a su lado. Se concentró para poner sus sentidos en acción. Mamá uno y mamá dos hablaron de lo galante que era el entrenador, de lo bien conservado que estaba, de lo preocupado que se mostraba por Elisa. Entre un tema y otro, Marina mencionó lo caro de la carne en Monterrey y lo silvestre que era comer cabrito de esa manera en que les gustaba, con el pobre animal en una estaca, como crucificado. Angélica dijo que extrañaba la carne asada del norte de verdad, del noroeste, carne de Sonora con preparación bajacaliforniana. Ambas mujeres rieron, cómplices por un segundo, y recordaron una o dos cosas de su infancia. Elisa cabeceó. Entonces mamá uno dijo, con un tono doloroso, como si ella fuera la afectada directa:

—¿Cuándo le vamos a decir que no va a volver a las prácticas este año?

—Ni a los torneos del próximo ciclo.

Elisa ahogó un gemido.

Ese año era crucial, tenía diecisiete y era su último año en la liga júnior, debía calificar a los nacionales para pasar al mundo del deporte adulto con el mejor puntaje. Las mejores estadísticas. Antes de la lesión de su rodilla, ella y el entrenador estaban seguros de poder llegar a los Panamericanos. Contuvo la respiración para obligarse a no llorar. Hasta ese momento, no había tocado el yeso que le envolvía la pierna porque sus madres la bañaban y se encargaban de mantenerlo aséptico, pero no pudo contener el deseo de rasguñarlo para llegar hasta su piel, para ver por primera vez la carne cocida, húmeda, casi supurante, que todavía no llegaba a cerrar en una cicatriz.

Escuchó que tal vez fueran necesarias otras operaciones, que el seguro del equipo cubría solo una más y, si no quedaba bien, iban a tener que ver otras opciones de financiamiento o ir al Seguro Social. Escuchó a mamá uno decir que eso era una tontería, que podían buscar un doctor en San Diego, y escuchó a mamá dos replicar que aquello sería impagable, que los mismos estadounidenses viajaban a la frontera a hacer turismo médico y que, como mexicanos, era ilógico que intentaran las alternativas que ellos rechazaban. Sería demasiado caro. Después dijo que ella tenía a Elisa como su beneficiaria en un seguro de gastos mayores, que llegado el caso podían usarlo. Y mamá uno se puso necia, celosa otra vez, enumerando posibilidades cada una más estrafalaria que la anterior.

Lo de la rodilla había ocurrido en el evento nacional deportivo de la Universidad de Nuevo León, que era una especie de antesala para los verdaderos nacionales, los que organizaba la Comisión Nacional de Cultura Física y Deporte. Esos que los cazatalentos de Latinoamérica y el mundo esperaban ansiosos para fichar a sus nuevas estrellas. Y Elisa era una. Pero, antes, el nacional universitario sería el trampolín para el pase a lo siguiente, eso para lo que se había preparado toda su vida. Estaba a punto de lograr no su sueño, sino su destino. Sería seleccionada, no había duda. Cada esfuerzo, cada empeño, cada sacrificio, incluido el mayor de ellos, que era haber dejado su casa y a su familia, se verían recompensados. Elisa estaba lista, preparada, competente, sin temor alguno acerca de su triunfo.

Cuando sonó el silbatazo de salida, tomó aire, aguantó la respiración y corrió. Corrió, atenta solo a los latidos de su corazón. Corrió por la recta propulsada como un proyectil, los pies apenas tocando la arena de la pista. Más que correr, flotaba ligera, con una velocidad absurda, excéntrica, corrió con cada una de sus células desintegrándose en el viento, perdiendo más y más peso, y segundos después corrió volviendo a reunirse, como si en lugar de cuerpo fuera un holograma de sí misma, una especie de figura hecha de pixeles y no de materia. Corrió y era como si corriera cada una de las carreras que la habían llevado hasta ahí. Corrió como cuando corría en las calles sin pavimentar del barrio, en las dunas del baldío, en cada pista en que el salto de longitud la había colocado. Y por fin, al impulsar la última zancada, al llegar a ese momento de empujarse hacia arriba para el salto, el tobillo se le desvaneció. En lugar de pisar con la planta del pie firme, poderosamente, con la energía y la precisión de la atleta completa que era, en lugar de asestar un golpe vigoroso que la lanzaría hacia arriba, al espacio exterior y a las estrellas, y hacia adelante, al firmamento y a la posteridad, su tobillo se dobló como hacía el plástico al derretirse y la fuerza de su velocidad la hizo rebotar dos veces sobre la rodilla izquierda.

Resbaló casi tres metros, quizá los que hubiera saltado. Nunca lo sabría.

Lo que sí sabía era que con esa distancia mediocre no hubiera calificado.

El celular vibró con otra notificación. Setenta dólares más. Por una asociación pavloviana, el sarpullido le ardió. El dedo le empezó a palpitar y una comezón imposible la obligó a sacarse los tenis para rascarse hasta hacerse daño. Prefería el dolor a la incomodidad del escozor. Se envolvió el pie con una servilleta de papel y se limpió las manos con alcohol. En alguna parte había leído que eso mataba los hongos y le daba horror la posibilidad de que mantener su dedo así fuera a derivar en una micosis que se le extendiera por el cuerpo.

Envió a Jake un emoji de corazón rosa en agradecimiento.

Pensó que iba a llorar, por lo de Liliana, por su dedo, por la indignidad general que se había instalado en su vida, y se aflojó para permitírselo. Forzó un sollozo. Nada. Lo intentó un par de veces más, sin éxito, hasta que sonó el teléfono del comedor. Entonces un vahído le movió las paredes y el piso.

Se le tensaron las piernas.

Era su madre.

Marina.

La única persona que en 2018 seguía llamando a teléfonos fijos.

Volvió a timbrar.

Elisa sabía que la mitad de la conversación sería sobre lo caro que era llamar desde Estados Unidos, recriminaciones por tener que llamarla ella porque Elisa nunca lo hacía y críticas arbitrarias a cualquier cosa referente a la tía Angélica.

Escuchó el cuarto timbrazo y saboreó la idea de no contestar.

Saltó en un pie hasta el teléfono.

—Hola, mamá —dijo.

—Soy yo.

La voz de su padre era grave y suave. De una gentileza que no concordaba con sus maneras hoscas. Elisa se sintió reconfortada al escucharla y, al segundo siguiente, se le erizaron los vellos de la nuca. Su papá nunca llamaba.

—¿Pasó algo? —Elisa apretó con ambas manos el auricular.

70

—Pensé que... te iba a llamar más tarde.

—Papá.

—Necesitamos que vengas.

Su primer instinto fue reírse, pero algo en el tono de la sentencia, que no era ni una solicitud ni una pregunta, sino una orden directa, la dejó sin aliento. Porque cuando se recuperó del lento viacrucis de la rodilla, tuvo miedo, mucho miedo de que la obligaran a regresar a la ciudad, al barrio, a esa vida que ya no era suya y en la que no estaba interesada. Hasta cuando ya había cumplido la mayoría de edad pasaba los días a la expectativa de esa llamada, de ese poder inalienable que sus padres tenían la facultad de ejercer sobre ella sin importar su deseo ni los años que tuviera. El salto de longitud era lo que la retenía en Monterrey, sin él en su vida no tenía nada que hacer ahí. Lo lógico era que volviera, que dejaran de ayudarla económicamente y que liberaran a la tía Angélica de las obligaciones que había adquirido.

Ese miedo se manifestó de diferentes formas. Terrores nocturnos. Ataques de ansiedad. Accesos de llanto incontrolables. Insomnio. Un breve periodo de abuso de sustancias, fiestas desenfrenadas e irresponsabilidad sexual. Para la tía Angélica, eso era un rito de paso a la adultez. La monitoreaba, estaba atenta a conductas de verdad peligrosas, aunque en realidad le dejó atravesar la experiencia. Elisa no le habló nunca de su miedo, el miedo a irse, a dejarla, a tener que empezar de nuevo en un lugar del que se había ido como una promesa y al que volvería derrotada, convertida en nadie, en una persona común y corriente, como cualquiera. De volver a un lugar donde ya no conocía a las personas, donde no tenía amigos.

71

Cuando cumplió los veintidós, entendió que volver o no era una decisión solo suya y tuvo una sensación de estafa. De estar cayendo en algún tipo de trampa, de estar en una situación capciosa. La agobió el peso de esa responsabilidad y huyó de ello inventándose una vida de estudio y trabajo que nadie, salvo la tía Angélica, sabía que no era real. Nunca aprobó los exámenes de ingreso a la universidad y se matriculó en una escuela de idiomas donde perfeccionó su inglés, aprobó dos niveles de francés y, durante un tiempo, estudió magiar, como una rareza, porque estaba segura de que le daba personalidad decir que hablaba un poco de húngaro. Lo aprendió por cierta nostalgia también, porque tuvo un interés peculiar por Hungría desde la época de los gitanos en su colonia. Ese idioma, una lengua vivaz y rápida en la que todo parecía sonar a diferentes variantes de *ge, je* y *he,* hizo que Elisa se obsesionara un tiempo con lo húngaro. El cubo de Rubik, Robert Capa, Ferenc Puskás, Zsa Zsa Gábor, Tommy Ramone, Béla Lugosi y, su favorito, el escapista Houdini.

Después su antiguo entrenador le consiguió el trabajo con los niños del centro de alto rendimiento y los años pasaron, conoció a Miguel y a Liliana, y dejó su empleo para obtener los beneficios de entrar al sistema educativo como profesora de Educación Física en nivel secundaria. Pensado así, todo parecía haber ocurrido tan rápido; había llegado a Nuevo León en 1998, así que se trataba de casi veinte años de su vida, de toda su vida. Y aunque su madre era molesta e insidiosa, y parecía vivir en un estado de desaprobación constante contra Elisa, a lo largo de ese tiempo la había respetado. A ella y su resolución de quedarse en Monterrey. Era algo tácito. No se hablaba, nunca le había sugerido, ni mucho menos exigido, que regresara. Cuando la sermoneaba era por las llamadas, por los correos. Elisa estaba tan acostumbrada que no había caído en cuenta de que sus padres la dejaron vivir en total libertad y, cuando reconoció eso, le pareció el acto de amor más grande y desinteresado que alguien podía hacer por un hijo.

Por lo mismo, la llamada cobraba dimensiones míticas.

Que fuera su padre y no Marina quien le comunicara que sus vacaciones habían terminado lo volvía auténtico y tangible.

Debía regresar.

Pero a qué.

Años de olvido le cayeron de golpe. Elisa sintió que la garganta se le cerraba, que no podía respirar. Del otro lado de la línea telefónica, su padre explicaba, daba datos y números, y hablaba de fechas. Al fondo podía escuchar la voz de su madre, corrigiendo o haciendo alguna aclaración para que él la transmitiera. Hablaba del paso natural de ser residentes en Estados Unidos, que era el de obtener la ciudadanía. Explicaba que los documentos habían estado parados, pero ya se había reanudado el proceso, que las políticas se habían suavizado para personas como ellos, migrantes legales que dieron su vida trabajando en un país que no era suyo. El proceso implicaba no dejar Estados Unidos durante un periodo indefinido de tiempo porque tenían que entregar la tarjeta de residencia mientras se solucionaba el tema de la ciudadanía, entonces, si salían, no podrían regresar y lo perderían todo.

Hablaban de la casa, de las cosas que necesitaban que Elisa resolviera, de lo sencillo que sería y de cómo no se trataba de algo permanente. Serían solo unos meses, decía su padre; máximo un año, agregaba la voz de su mamá. Porque, si Elisa completaba las diligencias, podría volver a Monterrey, aunque ellos siguieran atrapados en Brawley.

Elisa se imaginó llegando a la casa de su infancia, a ese barrio donde aprendió a andar en bicicleta y donde corrió descalza esquivando piedras y vidrios, a esa ciudad de la que había estado escapando toda su existencia. Rebuscó en lo más recóndito de su memoria, ahí donde había enterrado los recuerdos, y se vio caminando las calles silenciosas, como de pueblo fantasma. Vio el lugar como la escenografía de una película de terror. El lugar en el que aparecería un payaso diabólico, donde un encapuchado perseguiría a la gente con una motosierra, el lugar donde las personas harían un ritual satánico y unos espeluznantes demonios del infierno sedientos de venganza saldrían del inframundo para devorarlas. El lugar donde los niños desaparecerían.

Los recuerdos empezaron a agolpársele en la frente y en el pecho.

El monstruo de la evocación y la remembranza despertaba de su letargo, furioso y hambriento. Daba zarpazos y lanzaba rugidos. Elisa hubiera preferido desmayarse, caer inconsciente, quedar catatónica antes de recuperar aquellas imágenes mentales. El animal expulsó un graznido tan estruendoso que le dio de lleno a Elisa en la columna vertebral. La mordía con sus quijadas sanguinolentas.

En el desierto estaban sus recuerdos y sus olvidos.

Un paisaje de silencios desconsolados, cargado de angustias que se volcaban sobre ella, abrasándola en un incendio de tristeza que amenazaba con consumirla. Le fallaron las fuerzas.

Recordó su primera competencia, a los siete años, y, antes de eso, las veces que corrió y saltó porque sí, por diversión, jugando con sus amiguitos y compañeritos de la escuela. No tenía idea de cómo una habilidad natural se había convertido en algo capitalizable. No sabía cuándo había dejado de ser un juego placentero para volverse un trabajo, una profesión que le ocupaba el día, ni cómo todo su alrededor había decidido que estaba bien, que era normal que una niña faltara a clases, no aprobara sus exámenes y viajara por el estado o entre ciudades siempre que ganara torneos. La sometían a entrenamientos extremos en Mexicali y en Tijuana. Recordó el agotamiento, las veces que suplicó a su madre terminar con eso y continuar sus días como una niña normal.

La culpa era de la pobreza, suponía. Gracias a sus competencias obtenían algunos beneficios no solo en su colonia, sino también en la ciudad, con los patrocinios y las becas. Eso lo recordaba muy bien. Recordaba también la vergüenza que le provocaba aceptar regalos, tener que tomarse fotografías con las personas que la exhibían como animal de circo. Recordó a su madre de joven, tan guapa, tan llena de energía, llamando la atención de hombres y mujeres por igual, despertando pequeñas envidias. Llena de orgullo y satisfacción. La vio atravesar aquella colonia lastimera a pie, en camión, de *raite* y con favores para llevar a su hija a las competencias.

Recordó el vuelo a Monterrey, su primer viaje en

75

avión, y lo emocionante que le pareció sobrevolar las nubes. Las conversaciones telefónicas eternas con su madre, las de los primeros años, esas en las que le contaba cada pequeña cosa que ocurría en el barrio durante su ausencia. Lo que Elisa no sabía era todo eso que su madre nunca le contó para protegerla. La violencia en la que se sumergió la colonia después de su partida; la búsqueda implacable que hicieron los hombres, su padre incluido, del responsable de la desaparición de la niñita esa. Una que Marina no conocía o no recordaba haber visto. Solo ubicaba a la madre, porque cualquiera del barrio sabía quién era la madre de la niña desaparecida.

Una mujer de la que se decían las peores cosas, que no dudaba en meter a su casa a su hombre en turno. Y que también desapareció poco después que su hija. Nadie sabía lo que le había pasado. Simplemente un día la casita que habitaban quedó abandonada, con sus pertenencias dentro. Si se había ido por su voluntad, no se había llevado nada. La gente pensaba que la había desaparecido el mismo que se había llevado a la niña, un exnovio violentador. Pero a ella no la buscaron, por ella no se preocuparon. Nadie, ni los vecinos ni la policía.

Cada vez que su madre le narró las peripecias del barrio, le ocultó las historias terribles que Elisa no necesitaba conocer. No le dijo sobre los policías de Estados Unidos que habían estado en la colonia buscando a los robachicos. No le dijo las noticias espantosas sobre el pastor Graham, el hombre que se las daba de bonachón predicando la palabra y la oración, y que resultó ser pederasta, había quien decía que hasta era satánico y que todos esos supuestos rezos al Señor eran para el demonio. Lo cierto era que al esposo de Marina siempre le había desagradado y a ella le provocaba repulsión verle los dientes podridos y el cabello seboso, ¿no decían las Escrituras que la gente tenía que bañarse? Tampoco le contó de la epidemia de gonorrea. Porque una niña no tendría por qué saber las porquerías de los adultos. La enfermedad había sido esparcida por los gitanos, de eso no hubo duda entre los vecinos del barrio. Lo que les daba náuseas a las mujeres era que sus maridos pudieran haber tenido contactos poco santos con las gitanas. Daban ganas de lavarse las partes con cloro. No le contó de las dos enfermeras, quienes se revelaron como las verdaderas heroínas del barrio, que llevaron a un escuadrón de pasantes de enfermería para ayudar a contener los contagios con inyecciones y antibióticos. No le dijo que ella misma tuvo que medicarse y estuvo a punto de correr a su marido de la casa.

¿Por qué tendría esas conversaciones agotadoras con su niñita? No había un motivo sobre la tierra que justificara que Elisa debiera saber lo que significaba la palabra *gonorrea*. Que tuviera que enterarse sobre el flujo purulento que manaba de las vaginas y las uretras infectadas, de las gargantas y los rectos. El dolor en el bajo vientre, en la espalda, como si unos cólicos permanentes se hubieran alojado para la eternidad en los huesos, la hinchazón del cuello y las articulaciones, las pequeñas manchas rojas en las extremidades que anunciaban al mundo quién era portador.

Y tampoco le contó de la vida posterior a eso. De lo difícil que había sido reponerse como comunidad. Si era un tabú hablar abiertamente del sexo, mucho menos po-

77

dían hacerlo de algo tan sucio como la gonorrea. El silencio era inmutable y, por ello, volver a confiar, recuperar sus relaciones posteriores a la enfermedad, les parecía poco menos que inalcanzable. La normalidad había regresado con lentitud, de modo vacilante. En muchos sentidos gracias a las enfermeras. La vida anterior a la epidemia recuperó su forma; al principio con fragilidad, después con desmemoria, como solía ocurrir. Durante mucho tiempo no se mencionó ese momento deshonroso e inmoral en la vida de la colonia y, si alguien lo refería, era para maldecir a los gitanos, comportándose como si la gonorrea fuera una gripe que se contagiara a través de estornudos.

Mucha gente de la colonia pensaba que Dios les había enviado aquella plaga indecorosa. Como si no fuera suficiente vivir en un mundo donde los niños desaparecían, habían tenido que soportar el oprobio de que sus pasiones los infectaran. El camión del pastor Graham recorrió el barrio, pregonando con más insistencia que nunca acerca de los pecados de la carne. Como si el viejo sinvergüenza no se hubiera enfermado también.

Elisa no supo nunca que, con el paso de los años, la gente la sumó a sus habladurías. A las dos, a ella y a su madre. Que, cuando se apagaron los triunfos deportivos y se corrió la voz sobre las operaciones de la rodilla, dejaron de ser la familia favorita de la colonia y ya no les fiaban en las tiendas, algunas personas incluso dejaron de dirigirle la palabra a Marina. Entre ellas Juana Emilia, que se había metido en muchos problemas con los muchachos esos que recibía en su casa, y su marido también, que al final la dejó a ella y a sus hijos. Supuestamente se

78

había ido a trabajar al otro lado, pero en el barrio se sospechaba que él conocía a los ladrones de niños y que por eso se había largado. Como fuera, nunca regresó ni les mandó un peso.

De vez en vez, cuando pasaba cerca de un grupo de vecinas, Marina escuchaba cosas hirientes como «Ya no es tan especial, ¿no?», «Vieja creída» y «La morrilla era insoportable». Entonces la asediaba la ansiedad y se consolaba pensando que, si bien Elisa no había podido cumplir las expectativas que se tenían de ella, la había salvado. Marina salvó a su hija enviándola lejos, y eso era suficiente para dormir por las noches y para aguantar las miradas y las maledicencias.

Marina tampoco le dijo a Elisa lo de Aimé porque Elisa no quiso saberlo jamás, porque le había prohibido hablarle de ella y, aunque Marina no comprendía, lo toleraba y se guardaba sus opiniones al respecto.

Ni siquiera le contó cuando los gitanos se fueron del barrio y cuando el baldío de su infancia se convirtió en un estacionamiento público.

Nunca le habló de esos años en que la comunidad se empañó con una especie de niebla invisible de congoja y desconcierto. De suspicacia y aprensión que los obligaba a transitar la vida con recelo, con una mezcla de indecisión y cautela crónicas. Primero el dolor por los niños desaparecidos, el miedo de la violencia que parecía llegar por cada uno de los flancos, y después el auge de las bandas de narcos que parecían tratar de acabarlo todo. Una tristeza persistente y continuada había tomado el sitio y volvía agónico el mero hecho de sobrevivir. Por eso la opción de obtener la residencia estadounidense cobró

79

cada vez más fuerza hasta que se convirtió en una convicción. No era una repentina necesidad de huir, era una certeza absoluta de que las cosas serían mejores en «el otro lado».

Después de la desaparición de la niña, los gitanos habían sido acosados tanto por los vecinos como por los municipales. Los policías se presentaban en el campamento sin órdenes de registro y lo saqueaban. Arrestaron a unos cuantos que les plantaron cara. Marina no supo cuándo los soltaron o si los soltaron. Los vecinos se pasaban los días persiguiéndolos si dejaban el campamento para buscarse la vida. Hubo un acuerdo tácito de no comerciar con ellos ni colaborar en su economía o sustento de ninguna manera. Así que las mujeres asiduas a las cartas y ese tipo de supercherías tuvieron que conformarse con ver a Walter Mercado en la televisión. Y los hombres que eran clientes frecuentes de su sistema de apuestas se vieron obligados a encontrar otro modo de apaciguar su ludopatía.

Elisa no supo ninguna de esas cosas. Porque su madre la cuidaba a la distancia con el mismo esmero con que lo habría hecho si hubieran estado juntas. Porque Elisa había sido bastante clara al espetarle que no quería saber absolutamente nada de Aimé, que ya no eran amigas, que no le importaba si temblaba y las placas divergentes de la falla de San Andrés chocaban entre sí y se separaban y la tierra se tragaba la ciudad entera y la península de Baja California se convertía por fin en la tan ansiada isla que podría gobernarse sola como un Estado independiente. Ni siquiera esa noticia estaba dispuesta a escuchar.

80

Elisa había sido metódica al eliminar de su entorno cualquier cosa que pudiera vincularla a Mexicali. Cuando abrió su cuenta de Facebook, bloqueó a todas las personas que le enviaban solicitud de amistad o la agregaban a sus contactos que remotamente tuvieran que ver con el barrio o la ciudad. Excompañeros de escuela, exvecinos, examigos, exfamiliares. Para ella, eso formaba parte de una exvida a la que no volvería si podía evitarlo.

Y pudo, durante casi dos décadas. Eludió las historias de su madre y la información de redes sociales, y se volcó a su cotidianidad en Monterrey, a sus nuevos hábitos y rituales reconfortantes con una necedad y obstinación que cobraron frutos manteniéndola felizmente alejada de ese pasado irritante y embarazoso. Elisa se sumergió en la euforia que le representaba el olvido y, hasta ese segundo exacto, con las manos húmedas de sudor entrelazadas alrededor del auricular, nunca se había planteado con seriedad volver a Mexicali.

Con una impaciencia medrosa, buscó la forma de terminar aquella llamada.

Antes de colgar, su padre le repitió la fecha en que debía estar en el aeropuerto, le explicó que ya habían arreglado quién la iba a recoger y que le enviarían una transferencia para el vuelo. Su madre por fin tomó el teléfono y se despidió de ella con dulzura, como una madre que ha esperado durante años el reencuentro con su hija pródiga, porque, aunque ella estuviera en Brawley, saber que Elisa pisaría de nuevo la casa familiar era suficiente para sentir que el círculo se había cerrado.

Elisa sopesó el sosiego luego de la conmoción. Se vio despidiéndose de su tía Angélica, arribando a su ciudad natal, y un puño le atenazó la garganta dejándola sin aliento.

Esa noche lloró por fin.

Lloró en su cama pensando en Aimé y en Rosario hasta quedarse dormida.

3

A esa hora el estacionamiento estaba casi vacío, así que podían pedalear sus bicicletas como si estuvieran en una pista especial para ello. Daban largas vueltas a toda velocidad, sintiendo el viento en el rostro y en el pecho, y después, cuando iban de regreso, en la espalda, como si aquel viento los empujara y les ayudara a ir todavía más rápido. En una de las curvas, Ricky se inclinó demasiado hacia la derecha y derrapó. Su instinto lo hizo saltar de la bicicleta. Rodó por el asfalto raspándose el costado y, casi como un milagro, no se rompió ningún hueso. La bicicleta se fue dando tumbos y maromas hasta estrellarse con uno de los muros de contención del lugar. Amber se rio de su hermano sin dejar de pedalear. Él la ignoró y fue a levantar su bici.

Era una bicicleta de montaña, muy grande para un niño de su tamaño, pero sus papás la habían comprado pensando que pronto daría el estirón de los doce años. En cambio, la bicicleta de Amber era del tamaño justo, de hecho, lo más probable era que solo le sirviera hasta esa primavera y que para el verano tuvieran que comprarle otra. Era rosa, por supuesto, y llevaba unos pompones de oropel en diferentes tonos de magenta y lila que revoloteaban como si fueran pequeñas aves que estuvieran tratando de alcanzarla. La risa de Amber hacía eco en el estacionamiento. Cuando Ricky vio su bicicleta, comprendió que el juego había terminado, al menos para él. La cadena estaba hecha un nudo y una llanta se había reventado; además, el asiento estaba torcido. Cuando la echó a andar, rechinó tan fuerte que Amber, ya sosegada, tuvo que volver a reírse.

Le dijo a su hermana que se iba, pero que si quería, ella se quedara otro rato, porque estaban a dos calles de su casa y Amber siempre decía que quería jugar más tiempo, aunque, cuando lo veía alejarse, de repente se sentía sola y corría para alcanzarlo.

Ella contestó que sí, que se quedaba, sin dejar de pedalear. Tal vez le dolerían las piernas en la noche, cuando estuviera acostada en su cama. En ese momento no importaba. Ricky se encogió de hombros y se fue con la bici maltrecha. Amber escuchó el rechinido hacerse débil y desaparecer. Ricky escuchó la risa de su hermana disolverse en el aire.

Llegó a su casa, dejó la bicicleta en el porche y entró a tomar un vaso de limonada. Abrió el refrigerador, sacó la jarra y la puso en la mesa. Se sobó el lado derecho del torso y sintió un pequeño desgarro en la camiseta. Buscó un vaso grande, le puso hielos, virtió sobre ellos la limonada con mucho cuidado y, cuando estaba a punto de dar el primer trago, escuchó la voz de su abuelo, que estaba de visita, llamándolo. Colocó el vaso sobre la mesa y se asomó por la puerta mosquitera. El abuelo estaba revisando la bicicleta. Ricky supo que pasarían la tarde reparándola y eso lo relajó. Regresó por su vaso y escuchó de nuevo aquella voz, que por lo general era un poco carrasposa y que siempre se dulcificaba cuando hablaba con sus nietos. Le preguntó por Amber. Ricky por fin bebió un poco de limonada antes de contestar que se había quedado en el estacionamiento de Medina Drive. Luego le dio otro sorbo. Los hielos repicaron entre sí y contra el cristal del vaso, sonando como cascabeles. El abuelo dijo algo más que Ricky no escuchó. Se acercó otra vez al mosquitero y lo vio dar media vuelta rumbo a la calle. Con el vaso en la mano, salió para seguirlo.

Aceleró el paso y lo alcanzó enseguida, pues el abuelo, a pesar de que aún caminaba con firmeza, era ya un hombre cansado, de zancadas lentas. Llegaron pronto al estacionamiento, había todavía menos autos que cuando él y Amber se paseaban juntos ahí hacía apenas unos momentos. La bicicleta rosa estaba tirada en medio del amplio terreno pavimentado, le faltaba un pompón. De Amber, nada.

Se llamaba Amber Hagerman, tenía nueve años y sería encontrada cinco días después, degollada, en una zanja cercana. Había estado viva durante dos días. Desangrándose. Ocurrió en 1996 en Arlington, Texas, y el caso fue tan mediático y los padres de la niña tan incómodos para el Departamento de Justicia y el FBI que con su nombre se instauró un sistema de alerta estatal para el secuestro de menores, la alerta AMBER. Hacia 2002, se había extendido por todo el territorio estadounidense y algunos países empezaron a adoptarla. Pero este sistema

85

no llegó a México hasta 2012, diez años después. En 1998, cuando Rosario fue secuestrada en Mexicali, no había un protocolo que seguir ni un manual de operación, ni siquiera un registro nacional de niños desaparecidos, mucho menos uno estatal. Por ese entonces, eran los Departamentos de Policía municipales los que se hacían cargo de los casos.

Las patrullas daban rondines por las calles de las colonias afectadas. Afectadas, así llamaban a las colonias donde había desaparecido un niño. No era claro el fin de dichos rondines, no se sabía si eran para cuidar a los que quedaban o para buscar a los perpetradores. Nadie entendía exactamente para qué los hacían, pero al final los habitantes de las colonias y los barrios se acostumbraron a que, durante varias semanas después de que un niño desapareciera, verían a los patrulleros en sus zonas de modo regular. Ahí donde de común jamás asomaba la policía.

Unos diez días después de la desaparición de Rosario llegaron los polis gringos.

Russell Blake y Kevin Mack, dos detectives de Los Ángeles enviados a Calexico para dirigir un equipo de respuesta rápida en la frontera, en tanto que se estimaba que seis de cada diez de los menores desaparecidos eran ingresados a Estados Unidos de manera ilegal. De los otros cuatro nadie sabía nada, tal vez los internaran hacia otros lugares de la propia República Mexicana, tal vez fueran asesinados, tal vez muchas cosas. Las opciones resultaban ilimitadas. Lo que era cierto era que ninguno de los niños señalados como desaparecidos en esa pequeña ciudad fronteriza, contraparte de Calexico, había sido encontrado.

Los detectives llevaban apenas dos días en la frontera y ya sabían que no contarían con el apoyo de los agentes aduanales para solucionar el asunto. Había inercias, burocracias, sistemas específicos que apenas funcionaban —y no siempre— para los migrantes ilegales y los traficantes, no así para la crisis que ellos debían contener. Desde que entraron al diminuto salón de usos múltiples de la única estación de policía local, que antes de su llegada servía como almacén de muebles en desuso, les había quedado muy claro que tendrían que vincularse con las autoridades de la ciudad vecina, aunque solo se lo dijeron el uno al otro hasta el segundo día.

El detective Russell Blake hablaba un poco de español porque su última exesposa era panameña. Kevin Mack hablaba inglés y entendía algo de francés porque su familia provenía de Luisiana.

Iban a necesitar un traductor.

Russell Blake tenía cuarenta y dos años, tres divorcios que se llevaban la mayor parte de su sueldo, ningún hijo y pocas esperanzas de aprobar el examen para sargento. El detective Kevin Mack estaba por cumplir cincuenta y tres años, tenía dos hijas en la universidad y se veía más joven que Blake. En la estación solían hacerles bromas al respecto. Bromas que Blake tomaba cada vez con menos humor.

A Kevin Mack eso le daba aún más risa y lo aceptaba sin una pizca de humildad. Sabía que su genética era buena y a lo largo de su vida le había sacado provecho. Su bisabuelo había nacido en plena guerra de Secesión, en una plantación de Nueva Orleans, hijo de una mujer conjuradora de la religión *hoodoo* que le había pasado sus conocimientos, con los que había sobrevivido casi sesenta años en una época en que eso era impensable. Tiempo suficiente para engendrar al abuelo de Kevin y enseñarle, a su vez, todo lo que sabía. Su abuelo, que entonces tenía ciento seis años, parecía y se comportaba como alguien de setenta. Las cosas que su abuelo había visto. El anciano no se mostró feliz cuando Kevin le informó que ingresaría a la academia de policía, pero guardaba celosamente una fotografía suya con su uniforme de cadete en un *nkisi*, una especie de figurita *hoodoo* que representaba a su nieto.

Mack era consciente de que provenía de un buen árbol genealógico, uno protector, sabio y longevo. Él mismo llevaba un talismán *hoodoo* consigo, una bolsa de franela roja colgada al cuello, rellena de hierbas y polvos defensores, que usaba más por costumbre y para tranquilizar a su abuelo que porque tuviera algo de fe en ella. Era tan pequeña que de lejos se confundía con un escapulario. A Kevin Mack le gustaba molestar a su abuelo diciéndole que el talismán solo surtía efecto si el portador lo necesitaba. Era una regla. Y como él era un hombre con suerte, portaba la bolsita como un accesorio de moda. Su abuelo refunfuñaba.

Blake y Mack habían sido compañeros prácticamente desde los disturbios de Los Ángeles en el 92. En esa época, Kevin pensaba que se jubilaría como patrullero y Russell tenía tan solo dos semanas como detective. El tercer día de los disturbios, Mack respondió a una llamada cerca de su área sobre una turba que estaba saqueando un edificio. Blake, que estaba entre los voluntarios que daban respaldo al departamento, llegó por su cuenta, en

88

respuesta a la misma llamada. Cuando ambos aparecieron, las llamas ya estaban consumiendo el inmueble, y los incendiarios comenzaban a dispersarse rumbo a nuevos objetivos. Los dos agentes fueron tras uno de los que llevaban una mochila que parecía esconder material peligroso. El hombre los hizo correr varias calles, hasta llevarlos muy cerca del *flashpoint*, que se les había indicado evitar, así que Mack, que había vivido un breve momento de gloria como velocista en el *college*, tuvo que darle alcance antes de que los arrastrara a un lugar del que no pudieran salir. La mochila voló como proyectil y Mack la esquivó antes de lanzarse de lleno sobre el fugitivo. Blake, que iba detrás ya sin aliento, la recogió. Mack tumbó de bruces al pobre, cubriéndolo con todo su cuerpo. El hombre no se resistió. La adrenalina de la carrera lo hizo levantarse como un resorte, sacudió al tipo y tomó sus esposas antes de darle siquiera la vuelta. Lo recargó contra una reja y le dobló los brazos en la espalda, impidiendo que se moviera. Russell llegó, no podía hablar, se limitó a resoplar y vaciar la mochila ahí mismo en la banqueta: cuadernos, una lata de aerosol verde, una botella de plástico de un litro llena de gasolina. Mack tomó al detenido por los hombros y lo giró para verle la cara. Estaba llorando. Era un muchachito latino, no debía tener más de quince años.

Kevin Mack y Russell Blake se miraron a los ojos por primera vez, entendiéndose en silencio, tal como harían muchas veces más a lo largo del tiempo que pasarían trabajando juntos. Lo dejaron ir. Escribieron el reporte a cuatro manos. Esa noche llegó la guardia nacional, y el

LAPD mantuvo a sus agentes, desde los uniformados hasta los altos mandos, haciendo papeleo y otras labores que no implicaran salir de sus instalaciones. Russell buscó el número de placa de Kevin y revisó su trayectoria. Después de la crisis de los disturbios, lo rastreó y lo encontró lavando su patrulla en el aparcamiento de la estación sureste. Le entregó la guía de estudio del examen de detective y una ficha que había sacado con su nombre. También le escribió una recomendación y habló con su sargento para que lo tomara en cuenta cuando obtuviera el ascenso. Tres meses después fueron asignados juntos. Dos detectives novatos que se hicieron respetar resolviendo tres de cada cinco casos que llegaban a sus escritorios. En aquel tiempo, esa era una gran estadística, los mejores números a los que podían aspirar.

Russell apretó el vaso de papel que tenía en la mano y lo lanzó al bote de basura desde su asiento. Falló. Se removió en la silla y las llantas chirriaron. Se sacudió la mano, que se le había mojado con los restos del café, y soltó un sonoro *fuck* y después otro más cuando se salpicó la cara y parte de la camisa. Kevin miraba la ciudad por la ventana. Una callecita con faroles que imitaban los de principios del siglo. Un parque vacío. Una glorieta diminuta a la distancia. Ni un pájaro.

Tocaron a la puerta.

Russell se recompuso como pudo. Kevin cerró la persiana con pereza.

Otro golpecito tímido los hizo voltear a verse.

—*Come in* —dijo Russell.

La joven entró.

90

—*Hi*, hola —saludó, confiada en dejar claro su bilingüismo—. Soy Ema, su traductora.

—*The translator.* —Russell volteó hacia Kevin.

Kevin asintió. Los tres se miraron en silencio.

—*Well, shall we leave?* —dijo por fin Kevin—. *I've never been to Mexico.*

Hicieron el viaje en el Toyota de Ema. De camino a Mexicali atravesaron largos tramos de parcelas sin sembrar y otros tantos con un césped tan verde que parecía artificial.

Ema les iba contando la historia de ambas ciudades, y los dos detectives se interesaron mucho por el tema de la migración china y La Chinesca, su ciudad subterránea, y también el hecho de que la familia de Ema vivía en la colonia de la última desaparición reportada.

Ella les habló un poco de sus antecedentes personales y familiares. El abuelo paterno de Ema era de Zacatecas y su abuela de Guadalajara. Se conocieron en un pueblo llamado El Salto, ahí en Jalisco, y habían emigrado al norte, con su hijo mayor recién nacido, en busca de mejores condiciones de vida. Los abuelos maternos eran de Nayarit. Los padres de Ema se habían conocido en Mexicali y, por un azar afortunado, ella había nacido en Riverside, California. Por eso había estudiado en Calexico y podía trabajar como archivista y asistente administrativa para el Departamento de Policía, a donde había llegado como becaria y al final se había quedado. Llevaba tres años viviendo de forma permanente en «el otro lado», pero pasaba los fines de semana en Mexicali con sus papás y su abuela materna. Era transfronteriza, conocía el terreno y a los vecinos, sabía lo que se contaba de las

91

desapariciones y le preocupaba, por eso se había animado a ofrecerse cuando supo que los detectives de Los Ángeles necesitaban un traductor.

Aunque Russell y Kevin eran empáticos con sus historias, había algo de fondo que eran incapaces de entender, algo que se les escurría entre los dedos cuando intentaban asirlo. Russell era angelino de cepa. Podían rastrearse por lo menos seis generaciones de su rama de los Blake, desde él hasta el salvaje Oeste. A pesar de que Los Ángeles era cosmopolita y multicultural, y su desarrollo estuviera ligado a procesos históricos específicos que cualquiera con dos dedos de frente conocía, Russell no pensaba en ello jamás; la idea de una sociedad como la mexicana, de la obsesión con la frontera, simplemente no tenía sentido para él. Kevin, por otro lado, podía vincularse con la violencia intrínseca de la migración en el propio territorio, del desplazamiento en búsqueda de algo mejor, que se parecía mucho al desplazamiento forzado, pero a final de cuentas solo podía comparar lo ocurrido con su gente —así lo pensaba, en esos términos, las poquísimas veces que lo pensaba— con lo sucedido con los pueblos nativos en Estados Unidos y en México, jamás con las sociedades surgidas de esos genocidios estructurales.

Y para dos hombres como ellos, hombres de acción, de sentido común aplicado a la investigación criminal, muchas de aquellas reflexiones resultaban ociosas, en última instancia serían cosa de académicos o de historiadores, y que no tenía gran incidencia en la vida real cuando estaban desapareciendo niños.

Llegaron al cruce fronterizo. Las dos ciudades hermanas, concebidas como gemelas, no podían ser más diferentes. La garita los escupió en el centro histórico de la ciudad, en medio de cantinas, bares, albergues para migrantes, grandes estacionamientos y pequeños puestos ambulantes de comida y chucherías, casas de cambio en casi cada esquina, locales de artesanías falsas y lugares de comida china. Muchos lugares de comida china.

—Es la mejor que van a probar por aquí. *The best Chinese food in town* —dijo Ema mientras entraban a un restaurancito más o menos salubre con espíritu de fonda llamado Dragón Oro, así, sin la preposición, imitando la gramática de los chinos cuando hablaban español.

Los comensales presentes los vieron exactamente durante medio segundo y después volvieron a lo suyo. No era común ver un trío como ese. Un hombre blanco, de saco y corbata; un hombre negro, con camiseta polo y pantalones Dockers, y una joven mexicana de jeans y camisa celestes, como si estuviera uniformada. No era asunto de nadie. Los blancos que rondaban por ahí siempre eran jubilados, viejos sucios, alcohólicos, drogadictos, adictos al juego. Blancos que cruzaban a gastar sus dólares en mujeres baratas o en algo más turbio. Casi no se veían personas de color porque en esa época casi no las había en Calexico. Quizá alguna vez, si un grupo de estudiantes universitarios de San Diego se hartaba de Tijuana y se sentían aventureros, hacían el trayecto por la Interestatal 805 a la búsqueda de una noche de desenfreno en Mexicali que, por lo general, no valía la pena.

Ema pidió comida corrida, el paquete número tres, para dos comensales. La *tres para dos*, como se decía localmente, y les llevaron siete platillos diferentes a la mesa,

93

todo en cantidades delirantes, como si los cocineros no supieran calcular cuánto comen dos personas. Comieron hasta hartarse. Kevin pagó. «A cuenta del departamento», dijo, guiñando un ojo a nadie. Los tres sabían que no les habían autorizado viáticos en territorio mexicano.

Luego Ema subió a la cajuela del carro dos bolsas de plástico con contenedores desechables llenos con la comida que había sobrado y se enfilaron hacia el este. Salieron de la zona comercial del centro y atravesaron un paisaje que iba modificándose en colores y formas mientras pasaban por algunas colonias de buen nivel socioeconómico y después por otras menos favorecidas hasta adentrarse en los terrenos de las colonias más pobres de la ciudad. Avanzaban siempre paralelos a la línea que separaba los dos países con una reja endeble, que conforme se alejaban de la garita iba reduciéndose y convirtiéndose a veces en malla ciclónica, a veces en trechos interminables sin cerco o en letreros que decían «Prohibido el paso. Internarse en Estados Unidos sin la documentación adecuada se considera un delito federal».

El barrio era una desgracia. Casi ninguna calle estaba pavimentada, las casas se sostenían patéticas, sin sentido, construidas como fuera con cualquier material, sin una pizca de planeación urbana. En el horizonte, en el parque industrial donde se empleaba una gran mayoría de los habitantes, se alzaban las fábricas con sus altas fumarolas que eran visibles desde cualquier punto y distancia, y las casitas quedaban subordinadas a ellas, del mismo modo en que en el pasado se organizaban los pueblos alrededor del castillo feudal.

Ema llevó el Toyota por las callecitas en las que había crecido y que le significaban toda la vida, explicando a grandes rasgos la relación entre las personas y las familias y los recién llegados. Se desvió para mostrarles un bloque en el que convivían la iglesia, el kínder, la primaria y la secundaria del barrio, ignorando de modo activo que la educación en México era laica desde la Reforma. Les contó sobre los padres de familia que tenían permisos de trabajo, que cruzaban la frontera cada madrugada para trabajar en los campos. El ingreso de dólares era notorio en esas casas, que, aunque no eran lujosas, se habían ido arreglando o remodelando de a poco, completando las construcciones originales con mejores materiales. Después estaban los trabajadores de las fábricas, que eran casi todos, a quienes apenas les alcanzaba para ir viviendo cada día. Y luego estaban los demás. Los que trapicheaban, los que lavaban autos, las mujeres que limpiaban casas en colonias mejores o vendían comida los fines de semana. Los que sobrevivían como podían sin un empleo formal.

Pasaron por el baldío de dunas y tierra. Y por el campamento gitano.

Durante el reconocimiento del lugar, no vieron ninguna patrulla local.

Russell se había quitado el saco y la corbata, y se había arremangado la camisa. Kevin sudaba como si estuviera en una sauna. El viento reseco entraba por las ventanillas abiertas y los cubría con una fina capa de polvo.

Cuando llegaron a la casa de los padres de Ema, iban a ser las tres de la tarde. La peor hora del verano.

Era una de las casas menos humildes y de cualquier

modo rezumaba pobreza. Una pobreza digna, que se disfrazaba de paredes bien pintadas y de limpieza neurótica, de la letanía de «pobres pero honrados» y de «pobres pero nunca sucios». De la colección de adornitos de las fiestas en los muebles. De mantelitos de crochet en las mesas y carpetas tejidas en los brazos de los sillones. De fotos familiares y de la niña, siempre la niña. El orgullo de la casa. Ahí podía verse a Ema en las paredes. En uno de esos cuadros con cuatro caritas. En una sesión de estudio con fondo de terciopelo. En su bautizo. En su comunión. En sus quince años. En cada graduación.

Ema dejó la comida china sobre la mesa y les ofreció agua. Del fondo de la casa se escuchaba un murmullo de televisiones encendidas en diferentes canales.

La abuela hizo su aparición en el umbral del pasillo que daba a las habitaciones. Estaba fumando.

Observó a los extraños con desconfianza. Solo había visto hombres negros en las películas.

Ema se acercó a saludarla. La besó en la mejilla y agachó la cabeza frente a ella para que la mujer la persignara con la mano del cigarro.

Los detectives tomaron agua, incómodos.

—Que use vinagre en eso —dijo la abuela y se regresó al cuarto a ver sus novelas.

—*Soak that in vinegar* —tradujo Ema, señalando las manchas de café en la camisa de Russell.

Se sentaron en la sala a comentar el siguiente paso y comenzaron a escuchar los susurros de afuera. Se había corrido la voz de que unos policías gringos estaban en el barrio y un grupo de vecinos se había aglomerado en el cerco de la casa.

Ema se asomó por la ventana. Mencionó que tal vez lo mejor fuera que ignoraran eso, y Kevin dijo que debían salir, tomar algunas declaraciones, ver cuáles eran las expectativas de las personas.

Los policías se apostaron en el patio. Los vecinos guardaron silencio. Ema habló. Los presentó y explicó que los detectives de Los Ángeles estaban en una misión de reconocimiento, que estaban ahí para contactarse con la policía municipal para encontrar la mejor forma de hacer frente al problema.

El problema, dijo y se arrepintió de inmediato.

—El problema son los pinches húngaros —respondió una voz.

La muchedumbre asintió.

—Que se vayan a su pueblo —dijo alguien más.

—También están los otros —se escuchó al fondo.

—¿Cuáles otros? —preguntó Ema.

—Los fulanos esos que llegan y se quedan ahí en la casa de Juana Emilia, con el mecánico.

Ema intentó explicarles a los detectives que era muy común que los residentes que eran migrantes recibieran a personas de sus lugares de origen por algún tiempo, aunque a veces ni siquiera estuvieran emparentados.

—Y el desgraciado, el novio de la mamá, ese que le pegaba.

—A mí siempre me ha dado mala espina el gringo del camión.

Las voces empezaron a elevarse, lanzando acusaciones, señalando a distintos sospechosos.

Ema tenía que hablar muy rápido para traducir a tiempo.

97

Los detectives tomaban nota.

El campamento gitano. Un tal Luis Méndez alias el Morete. El pastor Graham. Ramiro N y Roberto N, los jóvenes que vivían de forma temporal en la casa del mecánico. Alguien acusó al Engabanado, un indigente que, envuelto en un gabán mugriento, rondaba la iglesia y, por lo tanto, las escuelas cercanas.

Ema no tuvo valor para decirles a sus vecinos de toda la vida que los detectives no estaban ahí para resolver el caso. No les habían asignado eso, aunque todos lo creyeran y se sintieran más seguros con la sola presencia de los estadounidenses. Ema no tuvo corazón para sacarlos de su error. En el fondo, ella también confiaba en que, de alguna manera, los detectives se involucraran hasta el punto de ayudar a dar con los ladrones de niños.

Mientras se dispersaba la gente, una vecina se acercó a Ema.

—Que vayan con la bruja, ella sabe cosas.

Se refería a Orsolya, una de las gitanas del campamento que leía la mano y tiraba el tarot, y de la que se decía que podía realizar hechizos y encantamientos.

—*What's her deal?* —preguntó Kevin mirando a la mujer alejarse.

—*Maybe nothing* —respondió Ema.

Orsolya acostumbraba salir del campamento y caminar por el barrio. Le gustaba retar las miradas, que primero eran curiosas, después aprensivas y, luego de la desaparición de la niña, despectivas y acusatorias por igual. Llevaba su mazo de cartas y, donde encontraba un buen lugar, se recargaba o, si tenía suerte, se sentaba y pasaba una o dos horas barajando. Observaba a los veci-

98

nos, su doble moral, su hipocresía. La cantidad de maridos que se paseaban por el campamento buscando una mujer gitana. La cantidad de esposas que se paseaban por el campamento queriendo saber su futuro, y más de una, buscando hombre gitano. Orsolya se ponía el mazo en el pecho, debajo de la blusa y liaba un cigarro. Y se quedaba ahí, mirando cómo las personas iban y venían, unas volvían del trabajo o salían a sus mandados. El día que llegaron los agentes, Orsolya estaba en su lugar habitual. Desde ahí, podía ver sin problema alguno a la madre de la niña deportista, de la que todos hablaban y que se había largado supuestamente a triunfar, después de la fiesta, al día siguiente de la desaparición. También veía al padre, el que había comandado a los otros hombres del barrio para arrasar el campamento. Veía a la chinola, a la que le hizo un trabajo blanco, un endulzamiento, y a quien, si hubiera querido, si ella y su gente fueran como todos decían, podía haber engañado para hacerle un amarre oscuro. Pero, en el amplio espectro en el que navegaban y fluctuaban sus estándares morales, Orsolya se consideraba una mujer honesta.

Orsolya había aprendido sobre la adivinación y la magia de su madre y su abuela. En su comunidad, los trucos y las estafas eran lo primero que se dominaba, casi siempre en la familia nuclear; si el aprendiz mostraba cualidades, pasaba a manos de alguno de los maestros que lo introducía en otras artes. Orsolya había estado en manos de una tía política, que era prima segunda de su madre por matrimonio: Jayah, una mujer con poderes verdaderos. Se decía que, en su juventud, durante una temporada que vivió en Portugal, Jayah trabajó en una sala de masajes a donde asistían mujeres muy ricas que la tenían en alta estima y se peleaban por sus servicios. En ese tiempo, Jayah enfermó de un padecimiento raro que la dejaría ciega de forma paulatina. Entonces eligió a una de esas mujeres, una rusa septuagenaria de ojos verdes, y se dedicó a prodigarle los mejores masajes.

Jayah se enfocó en su espalda, en las vértebras, en identificar las zonas de músculos y tendones y, cada tarde al llegar a su campamento, tejía una réplica de la espina dorsal de la mujer. A la sexta semana puso el nudo final al tejido y recuperó la vista de golpe. Los ojos, antes avellana, se le volvieron verdosos. Con la luz adecuada brillaban como el jade.

La anciana rusa se quedó ciega.

Con esas potestades fue investida Orsolya.

Sentía una mezcla de placer y suficiencia al saberse dueña de un poder así y de una capacidad tan consciente de no usarlo.

Tiró lo que le quedaba del cigarrillo al suelo para que se consumiera.

Entonces vio cojear a un muchacho. Era el chamaco que vivía con la chinola que recibía cada tanto a otro pariente sinaloense. Ese al que habían atacado los justicieros.

Tras la desaparición de la niña, la policía hizo una investigación breve, mínima. Hubo dos jornadas de búsqueda en la que participaron casi todos los habitantes de la colonia y también personas de otros lugares de la ciudad. Después, dos patrullas rondaron las calles sin pavimento, los baldíos y descampados, los alrededores del campamento gitano. Eso había durado quizá una semana. Luego nada. Se esperaba que el barrio olvidara, que el mundo regresara a la normalidad con una niña menos en él.

Por eso los hombres que inicialmente se habían sumado a la búsqueda se habían convertido en una especie de grupo de vigilantes, de investigadores aficionados, de vengadores que aterrorizaban las calles.

Orsolya pensó en la golpiza que le habían propinado al jovencito. Pensó que tal vez el muchacho imaginó que una fuerza sobrehumana lo invadía, que levantaba los brazos y se le volvían enormes, gruesos, que al crecer le desgarraban las mangas de la camisa y entonces expandía sus dorsales y lograba liberarse del peso que lo tenía sometido. Otro golpe en las costillas lo dejó sin aire. El tiempo se ralentizó y el muchacho salió de su cuerpo, que se abrió como si fuera una coraza que guardara dentro otro cuerpo, el verdadero, y flotó por encima de sí mismo y de los cuerpos de los hombres que lo atacaban. Desde arriba, parecía que bailaran en una coreografía desfasada. Piernas, brazos, puños. Las extremidades de los hombres se agitaban y caían con fuerza sobre la armadura vacía.

Uno de ellos le preguntaba una y otra vez si estaba satisfecho con sus provocaciones, otro más le gritaba que qué había hecho con la niña. La niña desaparecida. Porque, la noche de la trifulca con los gitanos, la noche de la fiesta del barrio, esa noche había desaparecido una niña. Lo sabían en toda la ciudad.

Otro puñetazo.

Pero si él mismo había peleado codo a codo con esos hombres contra los gitanos. Pero si la niña no era de ninguno de ellos. Pero si hasta la madre se había dado por vencida y se había largado, desapareciendo también.

El barrio era tierra de nadie. Los justicieros eran los padres de familia que por las mañanas iban al *field* o a las fábricas o a cualquiera que fuera su trabajo y, por las tardes, se reunían a intimidar. Los acompañaban sus hijos mayores y algún soltero sin oficio ni beneficio con ansias de pertenecer, por un lado, y con ganas de sacar su energía machacando a los demás, por el otro.

Orsolya vio al joven desde lo alto, inmóvil. En silencio. Reduciendo sus respiraciones. Como esas presas que fingen la muerte para ahuyentar a los animales salvajes.

Los hombres carraspearon. Los golpes perdieron intensidad.

Orsolya pensó que, si en los días posteriores a la desaparición de la niña la colonia se había vuelto un campo de guerra, en ese punto era como si hubieran instaurado un estado marcial comandado por los propios lugareños.

Los hombres se fueron deteniendo uno a uno. Primero el de bigote y gorra de beisbolista. El de los nudillos sangrantes fue el segundo. Luego el más joven y finalmente el que parecía ser el líder. Se recargó por un instante en uno de sus compañeros y se dio media vuelta para irse. Orsolya pensó que el muchacho sintió los pasos alejarse y, con ello, que regresaba a él la consciencia de la carne.

Un dolor intenso se le clavó en el torso.

La polvareda no se disipaba.

Tosió.

Se quedó tirado viendo fijamente la luz del sol sin sentir sus retinas quemarse.

102

Una sombra se posó sobre él, y el cielo se ennegreció. Era Orsolya, que le tendía la mano para que se levantase. El joven, aunque renuente, se dejó ayudar. Ella lo limpió con su mantilla y le dio un trago del licor que hacían en el campamento. Con eso olvidó el dolor lo suficiente para llegar a la casa donde se quedaba.

Y ahora, ahí estaba, cojeando por esas mismas calles donde lo habían sometido, bajando la cara al suelo al encontrarse con los mismos hombres que lo habían atacado... y con ella, la única que lo había socorrido de alguna manera.

Orsolya le hizo un gesto que era algo parecido a un saludo. El joven no respondió.

Se escuchó el camión del pastor Graham, con sus altoparlantes que anunciaban la nueva llegada de Cristo y sus arcángeles. El agua viva de la fe, la esperanza y la oración.

Orsolya escupió un poco de tabaco que le había quedado entre los dientes y entonces vio a los policías.

Había lidiado con policías toda su vida. Nunca con miedo. Más bien con un instinto de supervivencia que se activaba en ella y su gente cuando los veían aparecer. A veces le producían pereza. Los interrogatorios, los cateos, los arrestos improcedentes. Casi todo lo que les hacían era innecesario.

Los había visto acercarse, fingiéndose serenos, simulando una tranquilidad que estallaba a la menor provocación o, la mayoría de las veces, sin provocación alguna. Veía las patrullas avanzar por aquellos parajes, sigilosas, despacio para no perder los rines o la defensa de sus preciados automóviles oficiales en esas calles terribles.

Los había visto llevarse a mujeres, hombres, niños y ancianos gitanos, sin discriminar, a veces a la estación de policía, a veces hacia rumbos inciertos.

Orsolya no reconoció a Ema.

Los observaba directamente, sin fingir que miraba hacia otra parte y, desde que puso los ojos sobre la joven, entendió que iban hacia ella. Los esperó con calma. Sacó el mazo de cartas de su pecho y se lanzó una tirada.

La templanza. El sol. El mago.

Orsolya sonrió.

—*Excuse me, miss.*

—Disculpe, señorita.

Kevin y Ema hablaron al mismo tiempo.

—Señora, aunque les cueste más trabajo.

Kevin le hizo una señal a Ema para que continuara:

—Disculpe las molestias, estos son...

—Yo sé quiénes son y a qué vienen.

Orsolya se levantó y vio a los hombres muy de cerca.

Tomó la mano de Russell, él la dejó hacer. Revisó sus líneas y asintió. Después hizo lo mismo con la mano de Kevin y asintió también.

—Vienen a todo menos a lo que importa.

—Lo que nos gustaría saber es...

—De aquí no van a sacar nada.

—... si usted puede ayudarnos. Queremos hablar con los hombres del campamento.

Orsolya recogió sus cartas.

—Sabemos que no podemos entrar sin invitación y queremos respetar sus reglas.

—Nosotros no secuestramos niños.

—No buscamos a los niños —interrumpió Russell con su español precario.

—Ya sé —contestó Orsolya sin mirarlo y empezó a caminar en dirección al campamento.

Adentro los recibieron con la desconfianza esperada. Hombres y mujeres detuvieron sus actividades y sus conversaciones al verlos.

El silencio estaba lleno de incordio.

Había carpas, casas de campaña, tejabanes construidos con lonas, cartón, tubos y pedazos de madera del basurero, y dos o tres *motorhomes* desvencijadas que parecían ancladas a la tierra o, más bien, que salían de la tierra, como si los fierros y el plástico y el metal hubieran crecido y florecido de manera espontánea, como las malas hierbas. Era muy difícil creer que un día fue posible conducirlas o que volvieran a serlo. Los ancianos fumaban sentados alrededor de los restos apagados de una fogata. Kevin y Russell sintieron más calor solo de verla.

Algunos perros flacos se acercaron a olerlos, sin ladrar.

—*Kussoljatok! Shhh* —dijo alguien, espantando a los animales.

Los niños se quedaron quietos a la distancia.

Orsolya caminó delante, guiándolos, atravesando por las miradas de su campamento sin darles importancia.

Se detuvieron frente a una carpa cerrada. Orsolya dijo algo en idioma magiar y una mujer apareció descorriendo la lona. En medio del silencio, sus pulseras resonaron como una pandereta. Era muy joven, casi adolescente. Miró a los intrusos y después a Orsolya. Parecía que iba a decir algo, pero, en lugar de eso, se apartó para dejarlos entrar. Mantuvo la lona abierta, sujetándola con una cuerda a uno de los barrotes que sostenían el techo, y se alejó hacia donde estaban los viejos fumando. Los tres visitantes escucharon el trajín del campamento ponerse en marcha a sus espaldas.

En medio de la carpa había un colchón roído sobre el piso de tierra. En él, un hombre que no hizo nada por incorporarse para recibirlos. No llevaba camisa, solo un pantalón desabrochado que dejaba ver parte de su vello púbico, y tenía el torso cruzado por un cabestrillo que le aguantaba el brazo derecho.

Ema trató de ocultar su desagrado.

Orsolya y el hombre tuvieron un intercambio en húngaro.

Ella volteó hacia los tres foráneos y les explicó que Géza, como se llamaba el hombre, estuvo en la fiesta del barrio la noche que la niña había desaparecido. Que era a él a quien buscaban los hombres de la colonia cuando asaltaron el campamento. Que solo se acercó al festejo para ver si podía vender una botella del destilado gitano y que unas niñas le hablaron por entrometidas. Eso fue todo. No había forma de que Géza hubiera tomado a ninguna niña porque le habrían prohibido la entrada al campamento. Los ancianos no toleraban ese tipo de comportamiento y, aunque sin importar lo que un gitano hiciera, nunca lo entregarían a las autoridades mexicanas, en la ley gitana se convertiría en un paria, en un desterrado que terminaría como indigente.

Géza no era quien debía preocuparles.

106

Orsolya habló de un hombre malo, de un hombre que la gente de la colonia sabía que era el culpable, aunque ahora estuvieran arremetiendo contra cualquiera. Les explicó lo de las patrullas de vecinos que atacaban a los hombres que consideraban sospechosos porque no habían podido dar con el sinvergüenza ese, el novio de la mamá de la niña.

El hombre volvió a hablar desde su lecho. A pesar de las marcas de golpes ya casi curadas en el rostro y el cabestrillo improvisado, no parecía enfermo, más bien parecía que estuviera demostrando lo poco que le importaban los detectives y Ema.

Orsolya tradujo:

—Les voy a dar una dirección.

Antes de despedirse, Orsolya señaló el talismán *hoodoo* de Kevin Mack. Sacó de uno de los bolsillos de su falda un frasquito muy pequeño, parecía una especie de gotero, lo sostuvo en las manos y dijo algunas palabras; después lo abrió, se puso un poco del contenido en las palmas de las manos y se las frotó; luego las colocó sobre el cuello de Kevin y mojó con una gota la bolsita de franela.

—Nunca se tiene demasiada ayuda —dijo a Ema, para que tradujera a los gringos, mientras le ponía un poco de aquel aceite oloroso a menta en las muñecas y después hacía lo mismo con Russell.

Ninguno se resistió y le agradecieron el gesto.

Al terminar con Russell, Orsolya regresó a Ema, le tocó la frente y dijo:

—Niña, tú necesitas más ayuda que nadie.

Ema se cuidó de no traducir eso a sus acompañantes.

Al salir del campamento se sintió más pesada, con una preocupación y un nerviosismo que empezaban a mezclarse con una mínima ilusión de que estuvieran llegando a alguna parte con esa pesquisa. Al mismo tiempo, buscaba una manera de tranquilizar su emoción por haber entrado al campamento, que era un lugar legendario y prohibido para los vecinos de la colonia.

Los detectives no comentaron gran cosa; ambos estaban en una sintonía y entendimiento que hacía innecesario que hablaran de más, y lo que estaban pensando no era de la incumbencia de la traductora.

La dirección los llevó a otra colonia aún más pobre que la de Ema. Se encontraba más hacia el este, casi en el límite con la carretera que conducía a los ejidos, a la zona rural, muy cerca de las compuertas del canal Todo Americano. Esa colonia estaba bordeada por un terreno que se utilizaba como basurero clandestino.

El olor era insoportable. Ema pensó en los millones de gusanos que el calor estaba produciendo en ese lugar.

La casa, si a esa construcción podía llamársele casa o siquiera construcción, era un montón de *pallets* viejos forrados de cartón y plástico que hacía parecer el campamento gitano un conjunto residencial de lujo. Era el tipo de casa que el lobo derribaría de un soplido sin dar tiempo a los cochinitos de huir.

Ema tocó la puerta con su mano delicada, con miedo de tirarla.

Una anciana abrió y volvió a cerrar. Gritó.

Russell derribó la puerta de un golpe y vieron al hombre saltar por una ventana lateral.

Kevin suspiró y se lanzó a la carrera tras él. Ema se quedó inmóvil sin saber qué hacer. Russell le dijo:

—No la pierdas de vista. —Señaló a la anciana y salió a cubrir a su compañero.

La persecución fue corta. Kevin lo alcanzó antes de que el hombre pudiera perderse en el basurero.

Solo querían hablar con él. No tenían jurisdicción y básicamente lo que estaban haciendo podía considerarse ilegal según las leyes de los dos países.

En la casa, la mujer lloraba con la boca abierta, dejando ver sus encías rojas y la ausencia de varios dientes. Ema no hacía nada por tranquilizarla, no por falta de empatía, sino porque, si la mujer necesitaba llorar, era mejor que lo hiciera. Lloraba delante de una imagen de la Virgen que tenía en una especie de altar y decía cosas como:

—Tú que eres madre, tú que sabes lo que es perder un hijo.

Ema no sabía qué pensar. Si el hijo de esa mujer se había llevado a la niña, ¿cómo podía ser posible que su propia madre lo ocultara?

Como si le estuviera leyendo el pensamiento, la mujer dijo:

—Mi muchacho no lo hizo. Estaba con la mujer, nomás se juntaron. Él lo único que hizo fue ayudarla.

Ema asintió sin conmoverse. Incluso si el hombre de verdad no tenía nada que ver con la desaparición de la niña, era seguro que de alguna cosa era culpable. Nadie corría así si no tenía algo que ocultar.

En la orilla del basural, Russell Blake intentaba comunicarse con el Morete, pero los detectives no podían mostrarse compasivos con ese hombre. No podían soportar a los abusadores. Les parecía que era el tipo de delincuente más bajo y repulsivo. Detestaban su necesidad de imponerse sobre alguien más débil. ¿Por qué no atacaban a alguien que pudiera defenderse? Era lo más miserable, les parecía un cobarde y un pusilánime que encontraba en la violencia una satisfacción sociópata. Kevin Mack no ocultaba su ausencia de moderación al interactuar con él. Russell lo miró y Kevin hizo un gesto que significaba algo como «*Come on*, tú has visto tanto como yo, y estamos igual de cansados de esta inmundicia».

Una vez les cayó un caso que involucraba a un niño muerto. El marido tenía historial de violencia; la esposa, síndrome de mujer maltratada. Era fácil deducir lo que había pasado. Lo difícil siempre era probarlo. La mujer era morena, de cuarenta y pocos. No lloraba, solo gesticulaba de vez en cuando, con los ojos enormes mirando alternativamente al cielo y al piso, sin hacer contacto visual con nadie.

No podían preguntarle su versión de los hechos porque el esposo no se separaba de ella. Era como si representara a un padre y a un marido afligido en una mala película de Hallmark, pero, mientras actuaba, de repente olvidaba que estaba interpretando su papel y emergía su verdadero ser, controlador, abusivo.

—Ya lo repetimos tres veces a los agentes.

—¿Señora, está bien? —preguntó Kevin a la mujer.

—Su hijo está muerto, cómo va a estar bien —espetó el marido.

«Su hijo», dijo, en lugar de «nuestro hijo».

110

—Fue un accidente —prosiguió el marido—. Ese niño podía ser un desentendido. No hacía caso nunca, nos sacaba de quicio.

—¿Quiere decir que lo sacó de quicio esta mañana? —preguntó Russell.

—Quiero decir que así era. Estaba mal educado, no obedecía —respondió el marido a la defensiva.

Lo dijo como si el niño, por ser inquieto, hubiera decidido aventarse de cabeza contra la pared rumbo a su muerte.

La mujer lanzó un sollozo, un sonido hueco que parecía ir hacia adentro en lugar de hacia afuera, como si empezara a ahogarse. Seguía sin derramar lágrimas.

Los brazos marcados, las ojeras que parecían estar ahí, bajo sus ojos, desde su nacimiento; envejecida prematuramente por el estrés y el miedo, como pasa con las mujeres violentadas.

Kevin Mack y Russell Blake esperaron a la trabajadora social para poder separarlos y sacarle la verdad a la mujer.

Se mordía las uñas, no en ese momento, sino que tenía ese hábito, porque tenía las puntas de los dedos cercenados y enrojecidos. Debía de dolerle, pero había cosas que le dolían más.

—Señora —dijo Russell en la sala de interrogatorios—, si su esposo tuvo algo que ver en esto, puede decirnos.

—Entendemos que los accidentes pasan —continuó Kevin.

—A veces una reprimenda se nos sale de las manos. La mujer no fue capaz de acusar al marido, y ambos salieron abrazados de la estación. La muerte del niño quedó en el expediente como accidental, aunque todos sabían lo que había pasado.

Dos semanas después, la mujer fue estrangulada. El juicio terminó rápido. Kevin y Russell declararon acerca de la muerte del hijo como testigos de la fiscalía para sentar el antecedente de la violencia intrafamiliar. El hombre fue condenado a treinta años. Pero no era suficiente, era como si se hubiera salido con la suya. El niño y la mujer estaban muertos y el asesino, vivo, gastando los impuestos de los ciudadanos, costando a los contribuyentes. Casos como ese les hacían replantearse la idea de justicia.

Russell Blake y Kevin Mack no podían soportar ver a patanes como esos salirse con la suya.

Mientras lo llevaban de regreso a la casucha, el hombre lloraba.

El asco que les provocaba era evidente.

Cuando entraron a la casa, la señora lanzó un alarido y empezó a besar la imagen de la Virgen.

Kevin le dijo a Ema que la tranquilizara.

—Por favor, señora, los detectives solo quieren hacerles unas preguntas, no se van a llevar a su hijo. Nadie lo va a arrestar.

—Porque no pueden, porque no hizo nada.

—Sí, señora, pero déjenos hablar con él.

La mujer se sentó en un catre, abrazando el cuadro de la Virgen de Guadalupe.

Los detectives querían saber si lo había atacado la patrulla de vecinos y cuál era su relación con la mamá de la niña desaparecida.

—Es puta, las dos son putas.

112

La anciana se rio.

—La niña tiene doce años y su madre era tu pareja, muestra un poco de respeto —dijo Kevin.

Ema tradujo.

—Las putas son putas desde que empiezan a caminar.

Kevin quiso darle un puñetazo.

—Busquen al gringo ese del camión que se come a los chamacos con los ojos. Yo lo único que hice fue darle a la mamá lo que quería —se sujetó la entrepierna con la mano— y a la mocosa... darle de tragar.

Sonrió de una forma que a Ema le pareció diabólica.

—Miren cómo vivo —aulló la anciana—. A mí no me daba nada por darles a ellas.

—Cállese, con usted nadie habla —ladró a su madre.

Ya no lloraba, ahora era cínico y burlón, como si estar cerca de su madre, a pesar de que la despreciaba, lo hubiera envalentonado. Entender que los policías gringos no podían hacerle nada lo había revitalizado.

Ema sintió náuseas.

Russell Blake llamó a su contacto en la policía local y esperaron hasta que llegó una patrulla.

—Solo debe declarar sobre dónde estaba el día de la desaparición y puede regresar —le explicó Ema a la anciana—. No es un arresto.

Vieron la patrulla alejarse y se preguntaron si efectivamente lo soltarían. Las autoridades locales podían usarlo como chivo expiatorio, y tal vez ellos tres lo habían servido en bandeja.

Ema siguió escuchando los berridos de la mujer hasta mucho después de haber cruzado de nuevo a Calexico para dejar a los detectives.

Los llevó al Border Motel, donde se hospedaban, y ellos le invitaron una cerveza en el bar contiguo, el llamado 111 Club Bar.

Estaba vacío. El *bartender* miraba una película en blanco y negro en una pantalla de televisión. Las otras dos transmitían videos musicales de los años ochenta y un partido de futbol, respectivamente. Era un barecito viejo. Había lámparas de led con figuras de las cervezas de las marcas que vendían en la barra. Tenía rockola y un pequeño escenario donde a veces se presentaban bandas locales o desde donde se cantaba karaoke. Olía a detergente y un poco a drenaje, sin llegar a molestar. Menos después de los olores a los que se habían enfrentado esa tarde.

Russell pidió una Coors *light* y Kevin un whisky. Ema, una cerveza mexicana.

—Importada —dijo el *bartender* al ponerla sobre la mesa.

Los tres se rieron por cortesía.

La rockola se encendió en automático y provocó que se sobresaltaran. Russell se mojó la camisa por segunda vez ese día.

—Mierda —dijo en español.

Kevin y Ema se rieron con ganas.

Sonó el *cover* de *Since I Don't Have You*, de Guns N´Roses.

—Vas a tener que tirar ese trapo feo, tiene una maldición —dijo Kevin.

—*A cursed... ugly rag* —repitió Ema después de él, como si estuviera en la escuela de idiomas, en una clase de conversación.

114

—No hay nada como la versión original —dijo Russell, desviando la conversación para dejar de ser el hazmerreír del grupo.

—No la conozco —confesó Ema.

—*Kids...* —bromeó Kevin.

—The Skyliners, mujer —dijo Russell, sacando un dólar de la cartera para ir a buscar la canción en la rockola.

Ella y Kevin lo vieron plantarse frente a la máquina sin saber qué hacer con los botones. El *bartender* acudió en su ayuda.

—Entonces, ¿eres religioso? —preguntó Ema en inglés, señalando el cuello de Kevin.

—No. Bueno, sí... No estoy seguro.

—Pero crees en algo más que el mundo material...

—En mi trabajo hay que tener un poco de fe para no volverse loco.

—Pensé que era un escapulario, después vi que no, cuando estábamos con la gitana.

—Es un talismán, un mojo.

—Ya veo.

—De mis ancestros, del pueblo bakongo, en África.

Ema no supo qué decir: los ancestros de Kevin fueron víctimas de trata, habían sido esclavizados, torturados, asesinados. Que él portara en aquel momento ese amuleto lo unía de manera transgeneracional con cada persona de su familia y de su pueblo. Con el dolor y el trauma. Con las violencias y los abusos. Ema tembló, le dieron ganas de abrazarlo, de pedirle perdón. Ema podía ser cándida, *naive*. Pensó que quizá Kevin tuviera una sensibilidad distinta a la de Russell, que la carga de su pasado podía convertirlo en alguien que se concientizara sobre lo que ocurría con los niños de Mexicali.

—Yo creo que de alguna forma funciona, si te lo estás preguntando —dijo Kevin, acariciando la bolsita de franela.

—Debe hacerlo, porque terminaste aquí, inmiscuido en este caso, y eso no puede ser casualidad.

—Si puedo preguntar, ¿qué te dijo la mujer del campamento antes de irnos? Cuando te tocó la frente. Parecías ofuscada.

Ema negó con la cabeza. Sonrió con melancolía.

—Que necesito toda la ayuda que se me pueda brindar.

Kevin no dijo nada. Sintió una pena profunda por la muchacha. Una ternura casi paternal.

Russell volvió derrotado por la rockola.

—No hay discos buenos, tuve que poner cualquier tontería.

Ema pidió otra ronda y tomó valor para decir:

—So, will you two help the Mexicali police?

Kevin y Russell se miraron.

Russell buscó las palabras adecuadas en español.

—Tú sabes que no vinimos a eso.

—¿Y lo de hoy qué fue? A mí me pareció una investigación.

—Fue un reconocimiento del terreno.

Kevin interrumpió, en inglés:

—Ninguno de esos hombres es culpable. Ni siquiera el repugnante que entregamos a las autoridades.

—¿Cómo saben?

—Todos parecen culpables, pero...

—Exacto —replicó Ema, interrumpiendo—, les creyeron a los gitanos así nada más, tomaron la palabra de ese hombre semidesnudo que también es un sospechoso y dejaron que esa mujer nos untara sabrá Dios qué cosa.

—Y eso nos llevó a otro sospechoso que tiene más posibilidades de haber cometido un crimen.

—Cualquier crimen, no necesariamente el de la niña.

—¿Y por qué no piensan que es un modo de desviar la atención del campamento o de ganar tiempo para escapar? No sé, ustedes son los detectives.

—Y tú ves demasiadas películas de policías y ladrones.

Ema dejó la cerveza en la mesa y se levantó.

—Por favor... —suplicó Russell.

—No quise sonar condescendiente, fue una mala broma —se disculpó Kevin.

Ella volvió a sentarse.

—No tenemos jurisdicción, Ema —continuó Russell—. Nadie va a asignarnos a una investigación en México.

—Nuestro trabajo no es evitar los secuestros de niños ni encontrar a los responsables. Nuestro trabajo es evitar que los niños secuestrados ingresen a territorio estadounidense.

Ema se mordió el labio para no llorar.

—Es ilógico —dijo con un hilo de voz—, cruel, inhumano.

—Lo sentimos mucho.

—Dos personas... Tres personas no pueden resolver los problemas de un país.

117

—Mira, vamos a pasar un reporte detallado de lo que hicimos hoy y vamos a ofrecernos como consultores para la policía de Mexicali. Tal vez a alguno de nuestros superiores les parezca buena idea.

—Es lo más que podemos hacer.

—Sin contar que hay que esperar que a la policía de Baja California le parezca buena idea que dos detectives extranjeros husmeen en su territorio.

Ema asintió. Esa promesa era mucho más que nada. Le estaban dando una esperanza, por pequeña que fuera, y no tenían por qué hacerlo, podían haberle dicho simplemente que no pidiera imposibles y, con eso, zanjar el asunto. Se despidió de ellos con un agradecimiento sincero y acordaron verse dos días después, cuando hubieran entregado el reporte. Al día siguiente no irían a Mexicali, por lo que no necesitarían intérprete.

En su departamento, Ema pensó que, cuando los volviera a llevar a su colonia, irían con el mecánico que recibía migrantes sinaloenses en su casa y que buscarían a algunos de los vecinos que tenían tratos con el pastor Graham para que les hablaran a profundidad de él. Ella sabía muy poco de ese hombre, lo mismo que todo el mundo. Sabía que predicaba en diferentes barrios pobres y no solo en el suyo, que regalaba despensa y ropa del Ejército de Salvación para atraer a las personas, que pasaba los días acompañado de una mujer que era de su Iglesia y que se decía que eran amantes. Que podía o no estar interesado en los niños de forma degenerada. Nada más sabía chismes y especulaciones. No importaba, llevaría a los detectives a donde le parecía prudente, a donde le parecía que podía enfrentarlos a una realidad que los convenciera de involucrarse en serio en aquella calamidad.

Al otro día, los vio de lejos entrando a su oficina improvisada con vasos de café del AMPM Store. Le dieron un poco de pena, tuvo ganas de llevarles café de verdad, pero no quería comportarse como una acosadora. Era mejor esperar a que la requirieran.

La jornada le pareció eterna y, a la mañana siguiente, llegó puntual a la estación de policía de Calexico para verse con los detectives. Los buscó en el salón de usos múltiples.

Encontró la puerta abierta y el fugaz centro de control desmantelado.

La cara se le enrojeció de vergüenza. No estaba enojada ni triste, ni siquiera decepcionada.

Sentía una vergüenza muy profunda.

Cuando se incorporó a sus labores, alguien dijo que a los detectives los habían llamado de emergencia a Los Ángeles, que no sabían si iban a regresar o si enviarían a nuevos agentes o si la iniciativa del equipo de respuesta rápida se había cancelado después de esos pocos días.

Ema no preguntó nada más ni hizo ningún comentario. Se dedicó a recuperar el tiempo perdido en sus actividades administrativas.

En alguna calle de la colonia, el pastor Graham le ofreció un dulce a un niño a cambio de que subiera al camión para leer las Santas Escrituras. El niño aceptó.

A la hora del *lunch*, mientras Ema comía un sándwich reseco en una banca afuera de la estación, la mujer de la limpieza se acercó.

—Mija —le dijo—, uno de los policías te dejó esto.

119

Le extendió un sobre.

—Gracias —contestó Ema, limpiándose la boca con una servilleta.

Iba a preguntar cuál policía, pero no fue necesario.

Adentro, el talismán *hoodoo* de Kevin Mack despedía su aroma mentolado solo para ella.

4

«Si quieres las cosas bien hechas, tienes que hacerlas tú», se dijo a sí misma mientras se ajustaba la cinta de su bata de seda debajo de los pechos. Salió de la habitación sin hacer ruido para no molestar a Misael. Recorrió el pasillo del segundo piso, pasando por tres espejos de más de un metro de altura. Uno era barroco, otro imperio y el otro *art nouveau*. Aimé no lo distinguía, los tres le parecían idénticos. Los compró porque sintió que el anticuario estaba siendo condescendiente al ofrecerle algo que fuera más «con su estilo» cuando ella tragó saliva al escuchar los precios. Con lo que pagó por los espejos hubiera dado el enganche de una casa de interés social. Entregó el efectivo e hizo que el anticuario en persona los colgara en su pasillo, donde nadie los vería, solo ella cuando entrara o saliera de su habitación, y aun así generalmente olvidaba que los tenía y que su función era la de devolverle su reflejo.

Se detuvo al llegar a la escalera y observó, satisfecha, hacia abajo. Ahí estaban sus dominios. Era una pequeña mansión que ocupaba un bloque entero. Misael compró y derribó todas las casas de la cuadra para construir la que ella quería en el barrio donde había vivido siempre. Aunque con Misael podía ir a donde quisiera, decidió quedarse ahí. El terreno era lo suficientemente grande para poner dos casas extra, una para su madre y otra para su hermano y su familia cuando estaban de visita, porque vivían en Arizona, además de una capilla y un complejo de tres dúplex para alojar al personal de servicio. Las mucamas, el cocinero, la seguridad. Bajó los escalones acariciando el barandal de granito. Al llegar a la curva, empezó a percibir la agitación de las actividades en la cocina y más allá, en el patio. Plantó las sandalias Chanel en el piso de mármol de Carrara y cruzó el salón hasta llegar a la puerta de cristal que daba al jardín trasero, donde los empleados iban y venían a toda prisa, resolviendo los últimos detalles para la fiesta.

Eran las diez de la mañana y ya estaban a más de cuarenta grados. No soplaba ni un vientecito de lástima. El ambiente era reseco. Hasta en la sombra se sentía que algo quemaba por dentro al respirar. Vio al Farkas con traje completo y lentes oscuros, dando órdenes por el manos libres, con un radio Nextel en la cintura. No era su trabajo. Al seguirlo con la mirada cuando llegaron los aires acondicionados portátiles y ver cómo organizaba su disposición tal como ella misma lo hubiera decidido, Aimé supo que podía regresar a su habitación si así lo quería. Sonrió. El Farkas chifló y dos jovencitos vestidos de meseros dejaron lo que estaban haciendo para ayudarlo a mover un aparato. Aimé sabía que llevaba dos semiautomáticas a cada lado de la sobaquera y una mini de nueve milímetros en el tobillo. No recordaba cuándo había sido la última vez que lo llamó por su nombre de pila. Farkas era el apellido de su padre, un apellido húngaro, de gitanos. Se conocían desde que el campamento de la familia del Farkas llegó al barrio para descolocarlo todo. Las mujeres se persignaban al ver a esos hombres; apretaban los brazos de sus esposos cuando pasaban esas mujeres; les prohibían a los hijos juntarse con esos niños extranjeros que parecían una plaga de arañas, que se acercaban a alguien y lo cercaban, cubriéndolo por completo, un niño encima de otro, cada vez más apretados, hasta que por fin les daban una moneda. Por miedo, por asco, para deshacerse de ellos. Videntes, hechiceros, carteristas, forasteros, paganos, nómadas ladrones, criminales por encargo que harían cualquier cosa mientras se les pagara.

Habían pasado por mucho, cada uno por su cuenta y también juntos, y desde hacía ocho años el Farkas era su guardaespaldas personal, además de miembro del equipo más cercano de su marido, Misael Guadalupe Aréchiga Soto alias el Misa, el Guada o el Escuadra, primo segundo del Mencho por parte de madre y lugarteniente del Tony Montana, que a su vez le reportaba a la Jefa en la disputa por la plaza de Mexicali contra Los Aretes del Cártel de Tijuana. Pero el Farkas siempre había cuidado de ella, desde el primer momento, veintiún años atrás. Misael solo lo hizo oficial cuando lo contrató, y él aceptó para estar cerca de Aimé y de Yami. Esa Yami, una muchachita sin gracia que no parecía querer crecer y a la que estaban obligando a aceptar la fiesta, porque ella hubiera preferido pasar su cumpleaños jugando Wii con sus primos, los hijos de su tío Rubén, dos niños de primaria. Contrataron a un *party planner* que al final había dejado el trabajo a la mitad. Aimé no quiso preguntar nada. Conocía a Misael tan bien que sabía exactamente lo que había ocurrido, como si lo hubiera atestiguado. El organizador hizo su trabajo sobre el papel, entregó presupuestos y contactos de proveedores, pero, cuando solicitó el adelanto para continuar con la segunda fase del proyecto, Misael se mostró ofendido por los precios y lo acusó de ladrón. El organizador respondió que eso era incorrecto y entonces Misael, amenazante, dijo algo como «¿Me estás diciendo mentiroso?». Al final el organizador se retractó y se fue con las manos vacías. Entonces Misael ordenó a sus hombres que llevaran a cabo la fiesta utilizando la información que le había dàdo el organizador.

La desesperaba que fuera así. Lo llamaba tramposo y abusón, *bully*, y Misael se defendía diciendo que lo hacía por diversión, que si un día uno de esos empleadillos tuviera la respuesta precisa para sus reclamos estaría feliz de pagar el triple por su trabajo, pero que, mientras resultaran así de pusilánimes, no invertiría un peso en ellos. No usaba esas palabras exactas cuando hablaba con Aimé, claro, porque Misael era un hombre sencillo, de origen humilde y sin estudios formales, que había ascendido en la organización a fuerza de ingenio, violencia y lealtad. Sobre la fiesta de Yami, ambos sabían que dejar a sus hombres a cargo de ese tipo de diligencias era dejárselo todo a Aimé. Lo que sus hombres tenían de buenas intenciones les sobraba de torpeza para los asuntos domésticos porque eran sicarios, soldados, estaban entrenados para otras labores.

Aimé pensó en lo que hacía falta para estar listos antes de la misa, a las cinco de la tarde. Repasó las alergias de monseñor, el obispo Isidro Guerrero, al que todos llamaban el padre Chilo, quien oficiaría la misa y estaría presente en la fiesta. Y, si las cuentas salían bien, Jessica Johana, la hija del mero Mencho, iba a pasar a cenar, porque viajaba de DC, a donde había ido a ver a su hermano en la cárcel y Aimé le cayó bien desde una vez que se conocieron en Nayarit. Eso tenía Misael, que era capaz de convertir cada cosa que hacía en un movimiento político. Bien por él, a Aimé no le molestaba, mientras no las pusiera en peligro a ella y a Yami, apoyaba a su marido en lo que fuera.

El Farkas y Aimé hicieron contacto visual. Él se levantó los lentes oscuros para que ella estuviera segura de que la miraba e inclinó la cabeza. Aimé apretó los labios en un gesto que quería ser una sonrisa. Sonó el timbre y se dirigió a la entrada. Una de las empleadas domésticas corrió para llegar primero que ella. Aimé se complacía ante esas mínimas demostraciones de sumisión. Con Misael había aprendido a disfrutar el poder, a saborear ciertas satisfacciones cotidianas. Nada rimbombante, sabía que su influencia empezaba y terminaba en su casa. Casi. Porque también sabía cómo enredar a Misael para que pensara que él tomaba las decisiones vitales de su trabajo. Aimé estaba al tanto de algunas de las tramas más importantes, tenía una red de informantes que la mantenía enterada de cosas que Misael ni se imaginaba y usaba

125

esa información para procurar que su estilo de vida no se afectara con los altibajos del negocio.

Era la escultura de hielo. Horrorosa. Kitsch. Aimé ordenó que la pusieran en medio del salón y bajaran la temperatura de las refrigeraciones.

—Si se derrite, te vas —le dijo a la muchacha que corrió para abrir la puerta antes que ella. Observó su expresión de horror. Los ojos se le humedecieron instantáneamente con lágrimas de súplica. Aimé dio media vuelta y se dirigió a la cocina, encantada con la idea de que la pobre mucama saldría a toda prisa al patio por hielo de la barra de las bebidas y lo pondría en la base de la escultura para rociarlo con sal gruesa. Ahora no podría comer, ni sentarse ni pensar; toda su energía estaría puesta en la absurda labor de evitar que un arcángel esculpido en hielo se convirtiera en un caldo sucio en medio de la casa. Su empleo y su bienestar dependían de un capricho de su patrona.

Desde la cocina escuchó la voz de la Yami. No le gustaba el vestido. No le gustaron los zapatos. No quería peinarse ni maquillarse. A veces se preguntaba en serio cómo hizo para que su hija fuera tan distinta a ella. No quería imaginarse cómo serían los disgustos del año siguiente, cuando festejaran los *sweet sixteen*, como se hacía en la frontera, y la fiesta fuera un poco para ella misma también, porque había tenido a Yami a los dieciséis. Cuando supo que estaba embarazada creyó que, si iba a tener una hija siendo tan joven, podrían ser las mejores amigas, crecer juntas, cosas así. Yami a veces le resultaba una extraña o, peor, la hija de una extraña. Se asustaba cuando se sorprendía preguntándose de dónde

126

había salido esa chica tan poco agraciada, tan aniñada a una edad en que las jovencitas generalmente eran unas adelantadas.

Yami no era de Misael, aunque la quería como si fuera suya. Antes de Misael, los hombres que conocía se decepcionaban al saber que tenía una hija y desaparecían después de la primera cita. Así que a Misael no le dio la opción de dejarla plantada. Lo primero que le dijo fue que era mamá soltera y que su hija no iba a estar en segundo lugar por nadie. Se conocieron en las Fiestas del Sol. Una feria anual en la que había juegos mecánicos, comida, bebida y conciertos. Aimé había ido a ver a Los Cadetes de Linares, sola, porque nadie la quiso acompañar. Ni siquiera iba arreglada, se había puesto un pantalón de mezclilla, tenis y una camiseta con la cara de Dolores O'Riordan, a quien nadie en ese baile podría reconocer. Para Misael fue como ver una aparición.

Él estaba en un palco vip y Aimé entre el público general. Había poca gente, pero Misael siempre contaba que él hubiera podido verla en medio de cualquier multitud. La observó durante la hora y media que duró el concierto. La vio tomar una cerveza y después agua. La vio ir al baño y regresar. La vio tomar fotos y tal vez videos, y cantar *No hay novedad* y *Una página más*. Él estaba con sus amigos y varias jóvenes que habían contratado y dejaron de interesarle. Solo podía pensar en la morena con cabello de Pocahontas. ¿Quién era, por qué estaba ahí sin hablar con nadie, cuántos años habían pasado para que el cabello le creciera de esa manera? ¿Por qué, si parecía de esas chicas alternativas, estaba ahí escuchando a Los Cadetes? ¿Cuánto tardaría en desenredarse el cabello por las mañanas? Eran dudas que Misael nunca había tenido acerca de otras mujeres. Por eso supo que ella sería alguien importante para él.

Yami volvió a quejarse y Aimé se recompuso.

La madre de Aimé apareció en el recibidor, dio un par de instrucciones a la joven que cuidaba la escultura de hielo y le dijo a Aimé que ella se encargaba mientras se dirigía a la habitación desde la que Yami lanzaba sus protestas.

Vio a su madre, le daba mucha tranquilidad tenerla cerca. Hubo una época, que entonces parecía ya muy lejana, en la que pensó que nunca volvería a conectar con ella. Pero, como si fueran ciertas todas esas cosas que decían las señoras de que una entiende a su madre solo cuando se convierte en mamá, Aimé la había perdonado en su corazón. Incluso si no la comprendía por completo, había decidido que su madre hizo lo que pudo con lo que tenía a la mano y que ella lo único que podía hacer era retribuirle, agradecerle, absolverla y aprovechar el tiempo que les quedara juntas sobre la tierra.

Aimé misma se sorprendía al sentirse tan madura.

Con su hermano era diferente, otro tipo de amor. Lo había enviado lejos para que no se viera inmerso en lo mismo que Misael. Y a su madre y a su hija las había mantenido cerca para protegerlas. Lo cierto era que disfrutaba saber que estaban bien y le gustaba que fuera gracias a ella.

Con Yami bajo control, se encaminó a la capilla de la casa.

Era una construcción que le había tomado a Aimé tres años, y aunque consideraba que todo el complejo de la mansión había resultado espectacular, la capilla era de lo que se sentía más orgullosa. Tenía una cúpula con tragaluces abovedados que iluminaban el altar, y las paredes y los techos estaban recubiertos de porcelanato. También había incorporado dos torres, como si fuera un castillo. Cada una tenía una cruz. Esas torres habían supuesto un problema que la hizo tener que despedir a tres arquitectos, hasta que dio con uno que no veía el dilema en mezclar estéticas con tal de cumplir las peticiones de la persona que firmaba los cheques. Adentro de la capilla, la decoración era color hueso y oro. Oro de verdad. El ambón y el sagrario eran de oro puro. El resto de los elementos solo estaban chapados, pero cumplían su función. El retablo tenía figuras de los santos que veneraba la familia de Misael y dos elegidos por Juana Emilia, que al convertirse en abuela se había sumergido en la fe católica de un modo que nadie esperaba. Los vitrales habían sido encargados en un taller de Oakland que regentaban unos italoamericanos que decían ser descendientes de una familia de vidrieros que había trabajado para la Santa Sede.

La capilla era uno de los recorridos obligados cuando Aimé y Misael recibían visitas. Ella estaba segura de que, si no fuera por la profesión de Misael, su casa sería digna de aparecer en esas revistas que mostraban las mansiones de las familias adineradas y las celebridades.

Del lado derecho, al fondo del altar, había una puerta que daba a un pasillo que a su vez tenía salida a un túnel que, después de cinco kilómetros, daba al exterior. A un terreno cercado que, por fuera, parecía un taller mecánico y, por dentro, tenía un helipuerto con hangar para varios vehículos. Detrás de esa puerta había otro altar.

Un altar a la Santa Muerte y a Jesús Malverde. Tenía varios niveles. Al centro estaba el busto de Malverde y la Santa Muerte, arriba y atrás, protegiéndolo desde el más allá. Además, Malverde estaba flanqueado por el Santo Niño y san Chárbel. Había veladoras y cirios que Misael en persona se encargaba de mantener encendidos, así como flores naturales y un platón con agua bendita. También había fotografías de las personas que debían ser protegidas y, del lado contrario, fotografías de las personas que debían ser eliminadas. Detrás de unos rosarios colgados en la pared, descansaba una figurita de santa Sara Kali, un regalo del Farkas para Aimé.

Santa Sara Kali era una Virgen negra, la santa patrona de los desplazados, los oprimidos y los marginados, la Virgen de los gitanos. En eso era similar a Malverde, que había sido un Robin Hood moderno que fue colgado en el siglo xix, en Sinaloa, por robar a los ricos para darle a los pobres. Era el santo de los bandoleros, de los migrantes, de los narcos, es decir, de aquellos que estaban en la orilla, en la periferia, de alguna manera igual que los gitanos. Aimé se había dedicado a leer sobre santa Sara y le había cosido una capa de catorce túnicas de diferentes colores y telas, algunas con brillos y lentejuelas. También llevaba una hermosa coronita de metal, y Aimé y el Farkas se tomaban un día al año para sumergirla en agua, bañándola, en un ejercicio de devoción.

Aimé se persignó al entrar a la capilla y se sentó en una de las primeras bancas. Solo quería poner en orden sus pensamientos. Los arreglos florales con los que decorarían la capilla para la misa eran ostentosos, estaban repartidos en varias albercas de plástico con agua porque todavía no era hora de montarlos. Olía a algo afrutado mezclado con mirra. Se sentía cómoda envuelta en ese olor. Cerró los ojos. Podía escuchar los sonidos del patio, el ir y venir de los trabajadores. Algunos eran habitantes de la colonia, hijos de la poca gente de su generación que quedaba por ahí, que no se fue al otro lado, que no se había muerto o terminado en la cárcel, porque la suya era una generación perdida y esos jóvenes sin oficio ni beneficio, sin presente ni futuro, sabían que cuando había movimiento en la mansión podrían obtener empleo por algunos días.

La colonia era tan diferente y al mismo tiempo se mantenía igual que como Aimé podía recordarla, que como Aimé la había vivido y encarnado. Quedaban unos pocos ancianos de esos que ya eran viejos cuando ella era niña. Estaba doña Luz, una señora horrorosa, por chismosa e intrigante, que fumaba como carretero y que ahora apenas sobrevivía, en cama, con un tanque de oxígeno. Luego se mantenían la mayoría de las personas de la siguiente generación, los de la edad de su madre, esos que habían dado su vida y esfuerzo por la colonia, que no imaginaban otro lugar a donde ir por difíciles que se pusieran las cosas.

Ella y los otros niños nacidos o criados en ese barrio eran hijos del sueño americano. De la fantasía de una vida mejor al otro lado de la frontera que había llevado a sus padres y abuelos hasta ahí. Y ellos, los herederos, veían la franja fronteriza como un espejismo, tan cerca y tan lejos. Si entrecerraban los ojos sentían que podían tocarla, acariciarla, pero, si avanzaban hacia ella, se recorría, alejándose cada vez más y más. Escuchó la voz del

Farkas lanzando indicaciones con acritud. Se complacía con su acento, casi mexicanizado. Más allá, identificó algunos diálogos estridentes, tal vez un poco histéricos, de alguien que intentaba hacer bien el trabajo que le habían encomendado. Imaginó a Misael en la habitación que compartían, a oscuras. Aún más oscura para él, porque usaba un antifaz para dormir. Una costumbre que sacó de una película y adoptó porque le parecía refinada, algo que una persona como él podía incorporar a sus hábitos cotidianos para volverse un poco más sofisticado. El resultado era irrisorio. Un hombre adulto con un *sleeping mask* de seda salvaje cubriéndole medio rostro. Misael aseguraba que tanto las bolsas debajo de sus ojos como sus ojeras estaban desapareciendo. Por esas fechas también se había vuelto asiduo al *skincare*.

Aimé se preguntaba cuánto faltaría para que su esposo empezara a buscar doctores que le inyectaran bótox, colágeno y ácido hialurónico.

Ya no debía tardar en despertar, con toda esa agitación afuera.

Y ella en bata delante de los empleados.

Sonrió para sí misma.

Le gustaba su cuerpo, que era natural, que no había sucumbido a los cirujanos plásticos ni a la estética que solía rodear a las mujeres del entorno de su marido. Tal vez podía bajar un par de kilos y, aun así, seguía siendo la más atractiva ahí donde se presentara. Misael la adoraba como a una diosa, aunque Aimé sabía que tenía un par de chiquillas en dos departamentos en diferentes zonas de la ciudad. Una tenía dos hijos de Misael y la

132

otra estaba embarazada. Aimé se había encargado de hablar personalmente con ellas para hacerles entender su lugar en la vida de su marido. Si alguna intentaba cruzar los límites impuestos por ella, la esposa legal, las consecuencias serían reales.

Se había hecho acompañar por el Farkas y otros dos hombres. Irrumpieron en el departamento de la que era madre de los dos niños cuando estos no estaban y la amagaron. Aimé dio un discurso, afectado, intimidante, que parecía sacado de los diálogos de una mala serie de televisión, cuidándose de no amenazar a los hijos de su marido directamente. Y así como hizo promesas de violencia, prometió también recompensas y ayudas extra a las que ya se le prodigaban. Eso también lo había aprendido de Misael, era una forma de provocar miedo y, a la vez, dependencia y agradecimiento. Así se sometía con más facilidad. La embarazada era más joven y fue todo más rápido.

Incluso pensó en invitarlas a la quinceañera de Yami, aunque después desistió.

No le molestaban las indiscreciones de Misael, de hecho, le proporcionaban un descanso de su vida conyugal, de la presión constante de tener que darle un hijo. De alguna manera era lo que se esperaba de él. Un jefe de plaza debía ser feroz en cada aspecto de su vida y en lo sexual nadie toleraría menos que a un semental. De ella, la mujer del capo, se esperaba a una dama que se hiciera de la vista gorda para que las cosas en el matrimonio se mantuvieran en un equilibrio perfecto, inamovible. Los jefes de Misael aprobaban ese tipo de arreglos y los solapaban, casi se podía decir que los procuraban. Pensaban que, si puertas adentro las cosas funcionaban subvirtiendo lo convencional, hacia afuera también, dado lo inusual de su trabajo. Era una lógica torpe que les daba a todos una sensación de control y naturalidad en un ecosistema cuyas únicas constantes eran el cambio y la eventualidad. Uno nunca sabía cuándo sería que las cosas tal como las conocía iban a modificarse, reorganizarse o disolverse en el aire.

De ahí que Aimé viera la necesidad de involucrarse en los negocios de Misael de manera tangencial, sin estorbar. Más que involucrarse, era una forma de llevar un control mínimo sobre lo que pudiera afectarlas a ella y a Yami, nada más.

Un ejército de empleados entró en tropel a la capilla y Aimé se sobresaltó. Llevaban artículos de limpieza, las bases y los floreros. Se encargarían de dejar listo el lugar para la llegada del padre Chilo. El Farkas se quedó de pie junto a la banca de Aimé.

—¿Noticias? —preguntó ella, sin voltear a verlo.

—Ninguna.

—¿Entonces estamos bien?

—Lo contrario.

—¿Tú crees?

—Si no nos están informando, es porque se viene algo de verdad.

Se refería a las noticias sobre si debían temer algún movimiento de la policía local en la fiesta.

—No podemos arriesgarnos.

El Farkas asintió con un movimiento de cabeza y se quedó en silencio mientras Aimé pensaba.

—No quiero cancelarle a la Negra Oseguera. —Esperó un momento por si el Farkas tenía alguna opinión—. Averigua lo que puedas.

Escuchó sus pasos alejarse por toda respuesta. El Farkas había sido su único amigo desde hacía demasiado tiempo. En los años devastadores que siguieron a la desaparición que asoló la colonia. Cuando, de hecho, lo había despreciado antes de conocerlo bien; esa noche que estuvieron juntos por primera vez en aquel baldío. Con Elisa y con Rosario.

Esas dos ausencias los unieron.

Aimé sabía lo fácil que era idealizar a quien no estaba. Le había pasado con su padre y con Elisa. Y de ambos se había desencantado con el pasar del tiempo. Los que se quedaban siempre tenían la idea de que el que se iba lo pasaba mejor, de que sin lugar a duda había algo más bello, emocionante e importante en otro lugar, puesto que se marchaban dejando a los demás atrás. Después de la desaparición de Rosario y la partida de Elisa, tuvo que soportar que las personas la trataran con una benevolencia lastimera porque era precisamente ella la que se había quedado sola, sin sus amigas.

Nadie la escuchaba cuando decía que Rosario no era su amiga y mucho menos de Elisa.

El mínimo contacto que tuvo con Rosario había sido siempre en contra de su voluntad. No era que no le importara que se la hubieran llevado, podía comprender y sentir lo espantoso que era lo ocurrido, pero eso no significaba que a ella en particular le doliera más que a las otras personas. En esos años de infancia, cuando se trataba de las decisiones de Elisa, Aimé no tenía elección. ¿Elisa quería ir a la casa de Rosario? Aimé la acompaña-

135

ba. ¿Elisa quería hablar con ella por caridad o por algún capricho que escapaba del entendimiento de Aimé? También la respaldaba. Sin cuestionar, porque eso hacían las amigas verdaderas, y Elisa y Aimé lo eran. Rosario no tenía nada que ver en esa ecuación.

Elisa y ella eran como hermanas. Lo hacían todo juntas. Iban y volvían de la escuela, Aimé estaba presente en sus entrenamientos, pasaban los fines de semana en la casa de Elisa, hacían juntas las tareas, estudiaban entre las dos para los exámenes. Se escabullían al baldío a vivir en un mundo de ensueño en el que no existía nadie más. Incluso después de que Elisa se marchara, la comunicación fue constante durante unos años. A veces Marina iba a buscarla a su casa para pedirle a Juana Emilia que le permitiera estar con ella mientras hablaba por teléfono con Elisa, así las tres sabrían las mismas cosas y solo se haría una llamada.

Después eso cambió.

Y no se trataba del desarrollo natural de las relaciones a distancia, no era como cuando alguien prometía que estaría en contacto y lo hacía durante un tiempo y después no volvías a saber nada.

La transformación no fue misteriosa ni inesperada. Ambas sabían exactamente qué las unía y por qué se habían separado.

Lo de Rosario tuvo a la colonia de cabeza durante meses y, aún después de varios años, los habitantes no parecían haberse recuperado del todo. Aimé odiaba que le preguntaran sobre aquella noche. Ella no había visto nada, igual que los demás. Si los adultos no pusieron atención, ¿por qué pretendían que ella lo hubiera hecho?

Había ocurrido una desgracia, sí, y también una pelea entre los hombres del barrio y los gitanos. Aquello había sido intimidante, las habían tirado al suelo, pensaron que la turba les pasaría por encima hasta que sus madres llegaron a rescatarlas.

Sobre el reto de Elisa y Rosario nunca hablarían. Era algo que se llevarían a la tumba, sin importar lo que hubiera pasado entre ellas después.

En la escuela las cosas eran peores. Si Aimé detestaba que los adultos de la colonia la interrogaran o le tuvieran conmiseración, lo de la escuela era intolerable. Sus compañeros de clase decían mentiras y estupideces sobre Rosario, queriendo convencer a todos y a sí mismos de que era una amiga entrañable y un ser humano encantador, cuando en realidad era rara y no de una manera insólita e interesante, sino tonta y fea. De ninguna manera era una niña amistosa que hubiera hecho los días de nadie mejores.

—Su presencia en el salón volvía mágicas las sesiones —había dicho un profesor que nunca le dio clases.

R de *risa, O* de *obediente, S* de *simpática, A* de *amorosa, R* de *regalo, I* de *inolvidable, O* de *original*.

Varios niños habían elaborado un periódico mural dedicado a ella, utilizando papel de China y papel crepé de colores. Las letras tenían diamantina.

Aimé deseaba haber desaparecido ella. Fantaseaba con irse a Monterrey con Elisa y olvidar ese trato desagradable que le daban, como si estuviera viviendo un duelo y debieran consolarla, como si fuera una especie de viuda que estuviera de luto.

Con la madre de Rosario fue igual. De repente se

convirtió en una santa, en un ángel cuya vida estuvo marcada por el dolor. Dejó de ser la golfa del barrio para ser una madre abnegada. Ya no era la irresponsable que dejaba a su hija sola durante más de doce horas, sino una mujer trabajadora y proveedora que se destrozaba trabajando en las fábricas. Ya no era la buscona que no podía estar sin macho, sino una mujer que amaba demasiado a los hombres equivocados.

Aimé no soportaba tanta hipocresía. Rosario y su mamá eran unas perdedoras, y era inconcebible que solo porque ya no estaban la trataran como si la perdedora fuera ella.

No se sentía cruel o inhumana por pensar de esa forma; era solo que no tenía suficiente espacio para tantas personas en su corazón. Debía ser selectiva con aquellos a los que les daba su compasión o su interés.

A veces, por las noches no podía dormir por la vergüenza y la turbación. Se quedaba en vela tratando de evitar los pensamientos que la envolvían, que le taladraban la cabeza recordándole su responsabilidad, su propia deuda por su participación en el suceso.

Aimé soportó sin quejarse, sin exhibir lo mucho que le irritaba ese nuevo estatus de Rosario en la colonia. Y lo soportó sin comentarlo con nadie, mucho menos con Elisa, que bastante tenía con la nueva escuela, los nuevos entrenamientos y las nuevas competencias.

Después había sido lo de su padre, que un buen día decidió que ya había tenido suficiente de responsabilidades y que se largaría a buscar su felicidad. O por lo menos a esa conclusión llegó Aimé porque no entendía los motivos ocultos que podría tener un hombre para abandonar a su familia. Durante un tiempo creyó que se había ido a trabajar a Estados Unidos, pero en su casa las cosas no mejoraron económicamente, al contrario, Juana Emilia tuvo que conseguir un empleo horroroso y su padre no se comunicó con ellos durante varias semanas que luego se convirtieron en meses.

Aimé necesitó más de un año para entender que nunca llamaría.

Sin su padre en casa, terminó el ciclo fastidioso de recibir a personas de Sinaloa que se apropiaban de su hogar durante tiempo indefinido, y Aimé por fin pudo regresar a su habitación. Hubiera preferido dormir el resto de su vida en una cama de faquir si eso le hubiera devuelto a su papá.

Y los chismes, siempre los chismes del barrio que acusaban a diestra y siniestra. Aimé supo lo que se decía de su padre hasta mucho después de que se fue. Pero si alguien había tenido que ver en la desaparición de Rosario, no era su padre, ella lo sabía muy bien.

Juana Emilia, su madre, pasaba los días aturdida y Aimé tenía la impresión de que, por lo menos al principio, ella también esperaba que su padre regresara. Se ofuscaba con facilidad y, aunque sacó adelante a sus dos hijos, se volvió insegura y distraída. Antes creía, sin llegar a obsesionarse, que tal vez algo más le sería revelado en la adivinación y la astrología, pero en esa época se volvió una devota absoluta de los dioses cósmicos, como llamaba a las constelaciones. Entonces, de verdad comenzó a regir su vida y la de sus hijos con base en sus creencias paralelas y en su manía por las energías y el karma.

Ella y Aimé apenas hablaban, un poco porque Juana

139

Emilia siempre estaba cansada de trabajar y otro poco porque no tenían mucho que decirse. Su hermano optó por pasar la mayor parte del tiempo fuera de la casa para no tener que lidiar con ninguna de ellas. Ya no comían juntos ni hacían cosas como familia. En esos años nadie creía en la depresión, aunque seguramente Juana Emilia y la mitad de las mujeres de la colonia estaban deprimidas sin diagnosticar. Nada quedaba de la Juana Emilia de antes, la que era vivaracha y risueña, la que se desvivía por su marido y sus hijos, la que mantenía la casa limpia y tenía listas, siempre calientes, las tres comidas al día. Era como si su madre se hubiera esfumado también. Como si se hubiera disuelto en aquel cansancio crónico que la había invadido, una antipatía ante todo y todos, una renuncia, una aceptación patética de unas circunstancias que claramente nunca habían estado bajo su control, una apariencia que le daba un aire perpetuo de condenada a muerte.

Conforme pasaba el tiempo dejaba de ser extraño que Juana Emilia se comportara como lo hacía y Aimé se acostumbró a su nueva dinámica familiar. Entonces las veces que coincidían, cuando Juana Emilia se metía a su habitación a encender sándalo y palo santo para lavar de malas energías el espacio, Aimé la dejaba hacer, recordando a su madre de antes, con algo a medio camino entre la piedad y la resignación, escuchándola hablar sola, sin expresar algo concreto en su dirección.

—¿Escribiste tu fecha de nacimiento en el papel que te dejé en la mesa? —preguntaba mientras movía el incienso alrededor de ella—. No es un juego, niña. Tienes que hacerlo dieciocho veces, tú, de tu puño y letra. Es para desbloquear la abundancia. Me tratas de tonta, pero es un anclaje poderoso para conectar tu mente y tu energía. Entiende que tu fecha de nacimiento no es un número así nada más, tiene un significado, es un código divino.

Y seguía conque:

—Con tu hermano ya me di por vencida, no se puede hacer nada, pero tú, Aimé, tú eres la única que puede anunciarle al universo que estás lista para recibir sus bendiciones. La prosperidad que te mereces. Que nos merecemos. Tienes que hacerlo todos los días en cuanto te levantes, durante veintiún días, después descansas una semana y lo haces otros veintiún días, con fe. Y te pones atenta, el universo no habla con palabras, te pone enfrente las oportunidades, te da una señal o te deja ver un símbolo. Tu intuición es lo principal, tú eres especial, Aimé, siempre lo has sido. Claridad, decisión, recepción. Claridad porque, cuando sabes lo que quieres, manifiestas y tienes respuesta. Decisión porque todas las ondas de energía persiguen a la intención. Recepción porque debes sentirte merecedora de lo que ya te pertenece.

Y seguía hablando, diciendo cosas sobre decretar y, después, dejaba el incienso por la paz y buscaba sus aceites esenciales. Se frotaba muñeca contra muñeca, murmurando otro rato, sin darse cuenta de que Aimé se había salido del cuarto hacía tiempo y estaba moviendo trastes en la cocina, buscando algo de comer, aguantándose las ganas de reírse o de llorar porque se sentía absolutamente sola y patética, porque tropezaba con los vasos que Juana Emilia dejaba por todas partes, unos llenos de sal y otros de agua con orégano. Entonces respiraba para consolarse, para evitar que las lágrimas le corrieran por la cara. Contenía la respiración y contaba, imaginando que estaba debajo del agua, y luego inhalaba otra vez, como si emergiera y se llenaba los pulmones de aire.

Y su madre seguía en Saturno, sin enterarse de nada, rezándole a las energías de la naturaleza, envolviendo su desesperación con esoterismo. Cuando Aimé se sentía particularmente desolada, acariciaba su collar de cuarzo, que era lo único que la hacía sentir cerca de su mamá, aunque su mamá estuviera a unos cuantos pasos.

Ahí, sentada en la banca de su capilla, se tocó el cuello, recordando el día exacto en que decidió arrancarse aquella cadenita que solo supo que era gitana hasta que el Farkas se lo explicó.

Un par de meses después de la desaparición de Rosario, Aimé caminaba por las calles del barrio con su actitud inconforme, desafiando a quien se le cruzara a hacerle una pregunta estúpida, aunque ya en esas fechas las personas habían dejado de preguntar. Cuando la situación se había tranquilizado un poco y ya no había tantos policías en la colonia, había adoptado la costumbre de pasar un rato, cada tantos días, ella sola en el baldío. Le daba una sensación de pertenencia. Aunque por un lado la hacía muy consciente de la ausencia de Elisa, también la hacía sentirse distinta al resto de los habitantes de su comunidad, porque ella sabía algo que nadie más sabía sobre la amistad y sobre lo que dos niñas de casi doce años podían compartir, algo que ninguna persona del mundo sería capaz de comprender a cabalidad.

Se sentaba sobre la tierra suelta y leía su horóscopo y el de Elisa, tratando de hacer coincidir las cosas que le habían ocurrido en esos días y las que estaban por ocurrir con lo que sea que dijeran las páginas de las revistas de Juana Emilia. El sol había entrado en Leo; había luna llena en Capricornio; Júpiter y Urano estarían retrógrados. Aimé no entendía lo que significaba eso. Lo que sí podía entender era esa redacción impersonal en tercera persona del singular que le daba una formalidad solemne a las predicciones: «Evite desfallecer, ya que todo va a salir como lo tenía planeado. Aunque la lentitud lo exaspere, sepa que tendrá que ser paciente para alcanzar el éxito».

«Evite desfallecer.» Eso era algo que estaba totalmente en las posibilidades de Aimé.

No desfallecería.

En el amor debía retomar el diálogo con su alma gemela con el fin de fortalecer el vínculo amoroso y entregar su corazón a la persona amada.

Eso podía esperar, Aimé no tenía edad de saber quién era su alma gemela.

Sobre las riquezas, debía mantenerse prudente para enfrentar los cambios acordes con su momento económico.

Eso también podía esperar, porque Aimé no tenía un solo peso ni un solo dólar en su poder. Ese era su momento económico constante.

Al respecto de su bienestar, sus emociones se verían demasiado movilizadas a causa de una situación incómoda que debía enfrentar. Se recomendaba no caer en la desesperación.

No desfallecer y no desesperar, dos cosas que Aimé podía hacer por sí misma y por Elisa.

El horóscopo de Elisa, en cambio, anunciaba otra

cosa: «Por más que se sienta presionado por las situaciones que vive, su habilidad le permitirá esquivar cualquier dificultad que se le presente». Aimé no tenía dudas sobre ello. En el amor, Elisa debía prepararse para una luna en oposición que la haría sentir confundida y con dudas. Debía mantenerse en armonía con su situación económica y desenvolverse con firmeza, confiando en su creatividad.

Después recortaba los dos horóscopos y los pegaba con cuidado en un cuaderno que usaba como un álbum para dárselo a Elisa cuando volvieran a verse.

Ese día en el baldío, le llegó un olor ceroso y dulzón. Se incorporó y vio al gitano de Rosario fumando en una duna contigua.

Tuvo el impulso de confrontarlo por estar en su territorio, pero se contuvo. Sin Elisa no hacía falta proteger nada. Recogió sus cosas para volver a su casa.

—Eres la amiga mala —dijo Aurel, lanzando aros de humo al cielo.

Aimé lo ignoró.

—La dueña de aquí. —Aurel se rio.

Quiso reírse ella también. Se sacudió la tierra de las piernas y abrazó las revistas.

—¿El mecánico es tu papá?

—Qué te importa —contestó Aimé y salió corriendo.

Después de eso empezó a verlo cada vez más seguido. Afuera de la secundaria. En el mismo baldío donde rellenaba el álbum de recortes fingiendo que él no estaba cerca mientras el gitano fumaba en silencio, a varios metros de ella, sin molestarla. También se lo empezó a encontrar por las calles cercanas a su casa.

Aimé sabía que los gitanos eran sospechosos de la desaparición de Rosario, pero no les tenía miedo. No creía que se la hubieran llevado. ¿Para qué? No tenía ningún sentido que quisieran a esa niña para algo; además, ya se habían metido al campamento muchas veces a buscarla. Los policías, los hombres del barrio, hasta unos detectives de Estados Unidos. Los gitanos no habían tenido nada que ver. Trató de explicárselo a su papá varias veces y nunca le hacía caso.

Luego su papá se había ido y su mamá se había vuelto loca y ella había dejado de leer las revistas de los horóscopos. Cambió su opinión de Aurel la última tarde que estuvo en el baldío ella sola. La rutina fue igual: Aimé llegó, se sentó en la tierra y se dispuso a diseñar una nueva página de su álbum de amistad; Aurel llegó y se quedó fumando sin hacer ruido. Un rato más tarde, el camión del pastor Graham se había detenido en la acera de enfrente. Aimé no tenía ni idea si era uno de los sospechosos, solo sabía que era un señor que la ponía incómoda. El hombre se apeó y fue directo a ella con una biblia en las manos.

—¿Por qué estás aquí sola?

—No está sola —dijo Aurel, apareciendo sobre la duna. Blandía una resortera.

—Son unos niños —replicó el pastor Graham. Si Aurel lo había sorprendido, lo disimulaba muy bien—. No deberían estar aquí solos.

—Ni usted, ¿o ya se le olvidó lo que le hicieron la última vez?

El pastor Graham lo vio con sorna para ocultar su afrenta. Hizo una mueca tenebrosa que les dejó ver sus

145

dientes roídos, con las encías rojas, como sanguinolentas; levantó la biblia sobre su cabeza y dio media vuelta de regreso al camión.

Ni Aimé ni Aurel entendieron ese gesto, que era todo menos amenazante.

—¿Qué le hicieron? —preguntó Aimé antes de que Aurel se alejara.

—Pregúntale a tu papá y al papá de la otra.

—¿Al papá de Elisa?

Se refería a lo que hacían los hombres de la colonia, que atacaban a los sospechosos de la desaparición.

Aurel se encogió de hombros.

Se miraron un momento.

—Si me das un cigarro lo pongo aquí.

Aurel aceptó el cuaderno que Aimé le extendía. Lo revisaron juntos y Aimé le explicó el significado de cada página.

Esa tarde Aimé supo que Aurel había llegado con su campamento a Mexicali desde Chihuahua, donde habían estado un par de años. Antes de eso, recordaba haber pasado por Michoacán. Sabía que era Michoacán por lo que contaban los otros gitanos, porque él no tenía memoria más que del interior del campamento. Había nacido en algún punto entre Guatemala y Colima, pero, como se acostumbraba en el pueblo gitano, no importaba el lugar de nacimiento, su nacionalidad siempre sería romaní. No necesitaban documentos ni seguir las leyes de los países en los que estaban de paso.

El linaje de Aurel, como él llamaba a sus familiares, había recorrido tres continentes y finalmente él y su madre, con el resto de su comunidad, se habían instalado en

Mexicali porque era una ciudad incipiente, todavía con espíritu de pueblo. Y aunque eso tendría sus inconvenientes específicos, las expectativas sobre su estancia eran mucho mejores en comparación a como había funcionado todo en Chihuahua, que era un estado que estaba transformándose en un territorio asolado por una guerra en la que no pretendían tomar parte.

Sus abuelos, junto con un grupo de trashumantes, se habían trasladado a Panamá a finales de los años sesenta, donde encontraron un poco de tranquilidad en una pequeña comuna instalada en la selva en la que estuvieron más o menos a salvo en los primeros tiempos de la dictadura. Con la llegada de las FARC, las cosas habían escalado rápidamente y, del grupo original de gitanos, lograron llegar a Guatemala solo catorce. La abuela de Aurel le contaba que habían pagado el traslado de toda la comuna con oro húngaro que habían protegido toda su vida y ponía mucho cuidado en relatar cómo habían sido traicionados.

En México, los sobrevivientes del periplo panameño se habían unido a otros grupos de gitanos errantes y el resto era historia.

A Aimé, Aurel le provocaba un sentimiento ambiguo. El afecto que le tenía había aumentado de modo gradual, a fuerza de convivencia, de crecer juntos. Se hicieron inseparables al llegar a la adolescencia.

En el barrio se decían cosas, como siempre, pero ya no había quién pudiera separarlos. Ella ya no tenía padre y su mamá y su hermano no se preocupaban por lo que hiciera; la madre de Aurel se había ido con un pequeño grupo de gitanos que habló durante varios meses sobre volver a sus raíces en Europa, antes de la dispersión definitiva del campamento. Poco después Aimé dejó de tener contacto con Marina.

A veces recordaba la temporada de las llamadas a Monterrey, cuando Marina iba por ella después de la hora de salida de la secundaria del barrio y comían juntas y hablaban del día de Aimé, de cómo iban las cosas en su casa sin su papá, y tenían todas las conversaciones que Aimé hubiera querido tener con Juana Emilia. Después sonaba el teléfono y Marina se recostaba en la cama de su habitación para hablar cómodamente con Elisa mientras Aimé esperaba su turno sentada en el tocador de la mamá de su amiga, oliendo los lápices de labios de diferentes tonos de rojo y guinda, como se usaba entonces, y las cremas para el contorno de los ojos y las que eran solo para las manos.

Se ponía un poquito de lápiz labial en los pómulos y se lo difuminaba con los dedos, compartiendo miradas con Marina en el espejo. Después se untaba crema de manos, le gustaba cómo se mezclaba con los restos del pigmento que le había quedado en las yemas de los dedos. Y así pasaba la tarde, con las manos hidratadas y sonrosadas, como las mejillas de un bebé.

Recordaba recostarse al lado de Marina y juntar sus cabezas con el auricular entre las dos, oliendo el aroma fresco de sus productos para el cabello, su aliento a sandía por esos chicles que le gustaba masticar y el perfume que pedía por catálogo a una de las vecinas. Y Marina era todo lo que Aimé quería ser algún día, cuando fuera adulta y pudiera comprar las cremas especiales para su tipo de piel, cuando fuera madre y estuviera casada con un buen

148

hombre que nunca la abandonaría y tuviera un hijo o una hija que sería su orgullo tal como Elisa era para Marina y como un día ella había sido para Juana Emilia a pesar de que no poseía ninguna habilidad ni había ganado ningún concurso.

No podía señalar a ciencia cierta cuándo se había corrompido esa amistad, porque Aimé sabía que Marina la quería como a una amiga de menor edad, que tal vez suplía en muchos sentidos a su hija ausente. Podía indicar, por el contrario, cuándo se dio cuenta de que su padre nunca regresaría y que su madre estaba desesperada y envejecía poco a poco, con sus esperanzas puestas en Aimé como un bloque de cemento que la hundía hasta el fondo del mar, como en las películas de mafiosos. Sabía cuándo había entendido que su madre la necesitaba para salir de aquel submundo que la volvía profundamente infeliz, pero no sabía cuándo Marina había empezado a desembarazarse de ella.

Era verdad que hubiera sido muy raro que siguieran frecuentándose después de lo que había ocurrido entre ella y Elisa, pero saber eso no volvía menos doloroso el hecho de que Marina la ignorara y la rechazara. Le había dolido tanto que casi una década después, cuando supo que ella y su marido se habían hecho residentes en Brawley, California, había sentido una gratitud enorme con la vida, como si la hubieran liberado de un peso. El peso de saber que una persona que había sido tan importante para ella continuaba su existencia sin reparar en la suya.

Esa distancia, por fin, le dio un poco de consuelo.

Aimé sentía que ella era la única sobreviviente de

una catástrofe que le había quitado a todos los adultos que debían cuidarla. A Marina, a su papá, casi a su mamá y, de manera gradual, al resto de las personas a su alrededor. Las desapariciones se sucedían, una detrás de otra, sin el efecto ni el drama de la desaparición de Rosario. Era como si las personas simplemente se dieran por vencidas.

Aimé no estaba dispuesta a ser un daño colateral. No iban a convertirla en una damnificada. No iba a permitir que la injusticia se instalara en su vida de forma permanente.

No sería una víctima.

Cuando volvió a la casa, estaban tomándole las fotos a Yami junto a la escultura de hielo. Misael había despertado y estaba intentando colarse en el encuadre vestido solo con bóxer y pantuflas. Sus carcajadas hacían eco en el amplio espacio del salón principal. Yami se quejaba, como solía hacer, muerta de vergüenza, y Juana Emilia le reía la gracia a su yerno.

—Ma, dile a mi pa que se vaya... —gimió en cuanto vio entrar a Aimé.

—Vengan los dos a la foto, así, en paños menores —dijo Juana Emilia.

Aimé hizo como que no escuchó a ninguna.

—Enderézate —ordenó a Yami, después se dirigió a su madre—: Que no salga jorobada.

Misael la jaló del brazo para besarla. El fotógrafo y Juana Emilia fingieron no verlos. Yami hizo una expresión de asco.

Una doméstica se acercó con la charola del desayuno de Misael.

—Arriba, por favor —le indicó Aimé.

La empleada subió detrás de ellos.

Misael se metió a la boca dos piezas de pan tostado.

—Misa...

—Cómo me gusta que me digas así —contestó con la boca llena—, me siento bendito.

Aimé le sacudió las morusas de pan que le cayeron en el pecho.

—Tengo un mal presentimiento.

—Ya vas a empezar.

Aimé se asomó por la ventana que daba al jardín trasero.

—No quiero problemas hoy, para nadie.

Misael carraspeó.

—¿Qué sabes de Montoya?

Gerardo Montoya era un judicial en la nómina de Misael.

—Nada, ese aparece cuando hay algo que comunicar.

Misael se limpió la boca con el dorso de la mano y abrazó a Aimé por la espalda, colocando su cabeza en el espacio entre el hombro y la cabeza de su mujer. Le besó el cuello.

—Me haces cosquillas —dijo Aimé sin reírse ni estremecerse.

—Todo va a estar bien, nadie va a meterse conmigo en la quinceañera de mi niña.

—Le voy a decir a Jessica que no venga.

—Voy a quedar como un pendejo.

—Y ella libre si llegan los federales.

Misael le dio un mordisco en el omóplato.

—Habla con Montoya, Misa.

Misael tomó tres de sus teléfonos, salió de la habitación y se encerró en la oficina durante dos horas. En ese tiempo, Aimé se vistió y se preparó, como si no estuviera a punto de cancelar la fiesta. Recibió al obispo, que llegó muy temprano con su séquito. El padre José Isidro Guerrero Macías, originario de Iraguato, Sinaloa, amigo íntimo del Chapo Guzmán, a quien aseguraba haberle bautizado a más de veinte niños en la sierra. También tenía lazos con Jorge Hank Rhon, el empresario de Tijuana, de quien decía que cada cumpleaños le regalaba un animal de su zoológico particular, pero el padre no podía mantener especies exóticas en la residencia parroquial, de modo que uno de sus asistentes se encargaba de ponerlos a la venta.

Se sentaron a la mesa. Después de las fotos, Yami se quitó el vestido que usaría en la fiesta y dejó de jugar Wii para besar la mano de monseñor. Juana Emilia revisó que las cosas fueran bien en la cocina. Rubén y su familia también los acompañaron. Cuando iban por el segundo tiempo, tocaron el timbre. Aimé se disculpó y se dirigió a la entrada principal. Misael bajó a toda prisa. Se encontraron en el recibidor. Eran los seis abogados de Misael, cada uno con una cuadrilla de abogados júnior y asistentes legales.

—Ya le avisé a Jessica y a los demás. Lo único que pude conseguir fue que vinieran antes.

—¿A qué hora?

—Ya no deben tardar.

Perea, el abogado principal, besó la mejilla de Aimé.

—No te preocupes. Me da pena por la niña, pero a ustedes no pueden hacerles nada.

—Ya no da tiempo de cancelarles a todos los invitados.

—Que vengan, ¿qué vas a hacer con tanta comida?

—Cómo crees.

—Son familia y amigos, ¿qué no? De aquí a las cinco esto va a estar arreglado.

Misael pasó al comedor para disculparse con el padre, que siguió comiendo sin inmutarse ante las noticias.

—Ven, hija, ese plato se te va a enfriar —le dijo monseñor a Aimé.

Aimé hizo una seña a una empleada y le llevaron una caja de aspirinas. Se pasó dos sin agua.

—Ahorita nos rezamos un padrenuestro por los quince de Yamita.

Los platillos y el vino siguieron llegando, porque monseñor era un sibarita y porque bromeaba diciendo que, si iba a tener que excomulgar a los policías que participaran en el operativo, no iba a hacerlo con la barriga vacía.

Aimé deseó tener al *party planner* para delegarle las cancelaciones. Envió correos, mensajes de texto y audios de WhatsApp con diferentes excusas, pidiendo a los invitados, ahora desinvitados, que avisaran a los demás que conocieran y supieran que planeaban asistir. Aunque tenía confianza en los abogados de Misael, no quería que nadie pasara un mal rato, con la casa llena de agentes o, peor, con el equipo de asalto si se animaban a llegar con la caballería.

Perea había dicho que era improbable que usaran la fuerza. Si Misael había conseguido que sus hombres dentro de la judicial movilizaran el procedimiento antes de que llegaran los invitados importantes era porque no estaban buscando hacer arrestos realmente, sino que se trataba de algún asunto de rutina para tomar fotografías y justificar sus presupuestos. Aimé no estaba tan segura. Si quisieran eso, lo habrían orquestado con lugartenientes de medio pelo desde el principio, no con Misael. Tal vez estuviera paranoica. Le hacía falta el Farkas, necesitaba saber dónde se había metido. Tuvieron un breve intercambio de mensajes.

«Deberías sacar a Yami de la casa», escribió el Farkas.

«¿Qué te dijeron?»

«No mucho, creen que pueden arrestarlo.»

Aimé era fuerte y decidida, no tenía miedo de los rivales de su esposo ni de la policía o del ejército, pero sentía que algo sucio se había puesto en marcha. No era la primera vez que trataban de armar un caso contra Misael, y cada uno de esos intentos había sido desestimado. El momento era lo que le incomodaba. Que buscaran humillarlo así, delante de sus personas más cercanas, de sus superiores; que pensaran que podían irrumpir en la fiesta de su hija para arrestar a ciertos personajes a quienes podían localizar en cualquier otra parte la ponía en un estado de alerta y aprensión que dentro de poco no podría —y tal vez no tendría sentido— disimular.

Aimé pidió a su hermano que se fuera de regreso a Phoenix con Juana Emilia y Yami cuanto antes. Misael no puso ninguna objeción.

Las cosas sucedían con rapidez. Los abogados y el equipo trabajaban limpiando las oficinas, triturando documentos, deshaciéndose de aparatos electrónicos diversos y preparando mociones para contrarrestar las órdenes que pudieran presentar los agentes.

Cuando pasaron a la sala de descanso para la copita de brandy de monseñor, Aimé vio en las cámaras de seguridad las camionetas de la judicial y las patrullas sin sirena rodeando el perímetro de la casa. Apretó la mano de Misael y se tomó de golpe su bebida. Sintió la mirada del Farkas y lo vio en la entrada del salón, sereno, a pesar del sudor que le corría por la frente debido a las diligencias que había estado realizando. Había pagado y despedido a los trabajadores eventuales y dado instrucciones sobre cómo comportarse a algunos de los subordinados que no hubieran pasado por algo similar antes.

Monseñor se puso de pie.

—Nos ponemos en la presencia del Señor, en el nombre del Padre, del Hijo y del Espíritu Santo.

El grupo respondió con el consabido amén.

—Que nuestro Señor Jesucristo nos conceda por su espíritu la gracia de compartir junto a él la bendición de estos, sus siervos, que están por transitar una...

Escucharon el ingreso de los vehículos a la propiedad y las voces de los oficiales.

—... dificultad. Te pedimos, Señor, los acojas con tu manto.

Una de las trabajadoras domésticas intentó abrir la puerta principal, pero fue lanzada a poco más de un metro con el impulso del ariete utilizado por el comando para allanar la mansión. La puerta se agrietó y otras empleadas gritaron al escuchar el impacto.

Misael ordenó a sus hombres no reaccionar.

Aimé ayudó a su empleada a levantarse.

155

Los abogados hablaron al mismo tiempo, alegaban uso excesivo de la fuerza.

En cuestión de minutos, los oficiales tomaron las habitaciones principales y separaron a los presentes en tres grupos. Empleados de la casa, empleados de seguridad y familia.

Los abogados revisaban las órdenes de cateo y detenían lo mejor que podían la invasión a otras partes del inmueble. Monseñor negaba con la cabeza y acribillaba con miradas reprobatorias a cualquier policía con el que hacía contacto visual.

Uno de los dirigentes de la operación era Gerardo Montoya.

Se apostó frente a Misael y ondeó un documento.

Dos abogados se interpusieron para arrebatárselo.

—Ahora sí, cabrón —dijo con un tono de voz tan mezquino como indecoroso—, ya te cargó Pifas.

No lo esposaron, no hubo cobertura mediática, dentro de las posibilidades que cabría esperar de una redada de esa magnitud, y, obviando la cancelación de la fiesta y la destrucción de la puerta, habían llevado las cosas más o menos con discreción. Los abogados pudieron contener el asalto a casi toda la casa, por lo que los agentes solo podrían revisar la oficina de Misael, en la que no encontrarían nada. No se llevaron a nadie más. Las armas que había en la casa eran legales, no podían incautarlas. Con Misael en custodia, no había mucho más por hacer.

Aimé, aunque preocupada por su esposo y por su hija, sentía que aquello había sido bastante anticlimático. Su quijada se distendió varias horas después, cuando recibió el mensaje de su hermano en el que le comunicaba que habían cruzado la frontera sin contratiempos.

Monseñor se ofreció a quedarse esa noche, junto a dos personas de su séquito y tres abogados júnior. Un par de invitados que no recibieron el aviso de la quinceañera cancelada siguieron de largo por las calles adyacentes al ver las patrullas y los cercos policiales.

Habría presencia de la policía por lo menos los siguientes dos días.

Aimé se dejó caer en una de las sillas del comedor, sintiendo la náusea crecer desde el fondo de su estómago.

A sus espaldas, los agentes trasegaban lo que podían de su hogar.

El Farkas se sentó a unos lugares de distancia.

Ella le dedicó una sonrisa amarga, sin ánimo.

—Está pasando otra cosa.

Le extendió una tableta y, con un movimiento ágil, deslizó el aparato hasta el otro lado de la mesa. Aimé lo interceptó y lo sostuvo con desinterés, mirando al Farkas.

Él le hizo un gesto que la invitaba a ver la pantalla.

Era una de las cámaras del exterior. Se veían las banquetas, la acera contraria, parte de la calle. Estaban los policías y algunos automóviles estacionados.

—Estoy muy cansada para adivinanzas.

—Fíjate bien.

Aimé volvió a la pantalla y entonces la notó. Una figura femenina se acercaba a uno de los policías y parecía conversar con él, tal vez le estuviera preguntando al respecto de lo sucedido. Agrandó la imagen.

—¿Periodista? —preguntó Aimé señalando a la desconocida.

157

—Deportista.

El rostro de Aimé se endureció instantáneamente.

Volvió los ojos a la pantalla que transmitía en tiempo real lo que sucedía afuera de su casa y los desvió de nuevo hacia su amigo.

Él asintió.

—Es Elisa, viene a buscarte.

5

En ese lugar del mundo, en ese desierto específico, se aprendía a vivir solo con dos estaciones. Hacía calor de marzo a octubre; en noviembre bajaba la temperatura; se volvía glacial entre diciembre y enero, y para febrero llegaban unos vientos de desgracia que anunciaban el regreso del calor. Dicen que hubo una época en que el otoño, aunque breve, tenía características reconocibles. Fue una de esas mañanas. Las hojas caían de los árboles y una corriente discreta, casi amable, acariciaba las cofias de las enfermeras que se adentraban en la colonia como harían dos exploradores en tierras ignotas. Debían aprender el idioma nativo, las reglas tácitas que regían ese nuevo mundo salvaje. Era así en cada colonia que se les asignaba. Por encima de todo, debían encontrar la manera de volverse indispensables en un entorno hostil.

A simple vista eran dos mujeres casi siamesas. Vestidas igual, con ademanes similares. Dos enfermeras visitantes, como se las conocía en el lenguaje de la salud pública. Una estirpe de profesionales con vocación de servicio que podía rastrearse hasta Isabel Zendal, una enfermera española que, entre 1803 y 1809, llevó la vacuna de la viruela de La Coruña a Canarias, Tenerife, Puerto Rico y la Nueva España, donde se le perdió el rastro entre Acapulco y Puebla. Y en el México revolucionario, un siglo después, vivió la madre Cuca, una enfermera autodidacta que comandaba a las mujeres que socorrían a los soldados en los enfrentamientos, que llegó a ser sargento primero y resultó herida en combate. No está claro si ellas se sabían descendientes de aquel linaje, aunque ambas abrazaban su labor como si no hubieran nacido para otra cosa.

Esa mañana de otoño desértico, mientras apuraban el paso para huir de un marido enojado, tuvieron que desviarse del camino principal. El hombre las había sorprendido explicándole el funcionamiento del diafragma a su esposa y las había acusado de coscolinas y diabólicas. Había tomado a la mujer del brazo y la había sacudido; no podían interferir y lo único que les dio algo de calma fue que la señora había tenido tiempo de ocultar el pedacito de silicona de la furia del marido. Ella también les había pedido que por favor no regresaran. Lo había dicho con la voz, porque con el rostro y con el corazón les estaba dando las gracias. Eran gajes del oficio. La salud pública en tiempos de Zedillo, herencia directa de los programas populares de Salinas de Gortari. Así como después de la revolución se había convocado a los maestros a llegar a los más recónditos lugares del país para alfabetizarlo todo, en ese entonces se implementaban campañas de salud comunitaria, y los pasantes, enfermeras y estudiantes de Enfermería eran los soldados en esa guerra contra la tuberculosis, la diarrea, la diabetes, las úlceras varicosas, la hipertensión y otros asuntos escabrosos para los señores machistas, como la sexualidad.

Habían tomado un atajo hacia la calle siguiente metiéndose a un patio sin cerco. No era exactamente *trespassing*; cuando hicieron el croquis de la colonia notaron que muchas de las casas estaban conectadas por la falta de bardas perimetrales. Tener una salida de emergencia era prioritario en un trabajo como el suyo. La enfermera mayor, Ofelia —cuarenta y siete, divorciada, tres hijos—, era la responsable de salud del sector. La más joven, Irma —treinta y uno, soltera, sin hijos propios, se hacía cargo del hijo de la relación previa de su pareja—, además de preparar el maletín con las vacunas y lo necesario, era la encargada de los reconocimientos y las encuestas, de las visitas de avanzada para ubicarse en la comunidad. Después, juntas, elaboraban el mapa donde identificaban asentamientos humanos, baldíos, escuelas, iglesias. El estudio del sector se hacía procesando la información recabada, así distinguían datos que podían servirles, como de qué estaban hechas las casas o los índices de hacinamiento, pero sobre todo conocían a los habitantes: rangos de edad, embarazos, adultos mayores, personas con problemas mentales o alguna parálisis, y con ello priorizaban las necesidades del área asignada.

Una camioneta del Seguro Social las llevaba a un punto de la colonia por la mañana y las recogía en ese mismo lugar a la hora convenida. No era fácil ese trabajo y tampoco estaba exento de peligros. En la capacitación les advertían la importancia de no acercarse a casas de hombres solos, por su propia seguridad. Debían estar convencidas de que había mujeres y niños, por lo que revisaban la ropa en los tendederos, buscaban juguetes en los patios, los vestigios de esa presencia que podía ser definitiva en algún momento crucial. Si por algún motivo debían pasar más allá de la banqueta o el porche, dejaban una señal, casi siempre un pañuelo azul, porque el azul era el color de las enfermeras visitantes, y se internaban en las habitaciones a realizar alguna curación o atención especial. Si se hacía tarde y no estaban en el punto acordado cuando llegaba el conductor, con esa marca podía encontrarlas.

Era importante también estar en contacto con los homólogos de salubridad, tener a la mano un enlace, un contacto en la perrera del municipio, porque ubicar a los perros callejeros y sus condiciones resultaba igual de fundamental. Dependiendo de los animales, estos podían ser otro peligro que sortear mientras caminaban aquellas calles o bien convertirse en sus aliados, protegerlas, avisarlas de un peligro inminente. Además de la propia incidencia de los perros en las enfermedades de la colonia. Pulgas, garrapatas, rabia, sarna. Otra cosa que no podía dejarse de lado era identificar a los alcohólicos y a los drogadictos del barrio, las tienditas, los picaderos. Era un mundo en el que apenas se vislumbraba lo que vendría después; un mundo de cerveza, Tonayán, mariguana, pastillas y heroína; un mundo en el que solo circulaba la cocaína en Navidad y Año Nuevo porque siempre había sido cara. Un mundo antes de la llegada de la epidemia del *ice* y la metanfetamina, veinte años antes de la invasión del fentanilo.

Avanzaron entre sábanas tendidas y fierros viejos. Rodearon un refrigerador descompuesto y continuaron adelante hasta que dejaron de escuchar las groserías del hombre. Dos días después pasarían a revisar los moretones de la mujer, en un horario estratégico. Cruzaron los patios en silencio, caminando sin pausa, una junto a la otra, en el acuerdo tácito de una relación que se había ido afianzando a fuerza de la convivencia diaria y, sobre todo, de la confianza que se tenían después de dos sucesos particulares de los que ambas habían sido partícipes. Dos sucesos con nombre propio. Rómulo y Bertha.

Para ambas era importante mantener un equilibrio, ser profesionales, porque era fácil sucumbir e involucrarse demasiado en el contexto en el que se desempeñaban. Debían ser un poco maestras, un poco psicólogas, un poco trabajadoras sociales, un poco agentes de una ley civil que era reconocida por la mayoría de los habitantes de las colonias. Y al mismo tiempo no tenían ningún poder en absoluto. En general las ignoraban con facilidad, eso cuando no las maltrataban de forma directa. Era extraño y ambiguo, y les daba un margen de acción que no podían sino aprovechar para sus fines. Los fines de la salud pública.

Las cosas que pasaban en esos lugares, las cosas que habían visto. Las cosas sobre las que debían callar.

Algunas veces se sorprendían repitiéndose la una a la otra que su misión era la salud y nada más.

Aunque Ofelia podía sentir que ya había visto demasiado y ciertas situaciones o eventos no la sorprendían ni la incomodaban, para Irma resultaba más difícil y había sido necesario apoyarla, ser un soporte para ella

163

hasta el momento en que pudo sobrellevar el trabajo de otra manera.

En ese periodo de adaptación de Irma, mientras Ofelia intentaba enseñarle lo necesario para desenvolverse en esas colonias populares, había pasado lo de Bertha. Bertha tenía veintidós años. Trabajaba en la línea de ensamblaje de McKinley, en el parque industrial cercano, el PIMSA II. McKinley era una fábrica de paquetes y embalajes, producían bolsas de papel y cajas de cartón. Bertha se encargaba de doblar y pegar donde fuera necesario según lo que apareciera en la banda transportadora. La joven vivía, de acuerdo con el croquis del sector, en el cuadrante siete de la colonia, entre la pareja de jubilados y los nuevos migrantes sinaloenses. Compartía casa con su hermana, el marido de la hermana y cinco niños, sus sobrinos. Tenía un novio. Un trabajador del *field* que cruzaba cada día a las tres de la mañana para pizcar lechuga, brócoli, cebolla morada. En aquel momento era la temporada de rábano en los campos del Valle Imperial. El novio de Bertha trabajaba hasta el mediodía. Ganaba poco por media jornada. Pero ganar poco en dólares era mejor que ganar bien en pesos. Así que cruzaba de regreso y podía pasar el resto del día tomando hasta que Bertha salía de su turno de diez o doce horas. El novio era celoso.

Bertha tenía una fractura en la costilla que no había sanado bien y, entonces, se doblaba un poco hacia la izquierda. Una inclinación leve, casi imperceptible. Llevaba el torso vendado y maquillaje recargado para cubrir los golpes del rostro. Usaba manga larga y camisetas de cuello alto debajo de la filipina del trabajo. Las visitadoras vieron que era cuestión de tiempo que al novio se le pasara la mano y hablaron con Bertha. Al principio no quiso escuchar, lo minimizó, lo justificó. Una paliza después, accedió a revisar sus opciones. Dejarlo, claro. Qué fácil. No se dejaba a un hombre como ese. Pedir ayuda a su hermana. Ni hablar. En la casa de su hermana ya eran demasiadas las bocas y los problemas; no podía darle un disgusto llevándole los suyos. Tenía una tía en Tijuana. Les dio la dirección. Las enfermeras visitadoras rastrearon el sector al que pertenecía y contactaron a las visitadoras de Tijuana, quienes le expusieron el caso de la tía. Una mujer sola que recibía las remesas que sus hijos enviaban desde Estados Unidos. Le vendrían bien la ayuda y la compañía. Una de las visitadoras de Tijuana le consiguió a Bertha entrevistas de trabajo en una guardería y en una cenaduría. Una noche, la chica se despidió de su hermana y sus sobrinos. Irma pagó el boleto de autobús y Ofelia le dio un poco de efectivo de su propio sueldo. Antes de los celulares y las redes sociales era más o menos fácil desaparecer. El novio estuvo rabiando, haciendo guardia en la casa de la hermana durante varias semanas. Con el tiempo se cansó, se fue al gabacho o encontró a otra, el caso es que no volvieron a verlo en el barrio.

No eran trabajadoras sociales. Su misión no era la de rescatar a nadie o hacer de superheroínas. Era como decía Ofelia, que no podían dormir por las noches sabiendo lo que sabían.

Para Irma se trató de un descubrimiento, el reconocimiento de una capacidad hasta entonces desconocida. Experimentó una sensación inédita, la de la certeza de saber con pruebas que en cada familia de aquel lugar había una historia, un dolor, un ensañamiento. En cada habitación había un hombre, porque siempre era un hombre, lastimando o a punto de lastimar. Los modos y las formas, las intensidades y las intenciones podían variar, pero en el fondo cada abuso era el mismo abuso. Por eso, con Rómulo, Irma hizo las cosas diferentes. Rómulo era un chico cuadripléjico de diecisiete años con parálisis cerebral que vivía con su abuela y dos tíos. Su madre había muerto en el parto y la abuela lo mantenía vivo lo mejor que podía. Por las mañanas lo bañaba, lo alimentaba con papillas Gerber y lo sacaba a tomar el sol en una silla de ruedas hechiza. Ahí podía pasar horas enteras hasta que le tocara comer de nuevo. La abuela aprovechaba ese tiempo para encargarse de su casa y de sus dos hijos, ya adultos, a quienes también atendía, limpiaba, cocinaba. Si el tiempo le tenía alguna compasión, se daba una vuelta por misa o al confesionario. A Rómulo lo revisaron así la primera vez, solo en la banqueta. Le tomaron los vitales, la presión. Le checaron ojos, oídos, garganta y boca; las extremidades flácidas. Le curaron dos llaguitas de la espalda alta, cerca del omóplato. Y quedaron pendientes de buscar a la abuela para hacer una revisión más a fondo del muchacho, porque una llaga a la vista indicaba casi siempre otras llagas en lugares inaccesibles.

Les tomó una semana de rondines descifrar los horarios de los tíos y la rutina de la abuela. Hicieron una breve investigación entre los vecinos. Uno de los tíos era decente, trabajador, proveía a su madre y a su sobrino. El otro andaba en malos pasos, era adicto y agresivo. Le robaba a la señora. Maltrataba al enfermito. Cuando pudieron entrar a la casa constataron los dichos. Es interesante cómo la violencia se instala en los espacios. No solo la violencia propia de la pobreza, que es uno de sus elementos constitutivos, sino la violencia física, verbal, humana, persona a persona; esa violencia se trasmina en los objetos, en los ambientes, humedeciéndolo todo, recubriendo las cosas como un moho, impregnándolas con su olor rancio. La abuela tenía marcas, cicatrices, moretones. Por vieja, por torpe. Eso decía. Rómulo también tenía las marcas del abuso. Porque era difícil trasladarlo, decía. Porque era pesado y ella debilucha y se le caía a veces. Las enfermeras visitantes conocían esas excusas. Era una madre exculpando a su hijo, protegiéndolo. Pero ¿por qué no se protegía a sí misma y a su nieto? El otro hijo trabajaba en turnos dobles, no se daba cuenta de nada. La abuela mantenía el secreto, no iba a enfrentar a dos hermanos.

Al principio, Ofelia trató de no involucrarse y advirtió a Irma para que tampoco lo hiciera. Era una situación más compleja que la de Bertha. Ella era joven, le forjaron una red, le dieron una solución y estuvo lista para dejar atrás a su abusador. No podían pensar que con una mujer anciana y un adolescente discapacitado las cosas serían iguales. Era mejor ayudar en lo que pudieran. Realizar las curaciones en silencio y recorrer las calles de su sector asignado haciendo su mayor esfuerzo por la salud comunitaria. Al fin y al cabo, ese era su trabajo. Siguieron esa consigna unas cuantas semanas. Hasta el día en que llegaron a revisar a Rómulo y a su abuela, y los encontraron a ambos inconscientes, molidos a golpes. Entonces Irma decidió que era el momento de actuar. Al tío bueno le dijeron que se habían metido a robar. Con la ayuda del chofer del Seguro Social, Irma consiguió algunas medicinas controladas y, en el trajín de las averiguaciones, dejó su pequeño tráfico en las pertenencias del tío malo. Cuando el tío bueno vio las medicinas y el resto de la parafernalia de drogas, llamó a un centro de rehabilitación de San Luis Río Colorado, y el tío malo estuvo internado, trabajando por su comida y su recuperación, durante dos años.

Ofelia nunca confrontó a Irma. Luego de eso estuvieron demasiado ocupadas cuando llegaron los gitanos y el barrio se enardeció por el temor a enfermedades nuevas.

Al atravesar los terrenos, las dos mujeres cruzaron la calle contigua como quien alcanza una meta. Sudorosas, jadeantes. La mañana se les había ido en la visita a la mujer, quien les pidió ayuda con un método de contracepción, y en la posterior huida de su marido. Llevaban algunos meses en ese sector y aún no lograban pertenecer; faltaba mucho todavía para que las aceptaran por completo. Irma se detuvo para amarrarse las agujetas del calzado médico y Ofelia aprovechó para recargarse en un barandal. Sintió hambre. La calle se veía tranquila. Los niños estaban en la escuela, la mayoría de los hombres en el trabajo y las mujeres ajetreadas, limpiando, lavando, cocinando, haciendo labores de interior; por eso la quietud. Si ponían atención, se percibía una melodía de música de banda. Debía provenir de varias casas adelante. Ofelia pensó que estaban cerca de los abarrotes, que podrían pasar por una galleta o por algo de tomar.

No dijo nada. Decidió soltar la sugerencia cuando estuvieran a punto de llegar ahí, a una o dos cuadras. Irma se incorporó y caminaron de nuevo. Conforme se acercaban a la música iban descifrándola. «Pues bien, yo necesito decirte que te adoro, decirte que te quiero con todo el corazón. Que es mucho lo que sufro, que es mucho lo que lloro.» *Nocturno a Rosario*, el poema romántico de Manuel Acuña en clave de banda y en la voz de Chalino Sánchez. Quizá porque Ofelia iba pensando en algo para comer fue Irma la que lo notó primero. Un sonido por debajo de la música, un par de tonos más graves. ¿Eran gritos? ¿Lamentos? ¿Gemidos? Algo se rasgó, se quebró, se descompuso. Un estruendo soterrado. De pronto, un sonido más fuerte acalló al resto. Ahogó la aspereza de la voz de Chalino y lo que fuera que se retorcía detrás de sus agudos. Era el camioncito de los religiosos estadounidenses. A Ofelia no le gustaba decirles aleluyas. Prefería llamarlos por sus sustantivos correctos. Mormones de la Iglesia de Jesucristo de los Santos de los Últimos Días. Evangélicos. Bautistas. Pentecostales. Carismáticos. Anglicanos. Metodistas. Testigos.

Aparecían de repente, luego se iban y volvían cada cierto tiempo. Nunca se sabía bien a bien quiénes eran hasta que se establecían durante semanas. Desde hacía más de dos años, los semipermanentes eran los del pastor Graham.

El pastor Graham, que hacía sus propios rondines a simple vista similares a los de ellas, pero con sus propias y muy distintas intenciones.

Lo acompañaba la hermana Nettie Jean.

Nettie Jean, oriunda de Misisipi, del corazón del Cinturón Bíblico, había encontrado a Dios después de una vida entregada a la carne. Porque toda oveja descarriada descubría la manera de volver al rebaño, según le había dicho un reverendo luego de sumergirla en el agua por tercera vez durante su nuevo bautismo. Nacida en el fragor del Cuarto Gran Despertar, hija de campesinos pobres sureños consagrados al movimiento de Jesús, creció en una comuna milenarista que esperaba pacientemente el fin de los tiempos. En cuanto pudo, escapó y pasó los últimos años de la década de los setenta en California, en otro tipo de comuna, una de amor libre y ácido lisérgico. Para principios de los ochenta, era una adicta a la heroína que hacía cualquier cosa por una dosis. Robó. Engañó. Cometió crímenes diversos. También se hizo daño a sí misma prostituyéndose y compartiendo agujas en plena epidemia del VIH. En el año del Señor 1988, fue arrestada por *solicitation* y la obligaron a pasar por un programa de desintoxicación de cuarenta y cinco días, donde aseguraba haber visto a Dios durante lo peor de la abstinencia.

Cuando salió, sola, sin dinero, sin amigos ni familia, escuchó cantos y alabanzas y se sintió atraída hacia un templo pentecostal donde tuvo un éxtasis espiritual, entró en trance y habló en diferentes lenguas. Milagrosamente se le borraron las marcas de las inyecciones que tenía en todo el cuerpo. Entonces tuvo la visión de que debía ofrecer su vida a las misiones de los seguidores de Jesucristo para ayudar a los desposeídos y llevar la Palabra a los lugares más lejanos y desolados. Socorrería a los desamparados y compartiría su testimonio de salvación. Así había terminado, casi diez años después, en el camioncito del pastor Graham en una colonia sin pavimentar y con los servicios mínimos de luz y agua en Mexicali, Baja California.

Cuando las vio, la hermana Nettie Jean le hizo un gesto al pastor, quien detuvo el camión junto a las enfermeras. El pastor Graham apagó las alabanzas que salían de sus bocinas, y Nettie Jean bajó, con dificultad, para sacar dos botellas de agua muy fría de la hielera. Sabía bien que, en esos parajes, incluso en otoño se agradecía un buen trago de agua helada. Las enfermeras las aceptaron con gusto.

—*Blessed day* —dijo la hermana Nettie Jean.

Irma respondió con un movimiento de cabeza y Ofelia, que no entendía el inglés, soltó una risita tímida.

—Día bendecido. Bendito. Bueno... —repitió Nettie Jean en un español excelente, casi sin acento.

—Gracias por el agua —respondió Ofelia.

—También tengo esto —dijo Nettie Jean, extendiéndoles unas barras de granola que extrajo de su cangurera.

El pastor Graham se revolvió en su asiento, inquieto, haciendo ruido al revisar la hora de forma muy elocuente.

—*I walk...* Camino con ellas —enunció Nettie Jean—. Nos vemos en el parque.

Luego se dirigió a las enfermeras:

—¿Puedo?

Ambas asintieron.

Ofelia abrió el envoltorio de la barra de granola con los dientes y le dio un mordisco. Tenía crema de cacahuate, nuez de la India y pistachos. Suspiró. Los evangélicos tenían el cuidado de repartir siempre los mejores *snacks*.

El camioncito avanzó despacio, sin reanudar las alabanzas.

Las tres mujeres caminaron en silencio unos minutos.

De a poco, reconocieron la música otra vez. La hermana Nettie Jean y Ofelia tararearon al unísono.

«Tengo el alma enamorada nomás de pensar, corazón.»

En una de las casas cercanas, alguien estaba escuchando un casete de los grandes éxitos de Chalino Sánchez y los Amables del Norte, en *loop*.

Era algo más o menos normal en la colonia. Los vecinos eran ruidosos, casi siempre de buena manera, lo que quería decir que eran festivos y animados desde recién empezado el día. Para la hermana Nettie Jean, ese había sido uno de los primeros choques culturales a los que se enfrentó cuando llegó a la frontera. La vida bucólica de la buena gente del campo en el Sur Profundo incluía la contención, la moderación; la única música que se escuchaba era la que alababa a nuestro Señor Jesucristo, estrictamente en los horarios celebratorios de la congregación. En ese preciso segundo ocurrió el chispazo. La descarga eléctrica. La hermana Nettie Jean no lo pensó como tal; no fue un recuerdo, fue más como el eco, la sombra, el reflejo de una memoria lejana. Algo que sabía sin ser consciente. Quizá porque no era relevante y solo cobraría importancia más tarde. Un estremecimiento en la corteza prefrontal; el hipocampo tratando de decirle algo que ella no comprendió; que había una casa, un lugar en el que la música tan alta tenía una utilidad.

Se subía el volumen por y para algo.

En esa casa había una niña.

La hermana Nettie Jean no pensó en nada de eso mientras Ofelia repetía junto a la voz aguardentosa de Chalino Sánchez:

—Si me das toda tu vida, yo te la doy también.

Ofelia le sonrió y Nettie Jean cantó con ella muy bajito.

—Di, di si tu corazón tiene otro amor o tiene otro cariño.

Nettie Jean pensó en el movimiento de Jesús, pero no era algo en lo que pensara en su día a día realmente, como si lo que vivió ahí hubiera sido un sueño o más bien una especie de trance, de adormecimiento, donde la *Jesus People* decidía todo por ella. Jeff Grimmet había sido el reverendo durante su infancia y adolescencia, cuando huyó de la comuna. Supo que había muerto poco después de su escape, aunque ambos hechos no estaban relacionados. Nettie Jean sonrió. Jeff Grimmet era un desgraciado. Los devotos de la comuna trabajaban solo para Jeff y tenían prohibidas las posesiones materiales, por lo que él administraba el dinero comunal como Jesús le indicaba en sus efusiones carismáticas. Predicaba su propia versión de la teología de la prosperidad en medio de la miseria que él mismo procuraba en sus seguidores.

A Jeff Grimmet lo había sustituido Francis Parker, otro desgraciado.

Mientras la madre de Nettie Jean evangelizaba en las calles y su padre labraba las tierras de la comuna, ella asistía a las sesiones del coro, a la lectura de la Biblia o a las sesiones privadas con el reverendo. Todas las niñas, desde los ocho a los dieciséis años, estaban obligadas a pasar una hora cada dos semanas con el reverendo. Aprendían de él porque les hablaba sobre su vida, sobre su pensamiento filosófico y religioso, sobre la guerra de Corea, donde supuestamente había sido piloto de combate condecorado. Pero en los años ochenta, cuando salieron a la luz varios escándalos sexuales y de malversación de fondos de la comuna, se supo también que Grimmet era un desertor que nunca estuvo en el frente, que había abandonado a una primera esposa y a tres hijos en Carolina del Norte, por lo que durante sus años en el movimiento de Jesús fue bígamo según la ley de cuarenta y nueve estados, pues se consideraba ilegal en todo Estados Unidos excepto en Utah.

Nettie Jean recordaba vagamente lo ocurrido durante sus sesiones con Jeff Grimmet y, de alguna manera, lo prefería así. Si se esforzaba, podía verse de niña, con una bata de lino percudida, el cabello suelto y sucio, descalza, caminando de la mano de Grimmet por los sembradíos. «Oremos, Nettie», le decía, pero no se detenían a orar; de repente se callaba y se arrodillaba sobre la tierra, y Nettie tenía que comprender que ese era el verdadero momento de oración. Decía que era un hombre que estaba muriendo y que predicaba ante hombres, mujeres, niños y jóvenes que estaban muriendo igual que él; que debía predicar cada vez como si fuera la última porque no entendían y lo malinterpretaban; aseguraba que predicar era un acto peligroso, que él arriesgaba su vida y su alma a la más grande condenación porque en la Biblia decía con claridad que ese era el destino de los falsos profetas, así que, si él no hablaba con la verdad, se vería condenado.

Pero si Jeff Grimmet hablaba verdades —se refería a sí mismo en tercera persona, por supuesto que sí—, entonces los oyentes debían conformar sus vidas alrededor de esa verdad y entregarse a ella. Y después decía cosas como «Oh, Padre, soy tan pequeño y lamentable. Oh, mi

Dios todopoderoso, oh, querido Padre, yo, que he erigido tu altar con mis manos. Oh, Dios, ten misericordia de tus hijos pecadores, Jesús mío y Dios mío». Y seguía hablando de fuegos que caían del cielo y de clamores eternos y huesos muertos y de arder en el infierno y de niños desvalidos sin esperanza ni futuro salvo que Dios hablara y se manifestara a través de él, Jeff Grimmet, su fiel siervo amoroso y dedicado. Por pequeño y lamentable que fuera, él era también leal y pródigo en su amor. Y entonces Jeff Grimmet continuaba hablando de todo aquello, de personas mundanas que arderían en el fuego eterno si no lo seguían ciegamente, mientras Nettie Jean miraba al cielo deseando que un ángel descendiera y la salvara de aquel miedo que se le iba convirtiendo en aburrimiento.

—Di, di si no hay otro amor, porque mi corazón morirá por ti —cantaba Ofelia.

A Nettie Jean le agradaban las enfermeras, se sentía cómoda con ellas. Su trabajo le parecía altruista y le hubiera gustado ayudarlas, hacérselo más fácil de alguna manera.

Y es que cuando Nettie Jean salió de lo que ella denominaba su paso por el infierno, había tomado algunas clases de primeros auxilios y dos cursos sobre el tratamiento contra la heroína utilizando metadona, lo que la hacía sentir como si fueran colegas.

Avanzaron un poco más y de nuevo fue Irma quien notó lo que la música cubría.

—¿Escuchan algo? —preguntó al aire.

—Si me das toda tu vida... —cantó Ofelia.

—Yo te la doy también —cantó Nettie Jean.

—No, eso no.

175

—Es lo único que se oye.

—Shhh.

Por lo general era Ofelia la que estaba así de atenta y alerta a lo que acontecía alrededor. Era lo natural, porque era quien tenía más experiencia. Irma, a pesar de no ser una principiante, se sorprendía con la habilidad para crear conexiones positivas con las personas de la que Ofelia hacía gala. Admiraba la confianza casi automática que se generaba entre su colega y aquellos que le daban la oportunidad. Al principio, cuando las asignaron juntas a esa colonia, Irma pensó que podría resultar más arduo que con alguna otra compañera. Ofelia tenía su reputación. Se decían algunas cosas sobre ella. Que era intransigente y mandona, que le gustaba regañar y que era el tipo de líder que disfrutaba humillar a sus subordinados. Nada más lejos de la realidad. Igual que en cualquier parte, en el gremio de las enfermeras había envidias y maledicencias. Después, Irma supo que esos chismes los había iniciado la nueva esposa del exmarido de Ofelia.

Porque el gremio de las enfermeras podía ser muy endogámico.

Esa mañana, luego de escapar del marido de la mujer del diafragma, Ofelia le había dado vueltas a varias cosas, mientras atravesaban patios y pasillos, y franqueaban calles y bocacalles. En silencio junto a Irma, con el único sonido cada vez más intenso de sus respiraciones, Ofelia pensaba en los niños de ese barrio periférico. Pensaba que por mucho que habitaran un espacio adverso y hubiera tantas cuestiones desfavorables en sus destinos inmediatos, por no mencionar sus futuros, por lo menos, hasta entonces, no habían sido tocados por el verdadero terror. Era algo de lo quería hablar con Irma. Era probable que necesitaran una capacitación psicológica para sobrellevarlo ellas mismas y poder ayudar a la comunidad si llegaba a ocurrir la desgracia. Ese era el único barrio del lado oriente de la ciudad donde no se habían llevado a ninguna criatura. En los otros había hasta tres o cuatro niños desaparecidos.

Ofelia había visto el efecto de un suceso así en otras enfermeras.

El miedo, la frustración, el duelo colectivo que se convertía en una herida supurante.

Eso la llevaba a reflexionar sobre sus propios hijos. Sobre su seguridad. ¿Hacía bien en pasarse la vida cuidando de los hijos de otros? ¿Podrían sus hijos comprender que se separaba de ellos, día tras día, persiguiendo la capacidad económica que le permitiera atender sus necesidades? Su exmarido era un paramédico con licencia de conductor de ambulancia que se había vuelto a casar con una enfermera quirúrgica a la que Ofelia conocía de la carrera. En esa época, todos en la Escuela de Enfermería y en el hospital se conocían. Su exesposo y la otra enfermera habían tenido un amorío en la camilla de la ambulancia durante meses antes de que Ofelia lo descubriera. Como casi siempre sucede, fue la última en enterarse. Y por fin cobraron sentido ciertas miradas, los cuchicheos, esos silencios automáticos cuando ella se acercaba.

Le humillaba que se hubieran casado. Habría preferido que fuera un desliz, una aventura sin importancia de la que ella pudiera salir airosa como la esposa mancillada pero digna. El matrimonio era la ignominia. La

177

convertía en la dejada. La cambiada por otra. Como la Planchada. Le daba risa y le daba pena la comparación. La Planchada era una enfermera que llevaba su uniforme perfectamente planchado y almidonado, y se aparecía en los hospitales. Los pacientes aseguraban que una mujer seria y amable los asistía en momentos críticos, que les daba medicamentos o suero intravenoso; a algunos los había consolado cuando sentían angustia y, en el momento en que habían querido agradecerle, nadie sabía de ella. El mismo personal de los hospitales llegaba a ver una sombra blanca en los pasillos, en el checador, en cuidados intensivos. La constante era que nadie se asustaba con la aparición porque la Planchada no hacía daño. Había muerto de tristeza, a causa de un desamor.

A ella también la habían dejado por otra. Otra mejor. Y aunque no fuera de esa manera, Ofelia se sentía así y se refugiaba en el trabajo de campo, ahí en esas colonias populares, casi asentamientos, donde era la responsable del sector y donde sus habilidades, virtudes, saberes, conocimientos y aptitudes eran reconocidos hasta cuando resultaba más complicado entrar en la vida de los habitantes de uno de esos barrios. Aun si le cerraban la puerta en la cara por algún prejuicio tonto, ella continuaba siendo la enfermera visitante especialista en salud pública, la profesional que brindaba asistencia, educación y consejo. Y se aferraría a ello hasta con los dientes de ser necesario.

Con todo eso, seguía presente el problema de los niños.

Ofelia tuvo un padrastro que tenía la costumbre de

golpear a su madre; nada que resultara muy escandaloso, solo se desahogaba de vez en vez. No bebía, lo hacía porque podía, para enseñarle quién mandaba. La madre de Ofelia lo soportaba con un estoicismo ejemplar, por los niños. Era insensato lo que las personas hacían por los niños y lo que les hacían a los niños. Era terrible ver a su madre recibir las bofetadas, los puñetazos, o a veces era un traste, un objeto cualquiera que estuviera a la mano. Dependía de lo cansado que volviera del trabajo o de lo creativo que se sintiera aquel hombre.

Recuerda que soñaba con desaparecer. Con irse y nunca volver a esa casa para no ver a su madre sufrir sin poder hacer nada.

Y aun así, su madre no era ni por mucho la más lastimada de las mujeres que conocía. Ella no llevaba los ojos amoratados o el cuello enrojecido. O un brazo roto. Su violencia era distinta, no respondía a la brutalidad espontánea del borracho, por ejemplo. Y por eso Ofelia la consideraba más letal, porque era muy objetiva, muy concreta en lo que buscaba. Era claro que su padrastro sabía lo que hacía. Como si hubiera tenido una instrucción. Como si se le hubieran dictado lecciones. Las mujeres debían ser sometidas periódicamente para que no olvidaran su lugar. A las mujeres se las adiestraba para que fueran sumisas, obedientes y comedidas. Si un hombre se enlazaba con una mujer usada, es decir, esas mujeres que habían tenido ayuntamientos previos de los que resultaban los hijos de otro hombre, entonces su castigo era distinto. El hombre que aceptaba a la mujer estropeada debía ser reconocido por su generosidad, debía ser adorado y se le debía devoción y reverencia. Si el hombre sentía que no se le consideraba lo suficiente, podía y debía aplicar los correctivos pertinentes.

La madre de Ofelia no le habló nunca de eso. No le dijo que, llegado el momento, ella misma tendría que soportar ese trato por parte de los hombres. Tampoco le dijo que no lo soportara. Ofelia tuvo que ser capaz de discernir por su propia cuenta si aquello era justo o injusto. Con el tiempo, el padrastro se dedicó a golpear también al hermano mayor de Ofelia, que en ese entonces debía de tener unos nueve años. ¿Por qué alguien se ensañaría con un niño? Por control, claro. Por poder. Un poder mediocre que se ejercía en el espacio de tres por tres metros que era la cocina familiar. Ofelia pensaba en su hermano adulto, pensaba en si aquellos golpes se habían inoculado en él como una vacuna y así resultara incapaz de la violencia. O si, por el contrario, la violencia se había instalado en su psique y en sus músculos, integrándose a su espíritu y a su cuerpo como una forma de vivir.

Después de pensar en su hermano, Ofelia pensó en el hombre del saco, en el coco, en la figura del robachicos. Cuántas generaciones de niños mexicanos no habían crecido horrorizadas por el robachicos. Madres, padres, abuelos, maestros: todos usaban la amenaza del hombre sin rostro que vagaba por las calles buscando a sus presas, los niños desobedientes, los que no hacían sus deberes o no recogían sus juguetes, los que no terminaban su merienda. Incluso Cri-Cri había compuesto una canción infantil en la que un recogedor de basura se llevaba a los niños.

Pensó en los cuentos folclóricos que conocía donde

se naturalizaba que se robaran a los niños. El Krampus alemán, siempre listo para llevarse a los niños mal portados; Grýla, esa bruja-trol insaciable que se los comía vivos; los corredores nocturnos que iban por los pueblos golpeando las puertas y lanzando piedras a los techos, que podían volar y desaparecer llevándose a los niños con ellos; el hombre de arena, que les arrancaba los ojos y los guardaba en su costal, y algunos nahuales malignos que tomaban la forma de lobos o tigres o serpientes, y se comían hasta los huesos de los bebés. En el amok, esa extraña posesión que embriagaba y enloquecía de rabia a los malayos, ese demonio tigre que invadía el espíritu y llevaba al poseído a devorar niños indefensos.

Pensó en el secuestro del bebé Lindbergh y en Fernandito Bohigas, el Lindbergh mexicano, aunque él sí regresó sano y salvo a su casa meses después de su rapto. Pensó en las redes de trata y abuso sexual, en los grupos dedicados a la esclavitud moderna, en el tráfico de órganos, en la romantización de las mujeres que no pueden tener hijos y se llevan a los bebés de otras, en los matrimonios forzados. A muchas mujeres de su generación se las habían «robado», así tal cual; a veces era un novio, a veces un pretendiente, en el peor de los casos un perfecto desconocido que se las llevaba por la fuerza, las metía a su casa familiar, con la venia de padres y madres, y a la mañana siguiente se presentaba ante la familia de ella para anunciar que se la quedaba para sí. Como la mujer ya estaba deshonrada, no había más que aceptar la boda.

¿A dónde irían a parar los niños desaparecidos de la ciudad? ¿A cuántos se habrían llevado a la fuerza, cuántos estarían perdidos rondando calles desconocidas? Quizá algunos otros huirían del maltrato o, en un ejercicio muy imaginativo, tal vez otros habían escapado en busca de aventuras. Que ella supiera, solo unos cuantos fueron encontrados. Dos muertos en circunstancias escabrosas que no habían podido esclarecerse, lo que volvía las cosas peores, y uno vivo, en manos de su padre, que buscaba hacer daño a su esposa por un tema de infidelidades entre ellos.

Para Ofelia, la desaparición de los niños provenía de una idiosincrasia en la que no se protegía al más débil; no, en ese modo de entender el mundo en el que existía algo como el robo de niños, se aprovechaba la vulnerabilidad, se atacaba la fragilidad y la indefensión, y se hacía mella en ello. Pero si los derechos de los niños llevaban apenas ocho años de haber entrado en vigor. Todavía no se enseñaban en las aulas y no se había generalizado que los niños eran seres humanos pensantes, con dignidad. Ofelia sintió una desazón. Se preguntó qué harían con los niños que se llevaban. Quién se los llevaba. Era claro que el asunto de los niños desaparecidos la superaba a ella y a cualquiera.

Le dieron ganas de conversar sobre el tema también con la *sister* Nettie Jean. Al fin que hablaba muy bien español. ¿Qué opiniones le merecería ese tenebroso asunto? Le daba la impresión de que Nettie Jean tenía mucho más que decir que las predicaciones que lanzaba mientras repartía despensas y ropa usada.

Le hacía gracia que se supiera las canciones mexicanas.

Irma la sacó de sus pensamientos con otro «Shhh» enérgico, como si hubiera estado hablando en voz alta.

Ofelia y Nettie Jean voltearon a verse.

Irma cerró los ojos como si así pudiera afinar mejor el oído.

—Están llorando.

—*Who?*

—No sé.

Ofelia y Nettie Jean intentaron escuchar algo más que la melodía norteña sin obtener resultados.

Irma apretó el paso y las otras mujeres la siguieron. Pasaron por la casa de la primera embarazada de la colonia a la que Irma le había hecho las maniobras de Leopold. Tuvo tiempo de recordar lo nerviosa que estaba. Su trabajo le gustaba, aunque nunca podía controlar los nervios. Tocar a una persona. Tener en las manos una vida humana. En el caso del embarazo, dos. La embarazada era una joven, primeriza, que dijo no sentir nada dentro de la panza. Su esposo le había prohibido ir al ginecólogo porque esos viejos sucios solo querían saciarse con las mujeres guapas. Era un prejuicio normal en esas colonias; las enfermeras habían aprendido que no pocos esposos pensaban así. Irma sentía pánico de que el bebé fuera a resultar muerto. Buscó en su memoria lo aprendido en sus clases en la facultad. Respiró hondo y palpó.

Determinación de situación fetal, de posición fetal, de presentación fetal, de encajamiento fetal.

¿Qué decían los libros?

Si palpando bajo los senos se sentía redondo, ahí estaba la cabecita. Si, por el contrario, se sentía blando, ahí estaban las extremidades. Palpando los laterales del abdomen se determinaba dónde estaba la espalda del feto. Por último, con los pulgares se presionaba arriba del pubis para determinar si el feto se encontraba en posición y encajado donde debía estar, o si le faltaba inclinarse hacia la sínfisis.

Irma no sentía nada.

Palpó. Removió. Empujó. Nada.

Rezó en silencio, con miedo de tener que salir a buscar a Ofelia.

Y el bebé pateó.

Tres corazones se aceleraron en aquella habitación.

Esa mamá se convirtió después en una de sus pocas aliadas en la colonia. Ya nacido el bebé, pasaban a ayudarla y, con el transcurrir de los meses, les prestaba su patio para que impartieran sus pláticas. La capacitaron para que pudiera apoyar cuando se necesitara. Más tarde, ese patio sería un punto de referencia cuando llegara la epidemia de gonorrea, de la que culparían a los gitanos, y también para el seguimiento a los tratamientos de los papilomas en las mujeres de la comunidad.

Se apostaron frente a la casa de la que salía la música.

Era estridente.

Quien estuviera escuchando eso no tardaría en reportar principios de sordera.

La casa se distinguía de las demás por el herraje de la puerta.

Tocaron.

Nadie respondió.

Las mujeres voltearon a verse.

La hermana Nettie Jean dijo:

—*Go.*

Irma esperó la confirmación de Ofelia.

Abrieron la puerta despacio. Era una de esas casitas

tan pequeñas en las que apenas abrir significaba estar adentro.

No hablaron, no hicieron ruido. Avanzaron en fila india sorteando los muebles desgastados hasta llegar al modular del que salía la música.

Irma le bajó el volumen sin apagarlo.

«Ha llegado el momento, chatita del alma, de hablar sin mentiras.»

Guardaron silencio esperando escuchar algo de lo que sugería Irma, aquello que las había llevado hasta ahí. Siempre cabía la posibilidad de que no fuera nada. Las tres, en el fondo, deseaban que no fuera nada.

Irma iba a decir algo y Ofelia se llevó el índice a la boca. Señaló una puerta cerrada. Tal vez un baño, tal vez una recámara.

Contuvieron el aliento, y la mano firme de Ofelia empujó la madera contrachapada.

La vieron ahí, hecha un ovillo contra el cuerpo de la mujer.

Lloraba.

La hermana Nettie Jean tragó saliva.

Irma tembló.

Ofelia, práctica, desprendió los bracitos de la niña, que no se resistieron, y tomó los pulsos vitales.

Viva.

Por poco.

La recámara era un lío de objetos rotos, lanzados unos contra otros, contra las paredes, contra la mujer y la niña.

Las marcas en el cuello de la mujer indicaban que habían intentado estrangularla.

La niña sangraba profusamente de la nariz, de la boca, de las piernas.

Irma sintió que se desvanecía. Eso había escuchado. La golpiza, la violencia, la destrucción. Y no había hecho nada. No confió en su instinto ni en su oído.

Como si leyera sus pensamientos, Ofelia la tomó de los hombros.

Un gesto solidario, conciliador.

Irma se hizo cargo de la niña mientras Ofelia y Nettie Jean atendían a la mujer.

Llevaron a cabo los procedimientos de primeros auxilios. Limpiaron, lavaron, secaron, cosieron, vendaron.

La niña se dejó hacer sin hablar. Sin responder a sus preguntas.

Cuando la mujer volvió en sí, les pidió por favor que no llamaran a la policía.

Eran madre e hija.

El perpetrador, su nuevo novio.

La niña no había ido a la escuela y el hombre lo sabía, así que entró a la casa cuando la mujer se había ido a trabajar. Ella sintió una punzada en el pecho, una corazonada. Una desazón. Cambió su descanso de comida con una compañera de la fábrica y corrió de regreso para encontrarlo a punto de consumar su fechoría. Él le había subido la música para que nadie escuchara a la niña. La madre lo atacó y lo que siguió fue lo evidente.

Historias que se repetían como el disco de Chalino Sánchez.

«No soporto ya más tus mentiras, esta espera me está destrozando... Ya lo ves, me he aguantado a lo macho y mi amargo dolor me lo callo.»

La hermana Nettie Jean creyó reconocer a la mujer. Por más que intentara ser virtuosa, en un barrio como ese los chismes iban y venían. Muchas personas hablaban de cualquier cosa frente a ella, pensando que no entendía español. Una vez un señor la había llamado «foca güera» y la hermana Nettie Jean había pasado semanas intentando comprender la semántica detrás de esa construcción. En otra ocasión, alguien había hecho un chiste soez sobre su vínculo con el pastor Graham, sugiriendo que entre ellos había una relación pecaminosa. A pesar de que los pastores evangélicos podían casarse y tener familia, y de que en algún momento, muy al principio de sus acuerdos laborales, ella había estado brevemente enamorada de él, ese sentimiento fue producto de su agradecimiento y en realidad solo los unían lazos religiosos y profesionales. Nettie Jean no estaba segura de que al pastor Graham le gustaran las mujeres. O los hombres. El reverendo cargaba con su propia historia de redención, una que Nettie Jean no cuestionaba, aunque a esas alturas de su relación ya se había instalado un desencanto general en su espíritu. Por esos meses se había hecho público un escándalo de abuso dentro de La Luz del Mundo, una Iglesia cristiana con sede en Guadalajara, y el pastor, sin importar que se tratara de un culto distinto, estaba del lado de sus apóstoles. Para Nettie Jean fue una decepción. En la congregación se hablaba siempre del pobre, del desvalido, de la víctima. Nettie Jean había seguido el reportaje de Telemundo donde se veía a Moisés Padilla, un miembro disidente de la Iglesia que narraba que había sido drogado y abusado sexualmente por el apóstol del templo, Samuel Joaquín Flores, hijo del padre fundador de la Iglesia. Gracias al testimonio de Moisés Padilla, un grupo de mujeres había reunido el valor de denunciar otros abusos y violaciones cometidos por el apóstol. Unas semanas después de que se transmitiera la entrevista, Moisés fue secuestrado y apuñalado más de sesenta veces.

No se enjuició a nadie por ninguno de los delitos, y La Luz del Mundo continuó operando como lo había hecho desde 1926. El pastor Graham admiraba el despliegue de recursos, de abogados, de relaciones públicas y de políticas que enterraron el escándalo. Nettie Jean se sentía incómoda cuando lo escuchaba decir que las víctimas mentían o que era un caso fabricado para empañar al culto. Decía que, si iban por uno, vendrían por el resto después. La hermana Nettie Jean se preguntaba cuáles eran los misteriosos designios del Señor que la habían llevado a cruzarse con el reverendo Peter Graham, a ella, una pecadora redimida que bien hubiera podido pasar el resto de su existencia predicando sola en las calles de Clarksdale, Misisipi, a donde estaba dispuesta a volver. Si lo pensaba con cuidado, resultaba la más grande casualidad de su vida que se hubieran conocido en la estación de autobuses de Bayview, San Francisco, porque Nettie Jean solo había ido a preguntar por los traslados a su ciudad natal.

El pastor Graham, es decir, Pete, como era conocido entonces, rondaba las paradas de autobús y del metro. Buscando. ¿Buscando qué? Buscando personas. Almas en desgracia. Pete tenía un ojo ávido que reconocía a los perdidos y a los cansados. A los que huían. A los abandonados. A los que no tenían nada ni a nadie. Como Nettie Jean, que ya había pasado por su éxtasis celestial y aun así continuaba vagando por las calles de aquella zona, la más pobre de San Francisco, orando para evitar caer de nuevo en la droga. Pete era carismático, como solían ser los estafadores y los proxenetas de poca monta que deambulaban rastreando a quienes embaucar de entre los desventurados que iban y venían por aquellas tierras de nadie. Tenía pinta de *dealer* en recuperación, lo que de forma extraña llenó de confianza a Nettie cuando él le ofreció fuego para su último cigarro.

Fumaron en silencio.

Nettie no lo imaginaba, pero en ese instante ya había empezado su transformación, ya se encontraba en vías de convertirse en la *sister* Nettie Jean y, por lo tanto, en la hermana Nettie Jean, como sería conocida durante su estancia en México.

Pete lanzó la colilla del cigarro al suelo para que se consumiera y tomó a Nettie de la mano. La llevó a un *diner* a un par de calles de distancia y le pidió a la mesera, sin preguntarle qué quería, hot cakes con tocino, café con leche y papas fritas. Su comida favorita. Entonces Nettie no tenía idea de que Pete estaba apostando por ella. En esa cena gastó dieciséis dólares y después usó los únicos ocho que le quedaban para pagar una habitación de hotel horrible donde pasaron la noche hablando de la vida de Nettie Jean y de Dios, sobre todo de Dios. Del propósito de cada uno en el mundo y de eso de lo que serían capaces para alcanzar ese propósito. Pete le habló de la salvación y ella le creyó a pesar de saber, a ciencia cierta y en carne propia, que la mayoría no desea que los salven, que ruegan, maldicen, lloran por quedarse en sus infiernos, rechazando la ayuda.

Pete le habló de la frontera como un lugar mítico. Como un espacio de confluencia y a la vez de separación. Como un escenario de pugnas humanas y divinas. Un universo de trueque, de tránsito, de tráfico. De suciedad y pecado. Un purgatorio. Un lugar de purificación. Un lugar donde esconderse, perderse, desaparecer para renacer y empezar de cero. En la frontera se podía hacer cualquier cosa. Se podía ser cualquier cosa. Era el sitio a donde el llamado de Dios los empujaba. Dios, Jesucristo, Jehová, Cristo, Jesús, Adonai los había reunido para que juntos se lanzaran a ese agujero negro en una misión salvadora. Nettie Jean debía firmar su afiliación a la Iglesia Adventista de las Misiones de la Frontera, edificada espiritualmente por Pete, quien como reverendo apóstol y padre fundador podría, con ello, solicitar un monto no determinado a cierta ONG evangélica que les financiaría el camión, los gastos de traslado y un sueldo base, y además los pondría en contacto con las empresas, instituciones y asociaciones dedicadas a proveer los apoyos que ellos entregarían en las comunidades. Hablaba enardecido, con elocuencia y seguridad. Si lo hubiera sentido necesario, la habría hecho su mujer ahí mismo, con tal de que lo siguiera.

—*Pray the Lord, sister.*

Y Nettie Jean oró porque estaba lista para ir tras él desde que le acercó los cerillos al rostro para encender su cigarro.

A la distancia, la hermana Nettie Jean se daba cuenta de que Pete también huía, sabría Dios de qué.

Tantos años después y en el contexto en el que se desenvolvían, Nettie Jean se preguntaba si el pastor Graham podía ser capaz de la violencia, de pensamientos y actos impuros. «Como cualquiera», se respondía ella sola, que ahora podía ver los defectos del pastor con claridad. De eso le resultaba conocida aquella mujer. La hermana Nettie Jean tuvo que aclarar sus pensamientos. No era que la mujer le resultara conocida por algún tipo de interacción *non santa* con el pastor Graham. En una prédica, él había hablado de ella, sin nombrarla, para reprender a los vecinos por sus malas maneras en contra de cierta madre soltera de la comunidad. Para explicar por qué debían ser tolerantes, amorosos, clementes, indulgentes y misericordiosos, el padre Graham tuvo que hacer un recuento de las felonías que se le atribuían a esa mujer de la colonia. Y había dedicado también un momento a la niña, a regañar a la gente por no ser piadosos con una inocente que no tenía la culpa de lo que ocurriera en el mundo adulto.

Y la hermana Nettie Jean tenía de frente a esa mujer, con poco pulso, aterrorizada de un hombre que intentaría volver para terminar el trabajo inconcluso.

Ofelia empezó a levantar los vestigios del desastre y le pidió a Irma que llevara a la niña afuera para que le diera un poco de sol en las heridas. También para poder hablar con la madre de otros temas delicados, sin presionarla, no en su condición. La hermana Nettie Jean la ayudó a recostarla y a arroparla. Para Ofelia era importante que la paciente reposara en un entorno de calma y serenidad luego de un evento tan traumático y doloroso. Era parte de su labor como enfermera y como ser humano. Acompañar. Consolar. Tender una mano amiga.

La mujer lloraba bajito, como si no quisiera molestar con su desconsuelo.

Y Nettie Jean y Ofelia, diligentes, borraron de la habitación el paso de la tormenta. Si miraban alrededor era como si nada hubiera ocurrido. Una sensación de pesadumbre invadió a Ofelia. Qué raro resultaba sentir que nada había sucedido en ese lugar que había sido atravesado por la barbarie y la crueldad unas horas antes.

Afuera, Irma acompañaba a la niña.

Era una chiquilla temerosa, de gesto trágico previo y posterior a los acontecimientos. Irma creía que se comportaba demasiado adulta, demasiado comprensiva, como si tener miedo fuera para ella un estado natural. Tenía una mirada aprensiva y resignada, de una mansedumbre atávica, como si muchísimo tiempo atrás hubiera aceptado su desventura, como si no valiera la pena inconformarse por la saña que le indicaba, sin dejar lugar a ninguna duda, cuál era su sitio en el mundo. Una simpleza pura. Devastadora.

Irma intentó no dejarse llevar por la zozobra. Mucho de su trabajo tenía que ver con la contención, con la respuesta al peligro y a las condiciones de estrés.

La niña cerró los ojos como si estuviera absorbiendo los rayos del sol. Como una plantita. A Irma la llenó de ternura la asociación.

Luego irrumpió en ella la rabia.

Una furia con la que no supo qué hacer.

Lloró.

La niña, todavía con los ojos cerrados, le buscó la mano con cuidado. Irma sintió la manecita frágil rozar el borde de su filipina, luego el muslo y, por fin, tomarle el dedo meñique. Fue un movimiento prudente y sencillo. Ambas estaban conectadas por los distintos flancos de la tristeza.

Estaban sentadas en una especie de banca hecha con dos baldes rellenos de cemento y una tabla. Los baldes estaban decorados con dibujos infantiles. Flores, soles, estrellas, un arcoíris. Eran dibujos borrosos, antiguos. Irma imaginó a la mujer de adentro y a su pequeña hija con pinceles y sobras de la pintura con que se cubrió la fachada tratando de volver un hogar aquel sitio.

—¿Te gusta dibujar? —preguntó Irma para disipar el silencio.

La niña, sin abrir los ojos, hizo una mueca poco perceptible que no era exactamente una sonrisa.

Irma lo tomó como un sí.

—¿Cuántos años tienes?

La niña no respondió.

Irma observó la tierra suelta del pequeño pedazo de terreno que hacía las veces de patio. A unos cuantos pasos había un hormiguero. Quiso contarle que cuando tenía más o menos su edad, porque Irma calculaba que la niña tendría unos once años, alguien le había regalado un hormiguero de arena. Una granja de hormigas, le dijeron. Era un marco de madera que contenía dos vidrios encontrados, rellenos de arena por en medio, donde se metían unas cuantas hormigas. Era una forma de experimento o de actividad lúdico-científica para niños en la que las pobres hormigas se veían obligadas a resolver la situación en la que se las colocaba para poder sobrevivir. Lo extraordinario era verlas organizarse, trabajar juntas para crear los túneles que servirían de nido para los huevos y la hormiga reina, y para que ellas pudieran proveer comida. Solo que no había hormiga reina, así que las obreras enloquecieron porque no tenían un propósito al cual servir y, como tampoco había comida que buscar, terminaron muertas de inanición, resecas, enrolladas sobre sí mismas como diminutas canicas huecas que rodaban por los túneles si se ponía de cabeza el hormiguero.

Irma se sacudió los pensamientos. No podía contarle nada de eso a la niña.

En todo caso, tendría que haber inventado una historia de supervivencia en la que las hormigas hubieran encontrado el modo de alimentarse y convertir esa cárcel en una comunidad exitosa.

Una historia de redención y resiliencia. Una historia con final feliz para hacerle creer a la niña que estaba fuera de peligro.

Irma no sabía si eso era verdad.

Nadie lo sabía.

O sí.

Lo que Irma, Ofelia, Nettie Jean y la madre de la niña sabían, lo que todas esas mujeres sabían con certeza era que, de ninguna manera, después de eso, a pesar de eso, sus vidas estarían exentas de otra brutalidad, de otros salvajismos.

Le vino una nueva acometida de lágrimas.

La niña le apretó el meñique con su mano.

Irma sintió pesar de que, aun en su circunstancia, fuera ella la que estuviera dándole consuelo, la que intentara darle aliento.

Se limpió las lágrimas con el dorso de la mano libre.

194

Pensó en hacer otras preguntas para aligerar la situación y todas parecían, todas eran irrelevantes.

Solo atinó a decir:

—Soy Irma. Me pusieron así porque era el nombre de una tía de mi mamá a la que quiso mucho. Cuando crecí supe que en portugués *hermana* se dice *irmã* y me gustó mucho que mi nombre fuera igual a esa palabra.

Estaba nerviosa, como de costumbre, y sonaba como si estuviera recitando algo aprendido de memoria.

—¿Curas personas?

Los ojos de la niña estaban abiertos por completo, la pupila dilatada por la luz. Eran dos ojos redondos y grandes, suplicantes, casi sin pestañas, que le daban a su rostro un gesto de estupor perpetuo, como si no lograra procesar los contornos de su joven vida y las cosas la aturdieran hasta la perplejidad.

—Trato.

—¿Vas a curar a mi mamá?

—Tu mamá va a estar bien.

Se removió con dificultad.

—Me duele aquí.

Irma contuvo las lágrimas que otra vez amenazaban con sacudirla.

—En un ratito se te pasa, el sol ayuda.

La niña recostó la cabeza en el hombro de Irma.

—No te vayas a dormir, vamos a platicar. No me dijiste cuántos años tienes.

—Doce.

—Ni cómo te llamas.

La niña tomó aire como si sus pulmones despertaran de un aletargamiento.

Su voz era espesa, bajita, como si la hubiera olvidado y estuviera recordando cómo era hablar, cómo era que de su garganta salieran los sonidos que le servían para nombrar al mundo, para nombrarse ella.

Habló despacio, deseando que su vocecita arañada tuviera el efecto mágico de convertir su cuerpo en una persona de verdad.

—Rosario.

Hizo una pausa muy leve, como sopesando lo que acababa de decir.

—Me llamo Rosario.

6

Era un remolque de carga insonorizado y adaptado como una «caja de juguetes». Adentro estaba forrado de espejos, y el elemento principal era una mesa obstétrica, aunque también ocupaban un espacio importante los diagramas y las ilustraciones, así como el ataúd forrado de piel. Había cámaras de video, látigos, correas, barras separadoras de piernas, instrumentos quirúrgicos diversos, sierras, poleas, abrazaderas, jeringas, juguetes sexuales, dispositivos de tortura, un generador eléctrico casero, picanas y otras máquinas para suministrar descargas. Las imágenes anatómicas exponían y explicaban detalladamente las diferentes formas posibles de infligir dolor. También había artilugios elaborados que servían para doblar los cuerpos de maneras extrañas e inmovilizarlos. Las cerraduras eran rebuscadas y complejas para impedir que las víctimas huyeran. Se instaló un sistema de sonido envolvente con varias grabaciones de audio para que las cautivas las escucharan cada vez que recuperaran la conciencia.

En esa *toy box* fueron retenidas en contra de su voluntad, violadas y torturadas más de sesenta mujeres. La mayoría de ellas fueron asesinadas, luego desmembradas y sus restos arrojados en distintos lugares remotos. Algunas estuvieron secuestradas de tres a cuatro meses. Algunas otras fueron drogadas durante días con pentotal sódico y fenobarbital, y después las liberaron en la orilla de la carretera como un experimento para ver si los recuerdos del abuso y la tortura podían ser borrados. No lo olvidaron, pero nadie creyó la historia de las supervivientes.

El 22 de marzo de 1999, luego de tres días sometida a suplicios indecibles, Cynthia Vigil, una joven prostituta que había sido raptada en un estacionamiento, logró escapar atacando con un picahielo a uno de sus guardianes. Guardiana, en realidad. Salió de la caja de juguetes desnuda, llevando solo un collar de esclavo de hierro y arrastrando las cadenas con candados atadas a sus tobillos y muñecas. Fue gracias a su escape que detuvieron, después de más de quince años en activo, a David Parker Ray, uno de los asesinos seriales más depravados de la historia reciente de Estados Unidos. Sus cómplices eran su pareja, Cindy Hendy, y su propia hija, Glenda *Jesse* Ray.

Todo esto ocurrió en Truth Or Consequences, Nuevo México, lugar mundialmente conocido gracias al denominado Toy Box Killer; famoso también por el embalse Elephant Butte, un lago artificial detrás de la presa que da contención a la parte sur del río Grande y donde fueron encontrados sendos cuerpos descuartizados que se le atribuyeron a ese asesino; conocida además por ser una ciudad que cambió su nombre original por el de un programa de radio de bromas de los años cincuenta; por ser el hogar del artista Delmas Howe, cuyos murales de vaqueros en situaciones homoeróticas escandalizaban a las buenas conciencias; y, en menor medida, por sus aguas termales y tal vez también por una película noventera de Vincent Gallo, muy mediocre, por la que lo acusaron de ser un mal imitador de Quentin Tarantino.

En el censo de 2018, Truth Or Consequences apenas alcanzó los seis mil habitantes.

Más del treinta por ciento era población mexicana y latina en general. El resto eran blancos, afroamericanos y nativos americanos, con un porcentaje mínimo, casi irrelevante, de asiáticos.

La gastronomía local, especial para los turistas, se sustentaba en las ostras y la langosta, que llegaban congeladas desde la costa este, directamente desde el puerto de Maine, con una mención especial para el chili neomexicano. Para los parroquianos, la alimentación general era una mezcla de comida rápida, *breakfast* burrito, algo de cocina tex-mex y guisados mexicanos.

Desde los años veinte, el mayor ingreso de la ciudad tenía que ver con los balnearios. Hostales y hoteles ecológicos con piscinas termales naturales y géiseres. La publicidad promovía Truth Or Consequences como un oasis de aguas termales sagradas y spas de renombre mundial, repletos de servicios tradicionales inspirados en la cultura nativa. Había mucha actividad de *camping*, ya que la mayoría de los manantiales se encontraba en terrenos montañosos. Casi todos los hotelitos de la ciudad tenían albercas rústicas de agua caliente y engañaban a los visitantes haciéndoles creer que era agua que bajaba directo de las cumbres rocosas.

El Indian Springs Bath Houses era uno de esos hotelitos, ubicado en la ribera del río Grande.

El dueño de ese hotel era Nantai, un nativo americano de la nación navajo que había salido de la reserva de Window Rock hacía muchos años por problemas de juego y algo que tenía que ver con una mujer. Después de la caída de las Torres Gemelas, sus amigos se habían enlistado en el ejército y, aunque él no se sentía nacionalista en términos estadounidenses, porque su pueblo era otro, realizó los exámenes de alistamiento y tuvo una reunión con los reclutadores. Lo reflexionó y al final decidió no tomar el juramento. Para ser un país que no trataba a su gente con el mínimo respeto, se le pedía demasiado. Arriesgar su vida, en primer lugar. Tres de los amigos con los que había crecido en la reserva murieron en Afganistán. El único que regresó se suicidó poco después.

En 2018, Nantai tenía cuarenta y cinco años, nunca se había casado ni había tenido hijos. Era comedido y silencioso. Cada año, en el aniversario del 11 de septiembre, encendía una pequeña fogata y quemaba cuatro atados de salvia. Uno por cada amigo perdido. Lo hacía el 11 de septiembre porque no sabía con certeza las fechas de las muertes y consideraba ese día como el desencadenante de su pérdida. Con el pasar del tiempo se había vuelto prudente en sus aficiones. Solo fumaba de vez en cuando y quizá tomaba algún trago en ocasiones especiales; ya no apostaba ni perseguía a mujeres comprometidas. A ninguna mujer. Cuando era más joven no le costaba trabajo llevar a alguna chica a la cama. Era bien parecido, con su metro ochenta de estatura, su piel tostada, de un marrón rojizo y dorado, el cabello largo y sus maneras ceremoniales. Nunca estuvo con la misma mujer más de dos o tres veces porque no se le daban bien las relaciones a largo plazo.

Con los años, cuando dejó de ser sencillo encantar a las jóvenes bulliciosas que pasaban por la ciudad, o a las propias neomexicanas, probó pagando, y la culpa por ese periodo, aunque fuera muy breve, lo había acompañado más tiempo del que imaginó. También pasó por una etapa célibe en la que se dedicó a rescatar perros abandonados. El Indian Springs Bath Houses era *pet friendly* y, en sus patios, siempre estaban echados en la sombra los siete perros de Nantai. Les había puesto collares con sus nombres y, de ellos, colgaban los gafetes que identificaban la función que Nantai les había asignado. *Night manager, day manager,* botones, recepcionista, *valet parking,* gerente de mantenimiento y portero de equipaje. Eran una de las atracciones de su hotel.

Los perros eran mansos, dulces, apenas ladraban.

Nantai los llevaba a caminar y correr por la orilla del río Grande dos veces al día.

En el hotel trabajaba una asistenta. Hacía de ama de llaves y se encargaba de la limpieza. Era atenta, servicial, callada. Se llamaba Lucía y era mexicana, joven, rondaría sus primeros treinta. A Nantai le gustaba verla moverse por el hotel como si no quisiera que nadie la notara. Le provocaba algo parecido a la ternura que fuera tan reservada y apacible, igual que él.

201

No sabía mucho de ella. Fantaseaba con preguntarle cosas, pero no sabía cómo acercarse. Le daba una curiosidad especial ese collar que ella llevaba siempre, una especie de amuleto de tela roja que de lejos recordaba a un escapulario católico, y solo de cerca era claro que se trataba de otra cosa. Tal vez podría preguntarle algo de interés popular, como la noticia de los niños en las jaulas durante aquel primer mandato de Trump que tenía al mundo horrorizado. Aunque eso quizá no fuera tan buena idea, ya que probablemente le resultaría un tema demasiado sensible siendo ella una inmigrante mexicana. Hubiera deseado que Lucía le tuviera confianza, que pudieran charlar y ella le contara cosas. Nantai había leído un libro sobre las festividades del Día de Muertos en Janitzio y le agradaba pensar que quizá Lucía conociera aquello de primera mano, que quizá su lugar de origen fuera Michoacán. La verdad era que, a pesar de haber disfrutado mucho el libro, Nantai sabía muy poco sobre México. Una vez, alguien le había dicho que, si no hubiera sido por la guerra de 1846, él mismo sería mexicano. Un navajo mexicano. A Nantai le daba risa.

Lucía, por su parte, pensaba que Nantai era un buen patrón. También pensaba que tenía lindos ojos y le gustaba mucho su voz cálida y profunda, le gustaba la sorpresa que sentía cada vez que él se dirigía con ella y su voz viajaba lenta y serena hasta sus oídos. Ella también fantaseaba con tomar un café con Nantai, con conversar sobre los perros, a los que Lucía encontraba adorables, o sobre lo que él quisiera decirle de sus gustos e intereses. Le hubiera gustado saber cuál era su música y sus películas favoritas. En Truth Or Consequences había un autocine y a ella le habría encantado acompañarlo en el asiento del copiloto y compartir con él una bolsa de palomitas de maíz.

Lucía había llegado a Estados Unidos hacía casi veinte años, recordaba poco del viaje, del cruce, de los muros y las aduanas. Y aún menos de su vida anterior. Lo que sí recordaba con claridad era la carretera. El largo trayecto a su nueva casa. Al principio, ella y su mamá estuvieron un tiempo en Deming, una ciudad al este de Arizona donde Lucía hizo la *middle school* y el primer año de la *high school*, hasta que su madre conoció a Nisuke Nishimura, un bibliotecario japonés con el que se casó y con quien se mudaron a Nuevo México cuando a él le asignaron un puesto en la biblioteca de Truth Or Consequences. Si bien Lucía siempre había sido seria y callada, la influencia de Nisuke había sido fundamental en su adolescencia. Era un hombre bondadoso y discreto que las trataba a ella y a su madre como si fueran dos arbolitos bonsái.

Cuando Lucía tenía dieciocho años, su madre se embarazó de nuevo. Era otra niña. El embarazo fue difícil a pesar de que la madre todavía era joven y fuerte, y tanto ella como la bebé murieron en el parto. Nisuke no pudo superarlo y volvió a Japón. Le pidió que se fuera con él, porque la consideraba su hija, pero Lucía, aunque agradecida, supo que debía quedarse y hacerse cargo de su destino. Era una mujer sencilla, le gustaba la ciudad y no tenía más ambiciones que un trabajo estable que le diera para vivir. Ella y Nisuke se enviaban correos electrónicos esporádicos en los que se ponían al corriente de sus últimas noticias y, cada cumpleaños, Lucía recibía un regalo desde Japón. Ese año había llegado un hermoso bonsái *fukinagashi*, con las ramas lanzadas hacia la derecha, como si estuviera siendo golpeado por una ráfaga de viento.

Lucía casi no tenía experiencia con los hombres. El año que su madre conoció a Nisuke Nishimura, ella había estado saliendo con un chico de su escuela. Su paso por la *high school* de Deming transcurrió sin pena ni gloria. No era popular, pero tampoco la molestaban. Era como si no existiera, y Lucía agradecía la invisibilidad. Hasta que Blas James Otero reparó en ella y la volvió visible a fuerza de mirarla. Jimmy, como era conocido en la escuela, era un mexicoamericano de tercera generación. Sus padres también habían nacido y crecido en Estados Unidos. Los migrantes habían sido sus abuelos. Ambos atravesaron el río Bravo, viajando desde Zacatecas en busca de mejores condiciones, del *american dream*. Ellos fueron verdaderos *wetbacks*, o espaldas mojadas, como se les llamaba despectivamente a los migrantes mexicanos de los estados de Arizona, Texas y Nuevo México desde los años cincuenta. Blas, como le decían en su casa, estaba orgulloso de su herencia y ascendencia mexicanas, y rechazaba que lo llamaran latino.

Blas James Otero fue el primer y único novio de Lucía, y ella no consideraba la experiencia como exitosa. Era manipulador, obsesivo, celoso, inseguro, abusivo. Lucía no tenía muchas amigas y, aun así, Blas la alejó de todas. La forzaba a tener sexo porque decía que después de la primera vez, ya era su mujer y debía acostumbrarse, que cuando terminaran la escuela, se casarían y ella tendría que estar siempre disponible. Lucía creía que las cosas eran así, que el amor debía de ser de esa manera porque en todas partes parecía muy normal lo que Blas hacía. Incluso las amigas de las que la alejó, antes de que le prohibiera hablarles, le decían que era romántico que Blas fuera tan celoso, que los celos eran una demostración de amor.

Tampoco podía hablar con su mamá de eso porque estaba maravillada con Blas, que se mostraba educado, caballeroso, atento y solícito cuando estaba en su casa, como si también estuviera cortejándola a ella de alguna manera. Como si estuviera demostrándole lo buen yerno, lo buen hombre que era. Y Lucía lo aceptaba porque siempre intentaba protegerla. No sabía a ciencia cierta de dónde le venía ese impulso, pero ponía todo su empeño para que su madre no se preocupara o sufriera de ninguna forma por su causa.

Blas era un buen hijo, buen nieto, buen estudiante. Todo indicaba entonces que también debía ser buen novio, que lo que hacía y lo que obligaba a Lucía a hacer era porque así tenían que ser las cosas. A pesar de repetirse que lo amaba y que le gustaba acostarse con él, Lucía nunca pudo estar realmente cómoda, siempre había una sensación de rechazo y desagrado que se mezclaba con el agradecimiento y el cariño que le tenía, lo que la confundía y le hacía sentir desdichada.

Además, Blas James Otero, por supuesto, era infiel.

Lucía intentó romper con él varias veces después de encontrar las evidencias de sus deslealtades, pero él la convencía de quedarse con él, la envolvía con sus promesas y la hacía creer que se estaba volviendo loca, que era suspicaz, que había visto mal, que se estaba inventando las cosas. En los casos en los que lo anterior fallaba, simplemente anunciaba que no iba a dejarla y que era mejor que ella se adaptara a la situación; seguía presentándose en su casa y continuaba tratándola como su novia en público, de modo que ella terminaba resignada a estar con él. El noviazgo llegó a un punto insostenible cuando Jimmy le hizo unas fotos sin ropa con una Cyber-shot y la amenazó con publicarlas en el blog de estudiantes de la *high school* si ella insistía en terminar la relación.

Para ese entonces su madre ya había conocido a ese bibliotecario japonés atento y cariñoso que les ofrecía una oportunidad para ser felices y empezar de cero en una ciudad con un nombre extraño y divertido.

No le dijo que se mudaban; por esas fechas, Jimmy ya casi no iba a su casa porque Lucía pudo convencerlo de que el nuevo novio de su madre era demasiado estricto y había llegado a imponerse con sus manías asiáticas. A Lucía le daba pena mentir así sobre Nisuke, pero el estereotipo del hombre japonés inflexible, severo y disciplinado le sirvió para mantener a Jimmy en absoluto desconocimiento de los planes familiares.

Durante semanas se vieron en lugares públicos y, solo cuando a Lucía se le acababan las excusas, iba a la casa de Jimmy.

Cuando por fin cerraron el camión de la mudanza y se subieron al coche de Nisuke Nishimura rumbo a Truth Or Consequences, Nuevo México, Lucía lloró. Su madre y Nisuke la consolaron pensando que lloraba de tristeza por lo que dejaba.

Pero lloraba de felicidad.

Blas James Otero no supo nunca qué ocurrió ni

dónde buscarla y tuvo que soportar que Lucía se esfumara de su vida.

A veces Lucía pensaba en las fotografías y sentía asco y vergüenza. Otras veces pensaba en ellas y suponía que la calidad de la imagen era tan terrible que era posible que, con el tiempo, los pixeles se hubieran desdibujado.

La verdad era que Lucía procuraba pensar lo menos posible en Blas *Jimmy* Otero y en su modo violento de amarla.

Para cuando obtuvo el trabajo en el Indian Springs Bath Houses, Jimmy era menos que una bruma en su memoria.

Después de su relación con él, Lucía había permanecido dichosamente soltera durante mucho mucho tiempo.

Cuando cumplió veinticinco años, ella y su *roomie* salieron a festejar a un karaoke y después terminaron en un bar de lesbianas porque era el único lugar abierto para seguir la fiesta.

Lucía se sentía tan bien, tan libre y tan contenta luego de los shots de vodka y de cantar *El chico del apartamento 512* a dueto con su amiga que no rechazó la punta de coca que le ofrecieron en el baño ni tampoco a la mujer que la besó en ese mismo cubículo sucio y con la que amaneció al día siguiente en su habitación.

No habían hecho nada más que besarse, pero le gustaba pensar que había sido capaz de hacer algo fuera de la norma y eso la llenaba de orgullo y de algo parecido a una dicha completa.

Ella y su *roomie* bromearon con que, después de esa

noche, se unirían al contingente LGBT en la marcha del siguiente junio.

Lucía disfrutaba caminar por la ciudad cuando hacía buen clima. Le recordaba algo de su pasado, aunque no estaba muy segura de si era un recuerdo real o inventado. Sentía que ella había crecido también en un desierto parecido. En una ciudad construida en medio de la nada donde los extremos del frío y el calor determinaban en gran medida los temperamentos de las personas. En el fondo, la vida estadounidense le resultaba, por decir lo menos, aburrida. Y estaba cómoda con ello. Lucía no necesitaba grandes aventuras, no le interesaba tener una existencia abrumada por aspavientos. Ni siquiera se había molestado nunca por ir a las excursiones de la montaña, ni a los balnearios termales del desierto ni a pasear en balsa por el río, que eran las actividades normales no solo de los turistas, sino también de los habitantes locales.

Lucía se sentía segura en su pequeño departamento, en la quietud de su habitación.

La que consideraba su única hazaña real era haber reunido sus ahorros para viajar a Tampa en una fecha que, sin saberlo ella, coincidió con el Festival Pirata de Gasparilla, por lo que pasó un fin de semana entre bucaneros y corsarios acompañada de Yotuel Abelardo, un cubano que conoció en el restaurante del hotel el día de su llegada y que, a pesar del tiempo y la distancia, seguía enviándole algún mensaje por Facebook de vez en vez.

Por lo demás, su vida era como ella la procuraba, tranquila, sin sorpresas ni grandes acontecimientos.

A esas alturas, el duelo por su mamá y su hermanita

era un dolor que la acompañaba día tras día, con el que había aprendido a convivir.

No tenía perros ni gatos, aunque sentía devoción por los siete perros de Nantai y la ponía muy sentimental pensar en ese hombretón tan serio prodigando mimos y cuidados a todos esos animales que, juntos, conformaban una pequeña manada.

—*What the fuck!* —gritó el hombre, con una voz estruendosa.

Nantai dejó el mostrador y se dirigió al lugar del que provenían los gritos.

—*You think I'm stupid?*

Lucía lo miraba con los ojos desmesurados, como sin comprender lo que estaba pasando.

—*What's going on?* —preguntó Nantai, sereno, plantándose entre Lucía y el huésped.

—*This b...*

—*Wow, let's calm down* —interrumpió Nantai.

—*My wallet was here and now it's not, and I'm sure...*

—*That's a serious accusation.*

—*Well, check her.*

—*Did you search your room?*

—*If you don't do it, I will.*

El hombre hizo un ademán de acercarse a Lucía.

—*Leave her alone.* —Nantai se volteó hacia ella—. *Meet me in the office, please.*

Lucía se retiró.

Los perros estaban expectantes, pendientes de su amo.

Nantai trató de negociar con el cliente, le pidió que se tranquilizara y que no culpara a sus empleados de hacer algo tan miserable. El hombre no cedió y amenazó con llamar a la policía.

—*How much did you have in it?*

—*What?*

—*How much money did you have.*

—*It's not like...*

—*Yes, it is.*

Nantai le extendió al hombre quinientos dólares.

—*I think that's enough, right?*

El hombre los tomó sin contestar.

—*Please, get out of my hotel.*

—*What the fuck, man, I paid for the room.*

—*And I just gave you a refund.*

—*Fucking redskin* —murmuró el hombre—, *fucking beaner.*

Nantai respiró profundo, esperó a que el hombre recogiera sus pertenencias y lo escoltó en silencio hasta la salida.

Afuera, el hombre escupió al suelo con desprecio y se marchó.

En la oficina, Lucía se refregaba en la ropa el sudor de las manos.

Nantai entró, cabizbajo.

Lucía quiso decir algo, no supo qué.

—*It's over* —dijo Nantai.

—*I'm so sorry, I'd never...*

—*It's okey, don't worry. He was a scammer.*

—*Take the money out of my paycheck.*

Nantai hizo un gesto en el aire con la mano, tranquilizándola.

Se quedaron callados.

—*Do you want some tea?*

Lucía asintió.

Nantai encendió la hervidora eléctrica y sacó de un cajón de su escritorio una bolsa con hierbas.

—*This is the good stuff* —le dijo mientras rellenaba dos bolsitas de tela y las colocaba en las tazas.

Vació el agua caliente y esperó.

Lucía tenía ganas de llorar.

Nantai le acercó la taza y se llevó la suya a los labios. Sopló.

Lucía olió el té.

El aroma era fuerte, dulzón y picante, también tenía notas mentoladas y balsámicas.

Las manos se le humedecieron un poco al contacto con la taza, envueltas en vapor. Se sintió bien, le gustó la sensación de un té tan regenerativo que ni siquiera era necesario beberlo.

Lucía seguía avergonzada, con un nudo atenazándole la garganta. No se atrevía a mirar a Nantai a los ojos.

Bebieron en silencio.

Después de un rato, fue él quien habló primero.

—*White men are...*

—*Awful?*

Ambos rieron.

—*Yes, basically.*

—*I'm so ashamed.*

—*You shouldn't be.*

Lucía sorbió un poco de té haciendo ruido con los labios.

Los dos se rieron otra vez.

—*Every once in a while, a white guy comes here and lies about his wallet. I'm used to it.*

—*You shouldn't be.*

—*I know.*

Se quedaron en silencio de nuevo.

Lucía no quería terminarse su taza de té porque eso significaba que tendría que despedirse de Nantai. Lo miró. Un hombre de su edad, solo, podría resultar sospechoso para cualquiera, pero Nantai no estaba solo, tenía siete perros que había rescatado de la calle, de santuarios y de perreras. Para Lucía eso decía mucho más de él que su vida solitaria en el hotel. Además, aunque a ella no le importaba en particular, no era solo un hombre solitario de cierta edad rodeado de perros; era el flamante propietario del Indian Springs Bath Houses, un hotelito que, a pesar de no ser lujoso, poseía las vistas más amplias al paisaje del río Grande en toda la ciudad.

—¿Alguno vez tú has visitado a *Mishoacan?*

Lucía sintió que el pecho se le entibiaba por la sorpresa de escuchar esa voz que tanto le gustaba tratando de hablarle en español.

—Nunca —dijo sonriendo.

—Mío español malo.

—*Where did you learn it?*

—*Here, I mean, everyone is Mexican over here.*

Lucía se rio con ganas.

—¿Por qué nunca me habías hablado en español?

—*I don't know, maybe because I'm bad at it.*

Nantai vio el cuello fino y armonioso de Lucía y señaló su collar.

212

—*This? It was a gift* —dijo Lucía acariciando el pedacito de tela.

—*For luck?*

—Sí, para la buena suerte.

Empezaron a salir formalmente un par de semanas después del suceso.

Nantai bromeaba con que los había unido el racismo, y a Lucía le hacía una gracia agridulce. Como la novia de Nantai, pasó de ama de llaves y limpiadora del hotel a ser la segunda al mando. Debían contratar a otra mucama, y Lucía lo convenció de que fueran dos para que se repartieran el trabajo. También contrataron a un asistente para el turno de la noche.

Al cabo de algunos meses, Lucía se quedaba casi toda la semana con Nantai en la casita que tenía en el mismo terreno del hotel. Él no la presionaba, aunque soñaba con el día en que ella dejara su departamento. Lucía no podía decidirse. Era un departamento cómodo, le había costado varios años acondicionarlo, y conseguir otra renta congelada a esas alturas, con lo difícil que era el mercado, sería prácticamente imposible. Las cosas con Nantai iban tan bien que ya le había contado sobre él a Nisuke. Aun así, sentía que ella sería quien perdería más si se quedaba sin su espacio y no estaba dispuesta a entrar en una dinámica de ese tipo con Nantai. Quería estar con él porque sí, como una decisión consciente; no quería tener que estar con él por necesidad o por cualquier forma de presión externa más allá del deseo de su compañía.

Una noche estaba mirando la televisión y en cada noticiero se hablaba del arresto de Joseph James DeAngelo, *el Golden State Killer*.

213

Era un padre, esposo, abuelo.

Joseph DeAngelo había sido policía y, desde 1990 hasta 2017, mecánico de camiones. Lo atraparon a menos de un año de su jubilación, disfrutando de su tiempo libre y de su familia.

Era asesino en serie, violador en serie, ladrón y acosador; había cometido al menos trece asesinatos, más de cincuenta violaciones y alrededor de ciento veinte robos en el estado de California entre 1974 y 1986.

Fue conocido con tres apodos en distintos momentos de su carrera delictiva, antes de que los detectives vincularan los casos y descubrieran que se trataba de la misma persona.

Fue el Desvalijador de Visalia, el Violador de la Zona Este y el Acosador Nocturno Original. La escritora Michelle McNamara, una investigadora de crímenes reales, fue quien acuñó el nombre de Golden State Killer a principios de 2013.

De acuerdo con los testimonios, DeAngelo acechaba los vecindarios en busca de mujeres solas que vivieran en casas de un piso que estuvieran cerca de parques, escuelas o espacios abiertos por los cuales se pudiera huir rápidamente. Casi todas las víctimas se sintieron observadas o hablaron de un merodeador en su propiedad antes de ser atacadas. Durante sus primeros ataques, se concentró en mujeres solas o con niños, pero, debido a que los medios de comunicación alertaron sobre eso, cambió su *modus operandi* y durante el resto de su carrera criminal asaltó a parejas. Obligaba a las mujeres a atar a los hombres, luego él los amordazaba, les vendaba los ojos y colocaba sobre ellos platos apilados o enseres de cocina y amenazaba con matarlos a los dos si escuchaba algún sonido. Los hombres debían mantenerse entumecidos mientras sus esposas o novias eran violadas y torturadas. DeAngelo pasaba horas en las casas elegidas, saqueando, comiendo, tomándose descansos para después continuar violando a las mujeres.

A finales de los setenta envió un poema titulado «Excitement's Crave» a un periódico de Sacramento, California.

Dos de los versos decían:

Leisure tempts excitement seeking,
What's right and expected seems tame.

Lo que se traduciría más o menos como que el ocio tienta o incita a la búsqueda de emoción, de excitación, pues lo que es correcto y esperado, es decir, normal, resulta insípido.

Así, su justificación era, básicamente, que el aburrimiento conduce al horror.

Lucía había dejado el reportaje de un canal local y la presentadora de las noticias llevó el discurso del agravio colectivo por los crímenes de DeAngelo al recuerdo del asesino serial de la casa, el infame Toy Box Killer.

Cuando Nantai quiso apagar la televisión, Lucía le pidió que la dejara encendida. Estaba como hipnotizada por el recuento de las atrocidades que narraba la investigadora. Él salió a fumar y no regresó, se quedó afuera con los perros.

Se decía que David Parker Ray había elaborado un

minucioso y personal manual de tortura que seguía y ponía a prueba con el fin de perfeccionarlo. Se decía que sus métodos habían inspirado la franquicia de películas *torture porn* llamada *Saw*. Se decía que él había sido sentenciado a doscientos veinticuatro años de prisión y sus cómplices a cadena perpetua. Narraron que la última sobreviviente, Cynthia Vigil, había fundado Street Safe New Mexico, una organización sin fines de lucro con base en Albuquerque dedicada a proteger la salud y la seguridad de mujeres marginadas, especialmente aquellas que vivieran en situación de calle o que hubieran sido víctimas de tráfico sexual.

Al terminar el noticiero, Lucía se sentía enferma, enojada, afligida.

Salió a buscar a Nantai, que seguía en el porche.

—Es horrible que eso haya pasado aquí, aunque haya sido hace tantos años.

Nantai les lanzó una vara a los animales.

—Tú eras muy joven y aquí es tan pequeño... ¿Llegaste a escuchar algo?

Nantai le contestó en inglés.

—Todos oímos cosas.

Lucía suspiró.

—No las creímos.

—Nadie quiere pensar que hay alguien capaz de hacer eso en su comunidad.

Uno de los perros regresó con el pedazo de rama, listo para volver a correr tras él. Nantai lo lanzó con mucha fuerza, como si fuera un *quarterback* en el punto decisivo del partido.

—No escuchábamos exactamente lo que dicen ahora

en la televisión. Era diferente, eran rumores que sonaban a pura invención.

A lo lejos, los perros ladraron triunfales al dar con la vara.

—Oías que un tipo medio loco se ponía violento con las... —Nantai se arrepintió de lo que iba a decir, carraspeó para aclararse la garganta y continuó—: Algunas chicas se quejaron. Nada parecía importante.

—Porque eran prostitutas.

—No. Sí. No lo sé.

Su voz sonaba un poco a la defensiva.

—No te estoy acusando de nada, solo quería un poco de contexto, tratar de entender.

—No le veo el caso. Fue horrible y ya pasó.

—Por eso.

Tres perros se enredaron en una pelea por la vara. Al ser evidente que el juego había terminado, Nantai buscó los cigarros en la bolsa de su camisa. Encendió uno e inhaló el humo de forma que el pecho se le ensanchó. Exhaló con un silbido. Sin voltear a ver a Lucía, dijo:

—Conocí a una.

—¿Una de las chicas?

Nantai asintió.

—Dios mío, lo siento mucho.

—No era mi amiga ni nada por el estilo. Decir que la conocí es demasiado. Trabajaba en uno de los bares de la ruta. Yo no soy asiduo a esos lugares, nunca lo he sido, solo acompañé a uno de mis amigos, ya sabes, uno de los que murieron después en la guerra.

Guardaron silencio.

Lucía hubiera querido que Nantai le hablara en ese

español un poco tartamudo, un poco cortado, en el que cambiaba el género de los pronombres y que le despertaba tanto cariño, pero entendía que tal vez en español él no encontraría las palabras para decir lo que quería.

El humo del cigarrillo se elevó hasta el foco del porche y lo envolvió por unos segundos, lo que tornó la luz macilenta.

—La gente muere todo el tiempo —dijo por fin Nantai.

—Lo sé.

Lucía dudó un segundo sobre seguir con la conversación y al final dijo:

—No quiero sonar morbosa... es que lo que les pasó a esas mujeres fue más que solo morir.

Si Nantai iba a interrumpirla, Lucía no lo notó en aquella penumbra y se corrigió sin detenerse.

—Lo que les hicieron a esas mujeres.

Nantai arrojó la colilla hacia la oscuridad y la chispa dio un par de saltos dejando una efímera línea de centella en el aire.

—Mi amigo se llamaba Joe y era mitad navajo, mitad filipino. A nadie le importa eso, pero él odiaba que lo tomaran por mexicano.

Lucía se había sentado en una maceta y se acomodó para no lastimar a la planta. Tal vez Nantai pensó que le había molestado eso que acababa de decir.

—Joe no era racista, solo amaba a su madre, y las cosas filipinas eran importantes para él y debía enfrentarse a que las personas no sabemos una mierda de Filipinas, yo ni siquiera puedo señalarla en un mapa. Lo que quiero decir es que Joe tenía un problema con ese tema, y eso tiene que ver con lo que te voy a contar.

Nantai esperó un segundo y, como Lucía no dijo nada, continuó:

—Bueno, teníamos veintidós y estábamos eufóricos por alguna cosa, no recuerdo qué. A los veintidós años no necesitas motivos para salir a tomar cerveza con un amigo. Nos emborrachamos y no sé cómo ni por qué terminamos en ese bar. No éramos muy guapos pero tampoco horribles, y eso a veces ayuda cuando eres un joven con poco dinero. A Joe siempre lo seguían las mujeres, así que estuvo haciendo reír a una o dos bailarinas, y después hizo un privado con una muchacha que parecía recién traída de los Apalaches, sin una gota de gracia o atractivo, por lo menos para mí. Joe parecía encantado con ella. Sería el alcohol, no sé. No quiero sonar despectivo. Yo esperé a Joe en la barra y estaba ahí aburriéndome cuando un hombre altísimo, quiero decir, más alto que yo, alto de verdad, se sentó junto a mí y pidió una ronda para los que estábamos a su lado. Era imponente a pesar de ser delgado, un flaco de esos que, si observas con atención, te resulta evidente que no se rompen con nada. Dueño de una fuerza de cierto tipo. Eso era solo la imagen física, la corporalidad, porque su rostro tenía algo de estúpido, con ese bigote a lo Yosemite Sam y las cejas pobladas que le daban sombra a su mirada extraviada.

Nantai hizo una pausa para tragar saliva.

Evitó el contacto visual con Lucía.

—Agradecí el trago y lo bebí. Miré la televisión, tomé algo más, no sé cuánto tiempo pasó, cuando Joe

219

regresó el hombre ya no estaba. Joe llegó enojado, maldecía a la chica, decía que le había robado y que los guardias no querían hacer nada. Yo pagué y salimos. Se suponía que la mujer le cobraría menos, eso había entendido Joe, pero ahí seguía, duro que dale con que le robó. La vimos en el estacionamiento, le pedí a Joe que lo dejara estar, le dije que no valía la pena. Pero él ya iba muy borracho. La confrontó y, al principio, ella lo ignoró y se siguió de largo, hacia la carretera. Era muy tarde, estaba oscuro y hacía frío. Yo quería largarme de ahí igual que la chica. Como Joe insistía, ella reaccionó y lo empujó, lo golpeó con una fiereza que no esperábamos. Le dijo las cosas que dicen los blancos cuando quieren chingar, lo llamó pobre, idiota, indio, frijolero. Eso fue lo que enloqueció a Joe. Se abalanzó sobre ella y le devolvió el empujón. Apenas pude detenerlo para que no la golpeara, supuse que los guardias vendrían a machacarnos, pero nadie salió del bar a pesar de los gritos. Entonces las luces de un coche nos iluminaron y el coche se acercó despacio. Los tres nos quedamos quietos. Al principio pensé que eso buscaba, que estaba tratando de que nos detuviéramos de alguna manera, ¿sabes?, haciéndose notar simplemente, pero luego, cuando nos alcanzó, aparcó sin apagar el motor. Todo pasó muy rápido, dijo algo como «Esa puta les está dando problemas» o una frase parecida, la llamó perra o algo peor. Le dijo que se acercara por el lado del copiloto y ella lo hizo. ¿Por qué lo haría?, podía no haberlo obedecido y seguir caminando, pero lo hizo, lo obedeció. Y entonces él dijo: «Yo me encargo de ella», y la tomó del cabello y la subió al coche, que seguía encendido. Ella gritó y nosotros nos

220

quedamos parados sin saber qué hacer. Vimos el coche adentrarse en la carretera y luego no vimos nada. Nos fuimos. Yo traté de hablar del asunto con Joe y él me dijo que no me preocupara, que esas mujeres vivían de esa forma y que seguramente había ganado unos buenos dólares. Y eso fue todo. Lo olvidé. Hasta que atraparon a Parker Ray y en los periódicos apareció la lista de las víctimas. Le mostré la foto a Joe y me dijo que estaba alucinando, que no era la misma persona. Le buscó ángulos, dijo que la imagen estaba borrosa, que la impresión era de mala calidad, que solo era alguien que se parecía. Unos años después Joe se fue de este mundo en algún lugar de Medio Oriente, hecho pedazos por una mina o algo igual de espantoso, y sé que se fue pensando que aquella chica del bar no era la misma del periódico, pero yo sé que sí. Se llamaba Connie Marie Brown. Tenía diecinueve, era de Arkansas.

Lucía ahogó un sollozo.

—Puedes creer lo que quieras de nosotros, de Joe y de mí, pero estoy siendo sincero contigo. Éramos unos críos y no pensamos en lo que sucedía; cuando estábamos en ese estacionamiento no era algo malo, era incómodo, era molesto, era algo que querías que terminara de una puta vez. Y terminó. No sé qué más decirte. Puedes juzgarme si lo necesitas. Yo llevo años haciéndolo.

La voz de Nantai quería sonar enérgica, determinante, como si buscara zanjar el asunto, pero sus palabras se rompían y se diluían antes de terminar de concretarse, como si le hiciera falta el aliento, como si no le alcanzaran los pulmones para decir aquello. Como cuando alguien llora.

221

Lucía no dijo nada. Se levantó y tuvo que pararse en las puntas de los pies para besar a Nantai en la mejilla. Los labios se le humedecieron. Entró a la casa y lo dejó estar solo. Estuvo en la cama despierta varias horas, con la luz apagada. Nantai seguía fumando afuera, quizá se terminaría la cajetilla esa noche y estaba bien, si era lo que necesitaba. Mientras tanto, Lucía pensó. Pensó mucho en lo que Nantai le había compartido, confesado, en lo que implicaba esa confesión. Se preguntaba si acaso tenía un significado y se contestaba a sí misma que claro que lo tenía. Era obvio que lo que le había ocurrido a Connie tenía un sentido, que la vida de Connie era valiosa y su final, inmerecido. Y era obvio también que aquel final no había sido culpa de Joe y Nantai.

¿Y de quién era la culpa entonces?

Quizá fuera ocioso buscar culpables.

En esa habitación, acostada boca arriba en la cama, mirando hacia la nada oscura, intentando resolver los bordes del techo, extrañando el contorno de Nantai a su lado, Lucía no podía dejar de darle vueltas al asunto de los asesinos seriales. Tampoco podía dejar de pensar en el Nantai de veintidós años, un total desconocido para ella. Aunque él le había dicho, durante su monólogo del porche, que no era asiduo a los bares de bailarinas y trabajadoras sexuales, Lucía sabía, porque se lo había dicho también en otro momento de confidencia, que durante una temporada muy corta había pagado por sexo.

Lucía sabía muchas cosas de Nantai, era verdad, y de lo único de lo que estaba segura era de que, por más cosas que supiera de él, siempre serían más aquellas de las que no tenía ni la más remota idea.

Las cosas que Lucía sabía sobre Nantai:

Era navajo y llevaba más de veinte años fuera de la reserva.

Amaba a los perros.

Sus mejores amigos habían muerto en la guerra o a causa de la guerra.

Preparaba el mejor té de Nuevo México.

Le interesaba la tradición mexicana del Día de Muertos.

Su padre se había ido cuando él era adolescente.

Era amable, comedido, afectuoso.

La quería.

Practicaba kayak cuando era más joven y todavía tenía el equipo en el hotel.

Durante un tiempo tuvo por amante a una mujer casada y eso le había dado problemas en la reserva.

Tuvo relaciones con cinco mujeres dedicadas al trabajo sexual.

Sabía los nombres de esas mujeres y, durante años, les estuvo haciendo depósitos anónimos como una forma de retribución y reparación de daños por su conducta.

Fue testigo del secuestro de una mujer que había sido torturada y asesinada.

A pesar de que sabía muchas otras cosas de él, esas eran las que consideraba relevantes después de su conversación.

Las cosas que Lucía no sabía sobre Nantai:

No sabía cómo había llegado a ser dueño del hotel.

No sabía quién había sido su amante en la reserva ni qué motivos lo alejaron de ese lugar.

No sabía que había estado a punto de enlistarse en el ejército para ir a Afganistán a morir con sus amigos.

No sabía que había estado con doce prostitutas en lugar de cinco.

No sabía que le velaba el sueño por las noches ni que se levantaba varias veces, sin molestarla, para ajustar para ella la temperatura de la habitación de modo que siempre estuviera cómoda.

No sabía que había tomado la medida de su dedo anular.

No sabía el tipo de pornografía que consumía Nantai.

No sabía que le había ocultado deliberadamente que Joe había cerrado la puerta del auto que había llevado a su muerte a Connie Marie Brown.

Había muchas más cosas que Lucía no sabía de Nantai, pero no era algo que la mantuviera intranquila o a lo que le dedicara sus pensamientos en general. Al menos no hasta esa noche, puesto que las revelaciones importantes que Nantai le había hecho durante su relación tenían que ver con la violencia contra las mujeres. Lucía no quería ser molesta ni montarse en un púlpito de superioridad ni victimizarse, en tanto mujer, sin razón aparente, solo era que, por más que intentaba no pensar en eso, las imágenes volvían una y otra vez a su cabeza.

Veía a mujeres amarradas, sujetadas, amordazadas, encerradas, laceradas, golpeadas, abusadas. Veía a una mujer cuyo rostro no conocía siendo subida a la fuerza a un automóvil para hacer un recorrido del que jamás regresaría. Esas visiones se entrelazaban con otras. Se cruzaban en su mente, detrás de sus ojos, abiertos o cerrados, como golpes de fosfenos, con la cara de su madre. El labio roto, la frente sangrante, un ojo cerrado por la hinchazón. Nisuke Nishimura se habría cortado una mano antes de tocar a su mamá. Se trataba de una imagen anterior, antigua, de otro lugar, de cuando estaban en México. Su madre muy joven, guapísima, tristísima. Sacudió la cabeza como si con ello pudiera disipar los pensamientos.

Y le sobrevino la imagen, enterrada hacía tanto, de Blas James Otero, *Jimmy*, su amado novio, sobre ella. Sosteniendo sus brazos con una fuerza excesiva, paralizando sus piernas con las rodillas, inmovilizándola con el peso de su cuerpo, arremetiendo contra el cuerpo de ella, que después de un tiempo ya no luchaba ni resistía, y se dejaba hacer porque de otro modo el dolor empeoraría, como ya había ocurrido en esas ocasiones en que le parecía que no podía soportarlo más y Jimmy se enfadaba y le hacía daño en serio. Y cuando se cansaba de resoplar y gruñir en su oído, se dejaba caer como un peso muerto y le comprimía las costillas de tal forma que sentía que el tórax se le iba a encajar en la espalda. Y lo más duro venía cuando la besaba, dejando un rastro de saliva del cuello a su boca, y le decía «Mi amor» y «Mi vida», o «Pequeña», «Pequeña Lucy, cuánto te amo»; a veces la llamaba bebé, le decía «Mi bebé», y Lucía contenía las lágrimas porque de alguna manera había aprendido a llorar hacia adentro, aguantando la explosión del llanto para no provocarlo y que nada de eso volviera a empezar.

Lucía sintió que podría llorar ahí mismo, en esa

cama, en ese lecho en el que había conocido que el amor y el sexo podían ser distintos, mejores. Se recompuso de esa evocación a la que su memoria corporal había reaccionado con tensión y escalofríos.

Los pensamientos de Lucía se aglomeraron y llegaron a ella como una vorágine. No pensaba exactamente en términos de violencia misógina, sino en algo como el amor hostil, en el odio amoroso, en un afecto paradójico y complejo. Extraño, insensato, pero real. Tan real que ella lo había vivido en su propia carne, cortesía de Jimmy. Trató de escuchar a Nantai. Se preguntó qué estaría haciendo además de fumar. Se imaginó a los perros, echados uno junto al otro, cerca de él. Listos para reaccionar al peligro, o para ser el peligro, o también para seguir jugando y siendo dulces, respondiendo a una serie de instintos y deseos primitivos.

¿Cuáles serían los deseos de Nantai?

Se levantó, tanteando los muebles para llegar a la ventana.

Aunque la negrura parecía querer tragarse el paisaje, había estrellas y la luna era clara. Distinguió la figura de Nantai recargada en un poste. Estaba fumando, dispuesto a quemarse los pulmones por ese remordimiento que parecía corroerlo.

Lucía sintió que un halo cálido envolvía su cuerpo, un halo proveniente de un efluvio que emanaba desde su centro y la acariciaba, la cubría por completo. No podía ser otra cosa que amor.

La migraña le llegó como un relámpago, como una secuencia de latigazos en las sienes y en la nuca. Buscó la cama de nuevo.

Tomó el amuleto de su cuello con las manos y se hundió en el dolor hasta quedarse dormida.

No supo a qué hora entró él a la habitación, aunque al amanecer, cuando despertó agitada por culpa de una pesadilla, ya estaba junto a ella entre las sábanas.

7

Mejores amigas. ¿Qué convertía a dos niñas en mejores amigas? ¿Cuáles eran las contingencias que debían alinearse para que dos personitas de un universo concreto se aliaran y se convirtieran en lo que se conoce como mejor amiga la una de la otra? ¿La sola cercanía de sus casas? ¿Es la vecindad en sí misma un detonante para la amistad? Que las madres y los padres se saluden por cortesía cuando se ven por ahí. Estar en el mismo salón de clases. ¿Tener gustos similares o que les disgustaran cosas parecidas? Elisa y Aimé se hicieron amigas cuando descubrieron el baldío del barrio y tuvieron el arrojo de reclamarlo como una tierra conquistada. Era un lugar que no podía tenerse en solitario, debían poseerlo juntas y solo lo lograrían si su unión era indestructible. Antes del baldío eran dos niñas con algunas aficiones comunes, con un par de coincidencias que no habrían sido importantes si no hubieran tenido un espacio para profundizar en ellas. Un trozo de territorio que a los ojos adultos no era más que terregal y basura, piedras y arena. Y a los ojos infantiles era la vida misma.

Consolidaron su relación estando sucias de polvo, conspirando, dueñas de un espacio que simbolizaba que un día, con la misma determinación, reclamarían su lugar en el mundo. O eso era lo que podía intuirse al verlas juntas, inseparables, domando las dunas a fuerza de correr y saltar y forjar los caminos con sus bicicletas. Esas niñas serían jóvenes y después mujeres y, así como dominaban aquel terreno, dominarían lo que se propusieran. Pero lo que se erige sobre la fantasía infantil no necesariamente tiene peso en la realidad, y las niñas fueron aceptando la suerte que les había sido asignada. La vida era de una manera concreta y no tenía sentido rebelarse. No fueron capaces de percibir lo que vendría, los ecos del desastre que se avecinaba, la sonoridad de la desgracia que latía, agazapada, lista para atacar en el momento preciso.

Y llegado el instante, las tomó desprevenidas. A ellas, las dos mejores amigas. No pudieron intuirlo, no presentían cuánto abonaban sus actos las consecuencias venideras. No supieron verlo cuando Elisa tomó aquel dinero y tuvieron que ir a buscar a Rosario para pedirle perdón. No hubo sospecha cuando Elisa tuvo aquella infatuación por Aurel. No vieron las pistas cuando se divertían en la fiesta de despedida de Elisa ni cuando enviaron a Rosario a encontrarse con su destino. El presagio de la catástrofe se cernió sobre ellas con una suavidad tortuosa.

No podían ver las señales. Eran niñas. Elisa era una deportista con futuro, que llegaría muy lejos para poner su nombre y el de la comunidad en alto. Aimé era una acompañante, un soporte crucial para que Elisa sobresaliera en sus actividades. Las mejores amigas, esas a las que unía el presente; un presente perpetuo que no parecía querer avanzar. Y también las unía la ansiedad por el futuro; un futuro intrigante, límpido, luminoso; un futuro que ambas estaban seguras de que alcanzarían de un modo o de otro. Seguirían juntas cuando Elisa ganara los Panamericanos y después las Olimpiadas; cuando Aimé se convirtiera en una profesionista, aunque no estaba segura exactamente de qué era lo que iba a estudiar. Cuando se imaginaban adultas se veían exitosas, vislumbraban un triunfo que se manifestaría en montañas de dinero. Tendrían mucho dinero para lo que quisieran, porque era el dinero lo que siempre les había hecho falta. Con dinero podrían tener ropa, tenis de las Spice, podrían viajar, aunque en ese entonces sus aspiraciones geográficas eran limitadas, pensaban en San Diego y otros lugares de California, en Monterrey, en las ciudades de las que escuchaban hablar a los adultos.

Las unía que juntas formulaban deseos y que, primero con sorpresa y con satisfacción después, descubrían que esos deseos se compenetraban o se complementaban, cuando no eran idénticos. ¿Podían dos niñas distintas ser tan iguales en sus inquietudes y sobresaltos? Podían. Las unían algunas cuestiones abstractas y muchas concretas, como era en la infancia. Las unía, por ejemplo, que tuvieron su primer periodo menstrual con tres días de diferencia, un poco adelantadas para la media de su edad, lo que las hizo sentir especiales y agradecidas por no haberse perdido el acontecimiento si les hubiera ocurrido cuando ya estuvieran separadas. Elisa sabía un poco más que Aimé porque Marina a veces era más abierta con algunas conversaciones, mientras que, en casa de Aimé, Juana

231

Emilia, por más que se esforzaba, seguía siendo más tradicional y conservadora.

El día que ocurrió, Elisa estuvo entrenando hasta tarde. Se había caído dos veces, una directamente sobre su trasero, lo que le dio risa y vergüenza, y la segunda vez de costado, sobre el codo derecho, una caída que no la ponía nerviosa por la parte de su cuerpo que había sido afectada, sino por la humillación de no ser perfecta, porque esas caídas eran un recordatorio de lo mucho que le faltaba por aprender. Al llegar a su casa, Marina le dijo que se bañara, pero Elisa la ignoró y se tumbó en la cama. Se quedó unos minutos con la mente en blanco y, de a poco, fue siendo muy consciente de su cuerpo. El vientre se le endureció como un aviso que la puso alerta, y Elisa pensó en lo que había comido y se preparó para la llegada de un retortijón. Notó un calor húmedo entre las piernas. Se sobresaltó, no sintió nada en la vejiga. Era como si estuviera a punto de orinarse, pero no se hacía en la cama desde los tres años, cuando estaba aprendiendo a dejar el pañal.

Corrió al baño y, al desvestirse, vio con horror la mancha oscura en la ropa. Había traspasado hasta el short y era probable que la cama también estuviera sucia. Se metió a la regadera sin respirar. Conforme el agua le caía en la espalda y le mojaba los muslos, y la sangre llegaba al desagüe diluida en un tono de rosa que no era del todo desagradable, el pánico inicial dio lugar a la calma basada en el poco conocimiento que tenía al respecto. Era algo que hacían los cuerpos de las mujeres cuando estaban listos para tener bebés. Otra oleada de pánico le calentó el rostro. Si ni siquiera había cumplido los doce años, ¿cómo iba a ser posible tener un bebé? Tampoco sabía con exactitud lo que tenía que ocurrir para que una mujer se embarazara. Terminó de lavarse y se envolvió en una toalla. Llamó a su mamá desde la puerta del baño.

Marina apareció, molesta por los gritos. Iba a decir algo como «¿Y ahora qué?» cuando vio la ropa en el piso. Su rostro se ablandó. Miró a Elisa y la consoló con la mirada, una mirada que quería decir que todo estaba bien, que ahí estaba ella, su madre, para ayudarla y guiarla. Le preguntó si ya sabía lo que era y Elisa asintió, luego le dijo que, cuando tuviera ese tipo de accidentes, debía meter la ropa interior con ella a la regadera para lavarla, porque la sangre era muy difícil de quitar, y le dio otra serie de indicaciones prácticas que nada tenían que ver con el impacto de que una niña de once sangrara a través de la vagina por primera vez. También le dijo que tendría que descansar unos días del entrenamiento, ella le avisaría al entrenador, y Elisa se murió de vergüenza de pensar que el entrenador sabría lo que le estaba ocurriendo.

Tardó dos días en confesar su situación a Aimé.

Su amiga se conmocionó. La idea de que algo así le pasara a su cuerpo la dejó impresionada. Nunca se había mirado entre las piernas y lo más cerca que estaba de tocarse era cuando se secaba después de orinar. Elisa le explicó lo mejor que pudo lo que se hacía y repitió las instrucciones de su mamá con suficiencia. Aimé volvió a su casa muerta de terror, con el cuerpo cortado, como si le fuera a dar una gripa asesina. Tuvo dolor de cabeza, fiebre, también dolor abdominal. Juana Emilia le dio antivirales y un ibuprofeno. Y así, tendida en la cama improvisada en el cuarto de sus papás, Aimé sintió que algo le bajaba de la barriga. Se puso de pie de golpe y la cosa intentó abrirse paso en su entrepierna, como cuando se aguantaba mucho de hacer pipí pero, al mismo tiempo, distinto de una manera desconocida. Corrió al baño y se sentó, tuvo la sensación de que defecaría y algo cayó de su cuerpo a la taza del baño, salpicando un poco.

Se obligó a orinar y, tranquilizándose a sí misma, tomó papel para limpiarse. Ahí estaba la mancha roja, de un rojo intensísimo. Se enojó con Elisa. La había contagiado, no estaba en paz si únicamente ella era la protagonista de los incidentes, solo se sentía feliz si los sucesos escabrosos le pasaban también a los demás. Ahora ambas tenían la cosa y la tendrían quién sabía por cuánto tiempo. Buscó en los cajones del baño y encontró las compresas de Juana Emilia. Elisa le había explicado cómo ponerlas y también miró las imágenes de la caja para entender mejor. Era incómodo. Ya se acostumbraría. Se vio en el espejo buscando señales de algún cambio, pensando si las personas se darían cuenta de que algo le pasaba y si se burlarían de ella por crecer. No le dijo nada a su mamá. Se acostó de lado, apretando las piernas con fuerza, y trató de moverse lo menos posible por la noche.

Al día siguiente no tuvo que decirle nada a su amiga. Apenas verla, lo supo. Elisa brincó de felicidad y Aimé le dijo que se calmara porque parecía que iba a gritar a los cuatro vientos que las dos tenían la cosa menstrual. Todo con Elisa era vértigo y velocidad. No podía solo dejar que algo pasara a su propio ritmo. En el recreo se hicieron confidencias sobre lo que estaba sucediendo. Hablaron de toallas sanitarias, lo que las ponía rojas de pudor, y también conversaron sobre un artefacto llamado tampón que

Elisa había visto en un comercial —de repente parecía que en todas partes se hablaba de menstruación—. El susodicho tampón se introducía —escándalo absoluto— por un orificio que no les quedaba del todo claro cuál era. Después de considerarlo, decidieron interceptar a las enfermeras cuando las vieran por la colonia.

Las unían muchos pequeños episodios como ese que protagonizaron juntas. Retazos de lo que comprendía y construía sus jóvenes vidas. Las unía el robo del dinero, la obsesión desaforada por los tenis de Elisa que la había llevado a cometer un acto criminal y a permitir que acusaran a alguien inocente. Y, lo más importante, las unía el secreto de Rosario, lo que había pasado la noche de su desaparición. Un secreto que compartían y estaba sellado. Era tácito. No hablarían de eso, aunque las torturaran y las amenazaran. No lo hablarían ni siquiera entre ellas. Se querían, sí, pero era Rosario lo que de verdad las unía. El miedo y la culpa por Rosario se habían transformado en el pegamento que daba cohesión a su amistad. Estaban irremediablemente unidas y debían mantenerse así a como diera lugar.

Y lo intentaron. Durante los siguientes tres años, las niñas permanecieron tan juntas como pudieron, mediante llamadas telefónicas y cartas, enviándose objetos por paquetería. Si Marina iba a enviar ropa o cualquier cosa que Elisa necesitara, le avisaba a Juana Emilia, y Aimé aprovechaba para mandarle algo a su amiga. Un collar de cuerda con sus iniciales, una cadenita con un dije que era el lado izquierdo de una flor y del que Aimé conservaría el lado derecho, algún dibujo. Detalles que eran un recordatorio constante de que seguían siendo las mejores amigas. Conforme crecieron, los detalles se volvieron discos compactos quemados en la computadora de algún café internet con sus canciones favoritas y camisetas de bandas o películas que Aimé conseguía en el *mall*.

Por su parte, Elisa mandaba dulces típicos, carne seca, cosas que casi siempre disfrutaban los padres de Aimé, porque decía que en Monterrey no había ninguna cosa interesante para ellas. Extrañaba la frontera de verdad. No podía entender que los regios creyeran que conducir tres horas para llegar a McAllen, Texas, era vivir en la frontera, cuando ella y Aimé solo debían caminar un par de calles para estar en tierras estadounidenses. Y Calexico, extrañaba las tiendas de las calles primera y segunda, a donde podían cruzar a pie y era como estar todavía en México, aunque todo fuera asiático, o quizá por eso mismo lo sentía así, porque el centro de Mexicali también estaba lleno de cosas chinas. Cuando iban a McAllen, debían conducir diez kilómetros para encontrar la primera tienda.

Esos intercambios fueron especialmente intensos cuando tenían entre trece y catorce años. Después disminuyeron y las llamadas se espaciaron también. Fue un proceso natural, motivado por las propias actividades de cada una. Aimé se resignó a que no viajaría a visitar a Elisa porque en su casa nunca había dinero suficiente y, sin darse cuenta, encontró un par de amigas que, aunque nunca suplirían a Elisa, la acompañaban en sus días y en el barrio. A Elisa, sin Aimé, le costaba mucho mantener el promedio mínimo en la escuela y, entre los entrenamientos y los noviecitos que encontraba cada vez que salía a competir, su agenda y su cabeza estaban llenas. No quería decir que no lo resintieran; pensaban la una en la otra y se preguntaban qué estarían haciendo.

Aimé, además, forjó una relación con el chico gitano de la que no se atrevió a hablarle a Elisa. Primero porque, aun en la distancia, Aimé sentía esa presencia de su amiga, esa necesidad de sobresalir y hacer que las cosas se trataran siempre de ella. No imaginaba cómo habría sido si hubiera sabido que pasaba tiempo con Aurel, que se había convertido en una especie de sucedáneo de Elisa, como si estar con él la hiciera sentirse cerca de ella por alguna razón. Podía ser que a Elisa, de enterarse, no le importara, pero Aimé prefirió no averiguarlo. Desde su perspectiva, ocultarle que ella y Aurel se habían vuelto cercanos parecía lo correcto, un poco por no hacerle pasar un mal rato en caso de que todavía hubiera tenido algún interés y un poco porque, en su amistad con él, no había existido ninguna atracción de la que Elisa debiera preocuparse. Y después, con el transcurrir de los meses, que se convirtieron en años, guardó silencio sobre eso porque perdieron importancia las cosas que se decían y las que no.

Qué podía interesarle a Elisa el tiempo que Aimé pasaba en el campamento gitano con las mujeres, poniéndose faldas largas y turbantes en la cabeza que se quitaba antes de regresar a su casa, o los días que aprendía a barrer la sal, a leer la mano, como un juego, como algo divertido que hacer mientras las observaba fascinada y curiosa. Envidiosa de que sus niños no tuvieran que ir a la escuela; asustada de que se casaran tan jóvenes; sorprendida por los animales que criaban en la zona urbana;

asombrada de que sus relaciones familiares y parentales fueran tan caóticas a simple vista, pero que, bien observadas, poseyeran un orden y una jerarquía; maravillada, sobre todo, de que no fueran como en las familias mexicanas. En el campamento gitano, los hombres a veces también cuidaban a los niños, cocinaban, hacían labores que los hombres mexicanos nunca serían capaces de llevar a cabo.

Aprendió que no eran de Hungría, es decir, que la mayoría de los gitanos de ese campamento particular no descendían de una rama gitana oriunda de Hungría directamente, aunque se les llamara húngaros, aunque algunos sí hablaban magiar y lo mezclaban con el romaní. Aprendió también que esas confusiones no les importaban y que el malentendido provenía de un desconocimiento rayano en el racismo. Aprendió, entre otras cosas, algunas formas en que las mujeres podían obtener favores de los hombres. Quizá eran métodos universales, pero, en ese momento, a Aimé le parecía algo que solo las mujeres gitanas eran capaces de hacer.

Era un despliegue de gestos e intenciones que lo distorsionaban todo. Que envolvían a los varones en una espuma, en una nube de afectos incorpóreos, porque, a pesar de ser rotundas y sexuales, no había ninguna insinuación en sus actitudes; era algo más, una disposición velada que era inasible y palpable a la vez para esos hombres que sucumbían diciendo que sí a cualquier solicitud. Aimé se embriagaba catalogando guiños y señales, imaginando que un día sería capaz de llevar a cabo un ejercicio siquiera parecido. Sugestión y sensualidad. Anotaba mentalmente sin saber que era eso lo que estaba pasando.

Cuando dejaba a las mujeres, se iba con Aurel, que ya parecía mexicano, como ella le hacía notar, burlándose de él con ternura.

En esos años Aimé creció, se acomodó a un nuevo orden en ese raro mundo que era el barrio trastocado y se sintió cómoda en él.

El cuarto año que Elisa y Aimé estuvieron separadas, solo hablaron por teléfono en sus cumpleaños. Dos llamadas apuradas, con apremio por colgar. Se felicitaron con desgana, no hicieron ninguna pregunta, como si se tratara de un trámite que debían terminar cuanto antes. Ninguna tuvo quinceañera. Elisa estaba muy ocupada con sus competencias y entrenamientos, y realmente no había hecho amigos en Monterrey. Su tía y sus entrenadores la llevaron a comer cabrito. Le regalaron ropa deportiva. Fue como cualquier otro cumpleaños. Aimé no tuvo quinceañera porque no podían permitirse una fiesta de este estilo con el sueldo de Juana Emilia. Así que cuatro muchachitas de la secundaria la visitaron y partieron un pastel del mercado. Se hicieron fotografías que una de ellas, la que tenía computadora propia, subió a Fotolog.

Entonces llegaron las vacaciones de Navidad del 2002 y Elisa volvió sin avisar. Marina y su marido lo sabían, claro, solo que Elisa no quiso decirle a nadie más para sorprender a los vecinos, a sus fanáticos, a Aimé.

Elisa no recordaba que todo fuera tan chico. En su imaginación las calles eran más amplias. También el baldío, que ya no tenía aquellas dunas en las que se ocultaba con Aimé, ya solo era tierra plana llena de basura. Varias de las callecitas en las que corrió de niña por fin tenían pavimento. Seguía sucio, pobre, feo. Y el frío, no extrañó nunca el frío del desierto. Los inviernos podían ser más insoportables que los veranos, y eso era muchísimo decir. Había sido buena idea regresar en diciembre. Estaba frenética de emoción y un poco decepcionada al mismo tiempo. Era chocante cómo el lugar de su memoria no coincidía con el espacio real, pero también la embargaba una sensación de seguridad por pisar de nuevo su casa, su barrio. Caminar unos pasos y ver la frontera la confortaba.

La casa le pareció más chica también. Su habitación, una pocilga. Todo le daba ternura y vergüenza. Todo le resultaba patético y chistoso al mismo tiempo. Qué curioso era, qué pobre y qué lastimero. Y qué agradable saber que esa ya no era su vida. Pero también qué efervescencia, qué exaltación estar precisamente ahí una vez más, después de tanto. Un lugar que representaba lo que más amaba y lo único que le importaba durante tantísimos años. Estaba ansiosa y emocionada; abrazaba a su madre, a su padre, con quien la relación nunca fue física. Se sentaba en su regazo y hablaban de Monterrey, de las competencias, le mostraba las cicatrices de las piernas.

Marina los escuchaba desde el cuarto y sollozaba de orgullo y felicidad mientras acomodaba la ropa de las maletas de su hija, concibiendo la lista mental de lo que harían. Comprarían ropa en el *mall*, pasarían por comida china, tal vez organizarían una carne asada con los vecinos. Cómo disfrutaría a su niña. Por la tarde, se sentaron a tomar té helado y Marina hizo que Elisa le contara cada detalle de los novios que había tenido, sonriendo, cómplice, fingiendo que no estaba en desacuerdo con que su hijita estuviera dándose besos con atletas venezolanos o tamaulipecos mayores que ella. Ya hablaría con la tía Angélica para decirle lo que pensaba de esas libertades que no podía estarse tomando con la educación de su niña.

Cuando la conversación se agotó, Marina le sonrió a su hija y le dijo:

—¿A qué hora vas a ver a Aimé?

Elisa lo había estado retrasando deliberadamente. Estaba nerviosa. Tenía miedo de que fuera raro, de que no fuera como antes.

—Pensé que era lo primero que ibas a hacer —insistió Marina. Ante el silencio de su hija, continuó—: Mañana la invitamos a la casa.

Elisa miró a su alrededor, se detuvo en los rincones de la cocina de su infancia, del comedor, de la pequeña sala donde reinaba la televisión al centro con el sillón reclinable de su padre como un trono. A pesar de los años transcurridos, tuvo la impresión de que el tiempo se hubiera detenido. De pronto sintió una calidez, una sensación de pertenencia que la llenó de calma. Vio a su madre, tan joven y hermosa, como siempre, como si esos cuantos años no hubieran tenido la fuerza suficiente para dejarle alguna marca. Elisa sintió que no se había ido nunca.

—Voy de una vez —dijo levantándose.

Besó a su madre en la sien y salió con andar firme y decidido rumbo a la casa de Aimé.

La casa estaba a oscuras y en silencio. Elisa pensó que cuatro años atrás eso habría sido imposible. El padre de Aimé tendría varios carros con el cofre abierto en el patio, se oirían los sonidos de las herramientas, del compresor; de adentro surgiría la música que escuchaba Juana Emilia, el rumor de la cocina y los trastes, también las televisiones encendidas, una en cada habitación. Pero en cuatro años pasan tantas cosas. Elisa sabía que el padre de Aimé ya no vivía con ellas; Marina se lo había contado y después, cuando Aimé estuvo lista, le había dicho su versión por teléfono. Sabía también que ya no recibían parientes de Sinaloa y que ahora Juana Emilia trabajaba. Suspiró por su amiga y la llamó por su nombre en voz alta. Le respondieron los primeros grillos del anochecer, que había caído, lento, sobre el barrio y sobre los vecinos, quienes parecían haber perdido la inclinación al bullicio que tenían en el pasado.

La llamó otra vez.

—Aaaaay... —cantó, jugando con la onomatopeya de su diptongo, y después terminó haciendo énfasis en el acento de la segunda sílaba— mé.

Se encendió la luz del patio.

Elisa pasó saliva, tensó los músculos. La puerta se abrió con un rechinido. Aimé asomó la cabeza con el cuello doblado, el cabello largo casi rozó el suelo.

Tardó un momento en reconocerla.

—¿Eli? —preguntó con la voz demasiado alta, demasiado chillona por los nervios.

Salió a su encuentro. Ambas estaban apenadas, torpes, contentas; no supieron si abrazarse, se preguntaron tonterías. Aimé no la invitó a entrar, hablaron en la banqueta. Elisa le dijo que se quedaba dos semanas, que tenía su regalo de Navidad y que al día siguiente la invitaba a comer con su familia. Aimé respondió que sí, abrumada y emocionada. Se despidieron sin reaccionar demasiado. A ambas les costó un par de días comprender que las hacía felices estar juntas otra vez.

242

En la comida con la familia de Elisa, Marina trató a Aimé como siempre, como si no hubiera pasado casi un año desde la última vez que habían hablado. Aimé no lograba sentirse cómoda. Agradecía las maneras educadas en que trataban de hacerla sentir bienvenida de nuevo a la familia, pero las cosas ya no eran iguales. La distancia se había impuesto y la adolescencia también. Los intereses de las dos chicas ya no estaban alineados, aunque Elisa se esforzaba por hacer como si todo lo del barrio le gustara o le provocara curiosidad. Si alguien mencionaba a alguna persona, aun cuando no la conociera, preguntaba hasta cansar a su interlocutor. Para Aimé era demasiado.

Buscó en su interior un remanso en el que la nueva Elisa tuviera cabida.

Pensó si en Elisa había uno para ella.

La vio del otro lado de la mesa, delgada y altanera, divertida. Sus ojos se cruzaron y se sonrieron. Aimé se vio reflejada en los ojos de su amiga. Una sintonía se volvía a ordenar, algo se reorganizaba poniendo las dudas fuera de sus corazones, y Aimé supo que ya solo cabían las certezas. Así de fácil. Había algo profundo, un entendimiento natural que las despojó del esfuerzo al que se habían estado obligando. Recuperaron el cariño. Tuvieron otro par de encuentros descolocados acompañadas de más personas, hasta que, por fin, pudieron estar solas. Eso era lo que les hacía falta. Desde niñas habían logrado crear momentos únicos en los que solo existían ellas dos, en los que podían ser sin la mirada ajena. Recobraron la confianza, la dulzura, la intimidad. Se hicieron confidencias.

243

Con la paciencia habitual y el interés de siempre, con algo de envidia a veces y mucha emoción en todo momento, Aimé escuchó las aventuras de Elisa, las historias sobre sus competencias y sobre sus problemas escolares y amorosos, y se dio cuenta de que seguía admirándola, ya sin idealizarla, de un modo menos estruendoso que en la infancia, lo que volvía la relación más horizontal. Como Aimé habría esperado, Elisa estuvo ganando muchas de las competencias en las que participaba. Los esfuerzos de los entrenamientos se veían en su cuerpo, en los músculos, en la ligereza con que se movía, como si fuera una bailarina, pero no de ballet, sino una bailarina más rítmica, de música moderna, de esa que se llamaba contemporánea, pensaba Aimé. Elisa le contó sobre los equipos de atletismo, las carreras, su especialización definitiva en salto de longitud.

Le contó también lo difícil que era hacer amigos, que las chicas de Monterrey eran extrañas y a veces resentidas, que nunca podía estar segura de caerles bien. Dijo que al hablar con ellas nunca podía saber si le estaban contando la verdad, y por eso había desistido de tratar de agradarles. Entrecerraba los ojos al hablar, la boca se le movía despacio, evocando los días solitarios en que solo tenía a su tía para sentirse acompañada. Le platicó cómo en la casa de la tía debía seguir varias reglas que le llegaban desde Mexicali, porque Marina y su padre no se acostumbraban a que ya no estaba con ellos. Y aunque para ella podía parecer más fácil la vida porque fue quien dejó a los otros atrás, no lo era, no lo había sido. Le dijo que muchas noches lloraba añorando su casa, su cama, extrañándola a ella, a Aimé.

Al decirlo calló, como si se apenara, como si estuviera cruzando un límite o exponiéndose demasiado. Aimé le tomó la mano y le dijo que ella también la extrañaba mucho, que ella también quisiera poder seguir en su vida como antes. Los ojos de Elisa se humedecieron, agradecidos. Después retomó su narración sobre los muchachos. Los novios y los casi novios. Los amigovios y los amigos con derechos. Le contó de los chicos regios, de sus manías, que los seis muchachos de Monterrey con los que se besó o había tenido algo más eran idénticos en los ademanes, que fue como besar al mismo en seis ocasiones distintas. Le dijo que, a diferencia de los extranjeros que había conocido, porque a México llegaban grupos de deportistas de todo el mundo, principalmente de Latinoamérica, los regios eran broncos, brutos, como si les gustara enfatizar el estereotipo de macho norteño.

Tenían poco cuidado al besar o tocar, y extrañamente eso le gustaba. Era como si sucumbiera también al estereotipo de la sumisión, de dejarse llevar y hacer creer al varón que tenía las riendas del momento. Los venezolanos, en cambio, eran respetuosos, tenían atenciones que la aburrían; los colombianos eran coquetos y sensuales, habladores, pero, a la hora de demostrar que podían hacer lo que proclamaban, se volvían delicados, temerosos, a veces casi torpes, y entonces ella era la que debía tomar la iniciativa, lo que hacía que ellos reafirmaran el estereotipo que tenían sobre las mexicanas como mujeres empoderadas y pendencieras, sin vergüenza ni pudor. A Elisa no le importaba, no estaba educándose para ser una mosca muerta.

Aimé la miraba, reconociéndola. Tenía el rostro

rozagante, la mirada eufórica, el cabello suave, una melena que caía delicada hasta detrás de sus orejas y recordaba a Blancanieves. A una Blancanieves en esteroides, un poco masculinizada, lista para saltar cuatro o cinco metros si era necesario, a lo Sarah Connor. Eso era. Nada de princesas Disney. Sí, Aimé podía imaginar a Elisa con una bazuca, con una metralleta. Salvando al mundo. Protegiendo a los inocentes. Mientras Elisa hablaba, Aimé imaginaba distintas versiones de su amiga. Deportista furiosa, amante ocasional de chicos sin nombre, adolescente aburrida y sin amigas, su compañera de pupitre y aventuras. Le dieron ganas de llorar de felicidad.

Elisa también sintió que Aimé era la misma incluso sin ser la de antes. Habían crecido y era algo positivo para su vínculo, que se sentía más intenso e irrompible. Notaba que se escandalizaba por un instante con sus historias de amoríos, sobre todo cuando eran físicos; cuando le hablaba de romances platónicos, entonces se ponía más atenta y se relajaba. Elisa se sentía una chica de mundo comparada con ella. No lo intuía de un modo en que Aimé fuera inferior, sino de una forma en que se sentía feliz de pensar que podía mostrarle a su amiga lo que había más allá del barrio. Le angustiaba la idea de volver a dejarla; más de una vez le dio vueltas a la idea de quedarse o pasaba ratos imaginando escenarios hipotéticos en los que Aimé podía irse con ella. Ya no eran las fantasías infantiles; en esas ocasiones Elisa calculaba pros y contras, hacía presupuestos de lo que costaría y pensaba en cómo podrían hacer para pagarlo.

Aimé, por su parte, le contó sobre la vida en la colonia en su ausencia y fue mucho más explícita que en sus llamadas del pasado. Sus historias no eran sobre juegos casi sexuales ni de besuqueos u otras audacias, eran sobre el abandono de su padre y las consecuencias que había tenido en su vida. Los chismes del barrio, cuando los vecinos pensaban que su papá encubría a los raptores de Rosario. Cuando mencionó el nombre, ambas pasaron saliva. Aimé continuó. Le contó que uno de los muchachos de Sinaloa había sido perseguido con especial encono, que vio a Juana Emilia curándole las heridas. Se contuvo de decirle que fue su papá, el papá de Elisa, quien había comandado a los grupos de vengadores. Le contó sobre el trabajo de Juana Emilia, del que sabía más bien poco, y de cómo se había transformado su madre con la ausencia de su marido.

De repente Aimé se había quedado sola. Sin papá, con una mamá que era como si se hubiera ido también, un hermano al que prácticamente no conocía y, desde mucho antes, sin Elisa. Sola por completo.

No lloró, pero la voz se le quebró en varios puntos del relato. Elisa sabía que su amiga era fuerte, que por más confianza que le tuviera no iba a permitirse vulnerarse. Entonces fue ella quien le tomó la mano con dulzura. Aimé contuvo el aliento para obligarse a no sucumbir a las lágrimas. El contacto de la piel de Elisa contra la de ella la serenó. Se recompuso y le habló sobre la leyenda del policía negro que rondaba por las calles del barrio, aquel policía que vivía en la memoria colectiva de la colonia como un superhéroe que luchaba contra el mal y al que ella nunca pudo ver, aunque sabía que había estado en la casa de doña Luz.

247

Más adelante le habló también del grupo de amigas que había hecho en su ausencia, y Elisa fingió interés.

—A ver si puedo conocerlas antes de irme.

—Las puedo invitar a mi casa.

—Vemos.

Aimé entendió que no pasaría.

No le molestó, sintió que era algo muy de Elisa y le dio gusto verla un poco celosa.

Era una prueba de que su amistad se resarcía.

En algún momento de la conversación mencionó a los gitanos.

Elisa entornó los ojos. Aimé recordó a Aurel y se mordió el labio para no hablar de más. Buscó señales en el semblante de Elisa. No parecía tener importancia, quizá la próxima vez podría decirle que ella y Aurel eran amigos. Quizá Elisa incluso se sentiría contenta al saber que, a pesar de tantas pérdidas y soledades, Aimé había tenido un refugio y algo de compañía en su ausencia.

No tuvo tiempo de decírselo porque dos días después Elisa los descubrió.

Habían quedado para ir a comprar ropa al *mall*. Aimé no se mostraba tan entusiasta como Elisa con ese plan porque no tenía suficiente dinero, apenas completaría ciento ochenta pesos con un billete arrugado y muchas monedas, que al tipo de cambio serían unos dieciséis dólares. Estuvo rumiando cómo explicarle a Elisa su situación con dignidad, sin que pareciera que estaba haciéndose la pobre o, peor, que estaba tratando de orillarla a que ella le comprara cosas, porque sabía bien que los padres de Elisa no escatimaban cuando se trataba de su hija. Seguramente le habrían dado unos ciento cincuenta

248

dólares, mínimo, para sus compras. Y entonces pensó en Aurel. Aimé sabía que tenía ingresos propios por las actividades a las que se dedicaban los gitanos. Aunque seguía siendo aprensiva, ya había dejado de lado su prejuicio al respecto de lo que hacían los húngaros en su barrio.

Nunca le había pedido nada a su amigo gitano y sabía que, si un día lo hacía, él no iba a negarse porque muchas veces le ofreció ayuda para sus materiales de la escuela o para sus camiones o lo que necesitara, y Aimé nunca aceptó. En esa ocasión era distinto, se trataba de una situación inusual. Su mejor amiga había regresado después de cuatro años y era momento de utilizar sus recursos para pasar unos cuantos días provechosos y tranquilos con ella. Si Aurel le prestaba dinero, podría pagar el taxi al centro para las dos y comprar unas hamburguesas del Rally's Burger, con las papas que tanto le gustaban a Elisa, esas que estaban cortadas en espiral; tal vez hasta le sobrara algo para irla pasando unos cuantos días más, porque quizá no lo parecía, pero sí le daba pena ser una invitada eterna a las comidas o salidas con Marina y Elisa.

Se decidió y fue a buscarlo al campamento.

Lo encontró bañando al Moro, uno de los perros gitanos, como los llamaban en el barrio. A Aimé le hacía gracia que les dijeran así, cuando eran perros de la zona, abandonados o callejeros, que los gitanos aceptaban y alimentaban. Había llegado a contar hasta veintitrés perros descansando a la sombra de las carpas. También tenían gatos, pero eran menos, por obvias razones. El Moro era el favorito de Aurel. Un perrazo negro de patas enormes, con fauces indómitas, un poco mastín, un poco rottweiler, mucho solovino y zapetero. El tipo de

249

perro que podría custodiar un altar de muertos, acompañar a Hades en el inframundo.

Aurel la saludó con un gesto sonriente y le dio el último baldazo de agua tibia al animal, que se estremeció y se sacudió mojando todo a su alrededor, Aimé y Aurel incluidos. Ella gritó, sorprendida y divertida. Se rieron. El Moro salió corriendo.

—Se va a enfermar.

—Todavía queda mucho sol, ahorita se seca.

—Pero hace frío.

Aurel se terminó de limpiar la cara y los brazos con una toalla sucia y se la ofreció a Aimé.

Se volvieron a reír cuando ella negó, haciendo cara de asco.

—¿Me acompañas a la casa? —le dijo Aimé.

En cuanto Aurel la escuchó, supo que necesitaba algún tipo de favor porque no había ido a buscarlo nada más para hacerse acompañar a su casa.

No dijo nada.

Caminó junto a ella.

Rumbo a la salida del campamento, Aimé saludó a varias mujeres que estaban lavando ropa y le hizo un cariño a un niño que se le abrazó de las piernas y le ensució de tierra el pantalón. Aurel le desprendió las manitas con cuidado y le dio un dulce, que Aimé no supo de dónde había sacado, para que los dejara seguir caminando.

En cuanto pusieron un pie en la calle, Aimé miró el baldío y tomó aire.

—Necesito dinero.

Los ojos de Aurel se iluminaron. Le gustaba que Aimé recurriera a él, no importaba para qué fuera. En el barrio ya se había corrido la voz del regreso de Elisa y, aunque en el campamento no le interesaba a nadie, él sabía lo importante que era para Aimé y había prestado atención a los vecinos que hablaban de la recién llegada. Era tanta la novedad que hasta habían querido hacer una quiniela por su siguiente competencia, pero ninguno sabía cómo darle seguimiento; en esa época los medios de comunicación nacionales no anunciaban eventos de los estados del país, de modo que no podrían saber qué pasaba con sus números hasta que hablaran con la mamá de la niña, lo que volvía el plan muy engorroso. Así que no habían llegado a nada.

Aurel sabía que esa petición tenía que ver con Elisa.

—¿Cuánto?

—Lo que me puedas prestar.

—Puedo prestarte mucho.

—No, no tanto porque luego no te voy a poder pagar.

Aurel negó con la cabeza. Aimé entendía que estaba diciéndole que no se preocupara, que no necesitaba pagarle nada.

—¿Cien dólares? —preguntó Aimé.

Se le enrojeció la cara, era mucho dinero para alguien como ella. No sabía cuándo ni cómo podría devolverlo, pero estaba dispuesta a hacerse con la deuda por Elisa.

Cuando llegaron a la esquina de la casa de Aimé, Aurel se detuvo y sacó su cartera.

Aimé volteó hacia los lados, temerosa de que los vecinos los vieran y se corriera algún chisme desagradable.

Aurel lo notó.

Guardó la cartera y la tomó del brazo. La llevó hasta la puerta de su casa y ahí, recargados en la reja, muy cerca el uno del otro de modo que nadie pudiera ver su transacción, le puso unos billetes en la mano.

Aimé los apretó.

Lo vio a los ojos con gratitud.

Aurel desvió la mirada porque nunca sabía qué hacer con Aimé. La quería de una manera que no podía explicar, le provocaba mucha compasión y era capaz de hacer que afloraran en él sensaciones desconocidas. Tal vez le agradaba y le caía bien porque le recordaba a sí mismo, tan sola y perdida. Tan necesitada de afecto y tan avergonzada por ello. Le gustaba especialmente que, a pesar de que por momentos no sabía si la quería como amiga y hermana o como algo más, en el fondo su vínculo nunca había sido confuso porque ante todo eran amigos. Aimé había reemplazado aquella amistad infantil que tuvo con Rosario. Ambas habían sido y siempre serían relevantes para él porque, como gitano, le resultaba casi imposible construir relaciones con los locales.

Con Aimé lo unía que los dos se quedaron solos al desaparecer Rosario y marcharse Elisa.

Se despidieron. Ella lo vio alejarse, contenida, con ganas de brincar. Abrió la reja para entrar a su casa y vio a Elisa en la ventana. Quién sabía cuánto tiempo tendría ahí, seguramente había mirado toda su interacción con Aurel. Aimé se quedó sin aliento. Elisa la veía con los ojos encendidos, como si concentrándose mucho pudiera traspasar el vidrio de la ventana con esos dos rayos que emanaban de sus iris y que amenazaban con destruir a Aimé, con borrarla de la faz de la tierra. Por un segundo fue como si no hubieran pasado cuatro años, como si estuvieran condenadas a quedarse de pie en la duna del baldío frente al campamento gitano por toda la eternidad.

Aimé entró a su casa y saludó a Elisa fingiendo que estaba relajada. Ella no contestó.

Se dirigió a su cuarto y sintió cómo su amiga la seguía y cerraba la puerta tras de sí.

Aimé empezó a hablar, nerviosa, sabía que debía dar una explicación y al mismo tiempo sentía que nada era tan grave. Con Elisa nunca se sabía. Le dijo muchas más cosas que las que le había contado los días previos, cuando volvieron a conectar. Le explicó que, mientras ella había estado viviendo su gran vida en Monterrey, ella se había quedado ahí en el barrio sola, lidiando con las consecuencias de la desaparición de Rosario, que Elisa no podía imaginar cómo había sido eso. Le dijo que, mientras ella corría y daba saltos y ganaba medallas, ella seguía en las mismas calles polvorientas, recorriéndolas como un fantasma que, en lugar de cadenas, arrastraba a otros cuatro fantasmas: el de Rosario, el de la propia Elisa, el de su padre y hasta el de Juana Emilia.

Le dijo que, en esas condiciones de haber perdido a tantas personas, de haber sido dejada atrás, fue que conoció a Aurel, es decir, que lo conoció de verdad. Aurel había crecido en el campamento, había soportado violencias y humillaciones de los vecinos, como el resto de los gitanos, y en Rosario encontró a su única amiga mexicana. Cuando se la llevaron y culparon a los gitanos de su desaparición, las cosas se pusieron muy mal en el barrio. Después acusaron al padre de Aimé de proteger a secuestradores o andar en malos pasos en general, y él no lo aguantó. Su papá no había sido capaz de hacerle frente al

253

barrio y al irse él también, Aimé y Aurel quedaron un poco en igualdad de condiciones. Eso los unió. Eran amigos, no había mucho que explicar y, a la vez, había tanto que decir.

Él la acompañaba cuando nadie quería hablarle y la gente le sacaba la vuelta o la miraba de lejos, juzgándola, primero con lástima y después con desprecio. Porque Aurel sabía muy bien lo que era ser señalado y apartado. Sabía muy bien lo que era ser considerado alguien de segunda. Le contó que entre los gitanos había encontrado un lugar donde la aceptaban y la querían; que eran un grupo que había sufrido muchas cosas inimaginables y lo habían resistido todo. Le contó las cosas que había estado aprendiendo sobre adivinación y los astros y el futuro. Le contó que se decía que los gitanos, fueran o no católicos, sabían que también descendían de Adán, pero no de Eva, sino de una mujer que existió antes que ella, una mujer que se convirtió en su primera madre; por eso, en la lógica gitana, ellos se encontraban exentos del pecado original y no estaban obligados a trabajar ni a ganarse el pan con el sudor de su frente.

Era una fábula, pero le daba sentido a lo que pasaba en los campamentos y a las cosas a las que se dedicaban. Dijo que era emocionante, que, si Elisa quería, podía preguntarle a Aurel si ella también podía entrar al campamento.

Elisa tragó saliva, sintiendo el *déjà vu*.

Aimé habló de talismanes y sortilegios, de cantos y ritos, y de haberse sentido arropada y querida.

Al principio se veían en el baldío, protegidos por las dunas para que nadie supiera que conversaban; después, conforme pasó el tiempo y se dieron cuenta de que a nadie le importaba lo que hicieran, rondaban por la colonia sin preocuparse. Una niña larguirucha, a veces de cara lozana y otras de rostro hinchado, como sucedía en la pubertad, una niña solitaria y triste en un entorno tan afligido como ella, y un muchachito desgarbado e hiperactivo, audaz y nervioso, suspicaz, más espabilado que cualquiera, que caminaban juntos las calles polvorientas de esa colonia desértica, ignorando a todos, con la música de los carros y de las casas como telón de fondo, cuando en el barrio todavía no había aprendido a callarse, porque ni la tragedia de Rosario lo silenció, había sido mucho después cuando esa costumbre del ruido y la algarabía empezó apagarse.

Caminaban hablando de sus días, que era lo único que conocían, o por lo menos Aimé, que vivía sin experiencias. La cotidianidad de Aurel, en cambio, estaba llena de andanzas y correrías, como decían los gitanos, de peripecias y ocurrencias. También de historias, y eso era lo que más disfrutaba Aimé. Como el cuento de que, en el origen de los tiempos, los gitanos eran pájaros, pero un día, desde el cielo, vieron un palacio dorado brillando al sol y bajaron para verlo de cerca. El palacio estaba habitado por pavos reales, pavos comunes, gallinas y patos que, maravillados por la belleza de los gitanos-pájaros, los agasajaron con joyas, dulces y golosinas, suplicándoles que se quedaran con ellos, que por favor no se marcharan. Los pájaros se vieron cubiertos de cadenas de oro de pies a cabeza.

Solamente un pájaro fue capaz de resistir a la tentación de tantas riquezas e intentó convencer a los demás de que emprendieran el vuelo. Ninguno quiso escuchar y, con el corazón pesaroso, el pájaro solitario se elevó en el aire y, atormentado por el dolor que le causaban los suyos, se lanzó a las piedras desde lo alto de los cielos. Entonces, los gitanos-pájaros despertaron de su ensoñación y su ceguera, y trataron de batir las alas, pero el oro los volvía pesados y no lograron despegar del suelo. Los pavos reales y el resto cantaron victoria: mantendrían para siempre a aquellos bellos pájaros encerrados en jaulas de oro.

En ese momento, una pequeña pluma roja se deslizó hacia el interior del palacio y aterrizó a los pies de los pájaros. El encantamiento se rompió, el oro se cayó de sus cuerpos y quedaron libres, pero sus alas ya no les obedecían y no lograron levantar el vuelo. La pequeña pluma roja, llevada por el aire con suavidad, salió del palacio e inició un camino errante por los desacertados senderos de la tierra. Los gitanos la siguieron y, con el paso del tiempo, fueron perdiendo sus plumas una por una y se transformaron por completo en humanos con cuerpo de hombre y alma de pájaro, aunque poco a poco olvidaron para siempre cómo volar.

—¿No es lo más bonito? —preguntó Aimé al final del relato.

Elisa no estaba segura de entender, ni siquiera estaba segura de qué era exactamente lo que sentía. Había una sensación de deslealtad, de engaño, pero también ella había sucumbido a la seducción gitana varios años antes.

Quizá solo era envidia. Pura y llana.

Le dijo que se vieran más tarde, no canceló el plan del *mall*. No le preguntó qué cosa le había dado el gitano ni por qué mantuvo apretado el puño durante todo el rato que estuvo hablando con ella de esas historias.

Se obligó a abrazarla antes de irse, siendo buena, agradeciendo sus bendiciones, tranquilizando a su única amiga, a la que sabía que no quería volver a perder.

Cuando Aimé estuvo sola se sintió liberada, con una carga menos sobre sus hombros. Se relajó y entonces vio los billetes en su mano. Eran cuatrocientos dólares, la cantidad más grande de dinero que había visto junta en toda su vida.

Los puso dentro de un calcetín que guardó en lo más recóndito de un cajón.

Pasó la tarde pensando qué compraría.

Al anochecer, Elisa regresó a buscarla, como si nada, sin mencionar el asunto del gitano. Por un breve segundo, Aimé creyó percibir un malestar mínimo que no llegó a incomodar a ninguna. Lo dejó estar. Elisa le dijo que lo del *mall* podían hacerlo después o que podían cambiarlo por una visita a la plaza local, tenía algo más importante que decirle.

El sábado siguiente, el último fin de semana antes de Navidad, irían a una *rave*. Aimé no sabía qué era eso y Elisa le explicó, con paciencia, que eran fiestas de música electrónica que se hacían en lugares clandestinos.

Aimé le dio vueltas a la palabra en su cabeza.

Clandestino.

Secreto, oculto, encubierto.

Se rieron juntas, tan cómplices como siempre.

Ambas vibraron de emoción, era algo nuevo y exuberante para hacer juntas antes de que Elisa volviera a irse. Hablaron hasta muy tarde, Elisa puso música de algunos

DJ y le enseñó pasos de baile que estuvieron practicando, alegres y desorientadas, con la emoción de lo inédito de una fiesta como esa colándose entre ellas.

También le contó de la ropa que se usaba y le prometió que conseguirían lo necesario para asistir con la vestimenta adecuada.

En los preparativos del fin de semana, los días pasaron sin notarse. El sábado, Elisa le avisó a Marina que dormiría en casa de Aimé y se fue desde muy temprano para prepararse. Poco después de las siete de la noche, el papá de Elisa las dejó en uno de los bulevares más céntricos de la ciudad para que tomaran un camión rumbo a la fiesta. Habían dicho que era un cumpleaños y que el papá de alguien más les daría *raite* de regreso. Su plan era volver al barrio en un taxi libre, de esos que se pedían por teléfono, así que iban preparadas con monedas para el teléfono público.

En el trayecto en camión, Aimé vio la ciudad a través de la ventanilla. Pasaron por colonias que sabía que existían pero que nunca había visto. Cuántas cosas le hacía falta saber y conocer. Estar con Elisa se lo recordaba. No de un modo amargo, sino con ambición y determinación por aprender primero de su ciudad y después del mundo.

Llegaron a la parada casi a las nueve de la noche. Tuvieron que caminar varias calles y estuvieron a punto de perderse por la falta de señalización hasta que descubrieron a cuatro *ravers*, que era obvio que iban al mismo lugar, y los siguieron discretamente. Parecían un grupo o una banda, vestidos con combinados deportivos de diferentes colores, como los Power Rangers. Uno era rojo, otro verde, otro azul y uno morado, los tenis y los *beanies* también. Elisa dijo que debían tenerlos a la vista porque en algún momento de la fiesta iban a bailar una coreografía.

Aimé se abrazó a su amiga cuando dieron con el sitio. Costaba distinguir los ritmos de la música a causa del estruendo que hacían los adolescentes reunidos en esa bodega abandonada. Las chicas bailaban sin cadencia, agitando el cuerpo sin seguir ninguna melodía, solo los golpes de los bajos en las bocinas que parecían a punto de reventar. La mayoría de los muchachos se recargaba en las paredes, moviendo la cabeza hacia cualquier parte, como si estuvieran sintiendo en cada célula lo que les arrojaba el DJ por el altavoz. Unos pocos, de aspecto salvaje, se mecían entre las jovencitas, al acecho, buscando algo cuya ausencia parecía a punto de obligarlos a lanzar aullidos a la noche.

Elisa miró a Aimé. Ambas habían cambiado, la última vez que estuvieron juntas eran unas niñas. Niñas en transición, a punto de atravesar el periodo en que sus cuerpos se modificarían, con sus misterios, con una serie de desplazamientos secretos y silenciosos que las habían llevado hasta allí. Aimé tenía formas frondosas, con curvas pronunciadas, su cabello era lacio y larguísimo, y no tenía un estilo definido, a veces parecía una campesina y en ocasiones a Elisa le sorprendía el perfil grácil, con una nariz recta y pequeña que volvía sus rasgos suaves y delicados. Sus ojos eran diáfanos, de mirada nerviosa, porque Aimé siempre se preocupaba.

Elisa era delgada, fibrosa, de cuerpo firme y musculoso, todavía un poco aniñado porque la adolescencia no había podido contra los años de prácticas deportivas.

Aunque ya ninguna mencionaba la obsesión infantil por las Spice Girls, porque aparentemente a Elisa le avergonzaba, había terminado por convertirse en una doble de Mel C, la Sporty Spice, con los brazos torneados y la silueta estrecha, y las caderas, el torso y la cintura casi de la misma proporción. A diferencia de Aimé, ella era cosmopolita, conocía otras ciudades; era claro que el barrio le quedaba chico. Tenía un entrenador de República Dominicana, que era una isla del Caribe, junto a Haití, entre Cuba y Puerto Rico, que era lo más exótico que Aimé podía imaginar después de los gitanos.

Elisa tomó la mano de su amiga para invitarla a avanzar. Aimé sonrió. Hacía frío, pero sudaban debajo de las chamarras que se habían puesto encima de los atuendos que Elisa preparó para ambas durante varios días y después perfeccionó la tarde entera. Aimé, cohibida, dio un pasito y se detuvo. Elisa se vio obligada a jalarle el brazo.

—No seas miedosa —le dijo.

Aimé se sentía mareada, nunca había estado en una *rave* y, a pesar de que tenía un gusto musical ecléctico, nadie a quien ella conociera escuchaba música electrónica. Faltaban unos días para Navidad y, según Elisa, esa era la última fiesta clandestina del año. Ella había estado participando en la escena electrónica de Monterrey a escondidas de su tía, y existía una red nacional que enviaba información sobre los lugares de las *raves* a través del chat de Messenger, en grupos que se organizaban por estado y municipio. Así era como Elisa había obtenido la dirección.

El lugar era la antigua bodega de un mercado que ya no existía. Ambas habían escuchado a sus padres hablar de ir a comprar víveres al supermercado El Ahorro, que durante muchos años fue el único lugar de abarrotes administrado por chinos que no vendía productos asiáticos en la ciudad, sino artículos comunes para las familias mexicalenses. Había cerrado antes de que ellas nacieran. En una de las paredes, podía distinguirse la figura borrosa y llena de pátina de una alcancía de cerdito, recibiendo una moneda de un peso. Un logo que representaba el mundo antediluviano para los adolescentes reunidos ahí, que entraron ilegalmente a ese sitio para tener una noche de música y descontrol, como acto de rebeldía juvenil.

Las amigas se sumergieron en la masa de cuerpos. Al principio fue difícil integrarse, encontrar un resquicio donde cupieran sin estorbar, donde no se dieran contra alguien al intentar moverse. Luego, de a poco, sus extremidades fueron cobrando vida propia, sus cuerpos se alinearon con otros cuerpos, encontrando un ritmo recién inventado que surgía de aquella música que les golpeaba las cajas torácicas, como si sus corazones quisieran salirse de sus pechos para formar parte de una red de corazones que palpitaban al unísono en ese lugar. Bailaron un par de horas hasta que la sed las sacó de las entrañas de la fiesta para buscar algo de beber.

Recogieron las chamarras, que habían dejado en cualquier parte. Aimé estaba resoplando, con el cabello mojado como si acabara de bañarse. Elisa tenía mucha más condición física y aun así también se veía agitada. Sus rostros encendidos.

Se acercaron a la barra, que era una mesita improvisada con dos hieleras.

Elisa pidió dos especiales.

Aimé iba a preguntar qué era, pero no tenía caso intentar hablar con esa música tan alta. Esperaba vasos desechables con algún brebaje de color neón cuando Elisa le entregó una botella de agua natural.

Se dirigieron a la salida para alejarse de la aglomeración.

Brindaron con las botellas y, antes de tomar el agua, Elisa dijo:

—Dale un traguito y luego vas tomando un poco más.

Bebieron precavidas. El sabor del agua era un poco metálico, con un regusto químico, de aspirina.

Se quedaron recargadas en la puerta de la entrada, mirando a las personas.

En la penumbra, Aimé distinguió una figura que le resultaba familiar.

Entornó los ojos para ver mejor.

Elisa se le adelantó.

—¡Aurel! ¡Acá!

Gritó agitando el brazo con la botella de agua cerrada sobre su cabeza.

Aurel llegó hasta ellas. Elisa se le colgó del cuello en un abrazo de bienvenida que él no rechazó, al contrario, se lo devolvió con entusiasmo; luego le dio otro abrazo igual de fervoroso a Aimé.

Aimé los miró a ambos, sorprendida.

—Gracias por invitarme —le dijo Aurel a Elisa, levantando la voz para hacerse oír.

—¿Vienes solo? —preguntó Elisa.

—Me trajo un tío, nos va a esperar por allá —respondió señalando hacia el camino por el que había llegado.

Aimé entendió cómo regresarían a casa y le pareció mucho mejor idea que el plan original.

Elisa, sabiendo que se preguntaba cómo había pasado eso, le dijo al oído:

—No eres la única que puede tener sus escapadas al campamento.

Aimé sintió un calor en la nuca. No le molestó. Fue una sensación agradable.

Elisa le ofreció a Aurel su botella. Él la tomó y le dio un trago que escupió de inmediato. Vació el agua al piso y le salpicó los pies a Elisa, que se rio con todos sus pulmones.

Vio a Aimé y le arrebató la botella de la mano. La olió y la arrojó tan lejos como pudo.

Las chicas protestaron.

Aurel se acercó a Aimé y le dijo:

—¿Esto te lo dio tu amiga?

Pero ella ya no lo escuchó ni le contestó. Era un esfuerzo demasiado intenso tratar de entender lo que decía. Las dos lo tomaron, cada una de un brazo, y lo arrastraron a la muchedumbre.

Aurel trató de relajarse, de seguir el juego de las chicas. Lo lograba a ratos, luego se ponía tenso otra vez. Bailaron otro par de horas, hasta que, con una energía frenética, desenfrenada, casi aterradora, lo llevaron de nuevo afuera para descansar.

Elisa había dejado de pensar en Aimé desde hacía un rato, ya solo tenía ojos para Aurel. Le vio una marca en el cuello, una especie de cicatriz que parecía dibujada especialmente para que su dedo índice la recorriera. El cabello le caía en la frente y a los lados del rostro de un modo que le recordaba a su propio corte de cabello. Fantaseó un segundo con que eran hermanos gemelos separados al nacer.

Aimé sintió la necesidad de sentarse. No estaba cansada. Era más bien un aturdimiento, un vértigo. Elisa quiso volver al centro de la pista y le rogó a Aurel que la acompañara de regreso. Aimé los incitó a ir. Ella los esperaría. Necesitaba recuperar el aliento. Estaba sentada en un pedazo de concreto, en una zona de tránsito hacia la parte trasera de la bodega por donde las parejitas se escabullían para estar más o menos solas. Aimé se sintió plena, feliz, le gustaba tanto ver a sus dos amigos juntos. Sintió que en adelante podrían ser tres. Los tres mosqueteros. Los tres amigos. Los tres alegres compadres. Los tríos que le llegaron a la cabeza con el cerebro acelerado eran solo tríos aburridos. Ellos no. Ellos eran un trío de ganadores. Aimé pensó que esa noche debía ser eterna.

Y de alguna forma lo sería.

Elisa no permitió que Aurel volviera la vista. Ella misma no volteó a ver una última vez a su amiga sentada en el suelo helado. De haberlo hecho, habrían visto a Aimé apretándose contra sí misma, tratando de calmar los escalofríos que le recorrían los brazos, sonriente, disfrutando las nuevas sensaciones en el cuerpo, como si estuviera tiritando. También habrían visto al tipo. Un joven en sus primeros veinte. Rapado a lo *skinhead*, chamarra de piel cerrada hasta la barbilla, cadena colgando del bolsillo trasero del pantalón a la presilla de enfrente, botas pendencieras, aires de bandolero.

Aimé lo vio sin verlo realmente. No estaba poniendo atención. Estaba sintiendo y pensando; estaba intentando que su memoria grabara recuerdos que se le volvían inasibles, que se le confundían con imaginaciones. La música le llegaba de muy lejos. Un grupo de jovencitas como ella gritaron a varios metros de distancia. Se reían. Una dio un salto y Aimé estuvo segura de que había llegado a la estratosfera. Dobló el cuello hacia arriba y una estrella titiló. «La chica», pensó Aimé. Las muchachitas volvieron a reírse. Fue reconfortante escuchar los sonidos que emitían. Trató de reírse también y de su garganta emergieron ruidos distorsionados, lo que le provocó aún más risa. Una sombra se alargó sobre ella. Aimé levantó un brazo, como si quisiera atrapar el aire que rodeaba la mancha oscura, como si buscara asir sus contornos. Escuchó una voz. No pudo distinguir de dónde provenía. De cualquier modo, sonrió.

En la bodega, Elisa no se adentró en la pista de baile. Llevó a Aurel con ella, rodeando la masa amorfa de danzantes. Se instalaron en un rincón detrás de las bocinas, donde el sonido llegaba apagado y se podía hablar sin gritarse directamente en los tímpanos. Elisa le agradeció haber llegado a la *rave*, le dijo que tenía miedo de que no aceptara la invitación y se acercó, sugestiva, haciendo como que buscaba su oído para que la escuchara mejor. Aurel respondió, nervioso, dando un paso hacia atrás y agradeciéndole de nuevo por invitarlo. Elisa hablaba y Aurel la escuchaba, manteniendo una distancia prudente entre sus cuerpos a pesar de que ella se doblaba sobre él, acercando el torso al suyo. Elisa le dijo que en Monterrey había aprendido sobre Hungría.

—¿Sabías que en Hungría no toman cerveza? Es porque los austriacos tomaron cerveza cuando mataron a unos generales, y todo el país juró no volver a tomar cerveza durante ciento cincuenta años.

Aurel no contestó.

Elisa siguió hablando.

—Houdini es un héroe nacional. No era mago, era ilusionista. Te puedo conseguir un póster de él en Calexico.

Aurel la miró como si estuviera loca.

—Yo no soy de Hungría.

—¿Cómo? —Elisa se acercó a su rostro.

Aurel no se movió.

—No te escuché.

Antes de que él pudiera reaccionar, Elisa buscó su boca con los labios. Trató de mostrarse apasionada, darle un beso que él pudiera recordar. Aurel se apartó, amable pero firme.

—Vamos a buscar a Aimé —dijo y empezó a caminar.

Elisa lo jaló del brazo. Él se zafó y siguió avanzando.

Fue detrás de Aurel apresurándose para alcanzarlo, conteniendo el llanto de la humillación que amenazaba con brotar de sus ojos, boca, nariz, orejas, como un desbordamiento de lágrimas capaz de inundar la *rave*, la ciudad, el planeta entero. La invadió la sensación de que eso no le había pasado, como si estuviera en un universo irreal, prisionera de una pesadilla, indefensa y sola, como si dependiera de todos menos de ella misma, como si estuviera a la merced de lo que otras voluntades decidieran hacer con ella, y tuvo el impulso irrefrenable de gritar. Vio la espalda de Aurel y quiso golpearlo, atacarlo y dejarlo malherido. Tal como ella se sentía.

Como Aurel presintió apenas pisar el patio de la bodega, Aimé no estaba donde la habían dejado. Había siluetas silenciosas que se dispersaban. El cielo nocturno era cerrado, más oscuro, como si se hubiera ennegrecido en el tiempo que pasaron dentro de la fiesta. Aurel intentó ubicar la luna como un reflejo, como para darse un sentido de orientación o como una certeza: si la luna estaba donde siempre, tal vez podría volver a mirar hacia donde se había quedado Aimé y entonces la vería. No había luna. Elisa le dijo algo, era una grosería, estaba seguro, pero no tuvo interés en descifrar la palabra. Corrió hacia el fondo del terreno, ahí donde las parejas buscaban la soledad para sus escarceos.

Elisa lo alcanzó. Se puso frente a él y lo empujó por los hombros. Aurel sintió la fuerza de sus brazos. Los brazos de una joven que se ejercitaba. La ignoró y siguió buscando a su alrededor con la mirada.

—¿Por qué eres tan idiota? —gimió Elisa.

Entonces un lamento le respondió a lo lejos.

No se permitieron sobresaltarse.

Elisa lo miró. Aurel se llevó el índice a los labios, los mismos labios que la habían rechazado y ahora le indicaban que callara, que pusiera atención. Elisa obedeció. Se esforzaron por descubrir de dónde había salido la queja. Varias voces indistintas se acercaron y se alejaron de paso hacia la calle. Había vidrios rotos, desperdicios, excrementos, restos de fiestas antiguas, algo que parecía un animal muerto hacía muchísimo tiempo. No era fácil escuchar con tantos sonidos mezclados, con la cadencia estridente que traspasaba las paredes de la bodega y llegaba ronca y áspera hasta ellos.

Elisa estaba ofuscada, con el cerebro entumecido, y

aun así tuvo la lucidez para recordar. La memoria reventando sus neuronas como si hubiera caído en un embrujo. Electrificando sus conexiones nerviosas para obligarla a volver plástica y maleable la evocación. Se recordó afuera del campamento gitano la noche de la desaparición de Rosario, se vio a sí misma retándola a cruzar la calle. Vio la figurita frágil avanzar y alejarse en la espesura del anochecer hasta volverse nada. ¿Luego qué? Luego las especulaciones. Las hipótesis, teorías, suposiciones. La reconstrucción que no era más que invenciones de la gente que no le alcanzaban a nadie para comprender lo que había pasado. Y el remordimiento. Las noches en vela pensando en esa niña tan igual a ellas y con un destino tan opuesto. Los días obsesionada con la mentira y la omisión, los días que repasaba las cosas que ni ella ni Aimé contaron. Y el terror.

El terror de saberse culpable.

Un terror al que se sumaba uno nuevo. El terror absoluto de haber perdido también a Aimé.

En un extremo del terreno, hacia el fondo del patio, Aurel distinguió un montículo de ramas y cartón, tal vez otros materiales. Se acercaron con cautela. Aurel le pidió a Elisa que se quedara atrás.

Algo se removió.

—¿Aimé?

La voz de Elisa era un susurro casi inaudible, pero le laceró la garganta como si estuviera vomitando navajas.

Le respondió un sollozo.

Corrieron hacia Aimé. La encontraron maltrecha, con el rostro descompuesto, sucia de mugre y sangre. Elisa se arrodilló para verla. Le limpió las lágrimas con cuidado. Los segundos se ensancharon, se ralentizaron poco a poco hasta detenerse por completo. Lo que llegó en ese instante fue la desesperanza, fue un desconsuelo insostenible, la evidencia y la convicción absolutas de que sus vidas jamás podrían recuperarse. Elisa y Aimé se desvanecieron lentamente, se desdibujaron la una para la otra, se separaron por medio de un abismo que se abrió ahí mismo y se las tragó, desintegrándolas por completo al devorarlas. A ellas, a sus cuerpos y también a sus ilusiones y sus esperanzas de un futuro mejor.

Aurel movió a Elisa con delicadeza para poder levantar a Aimé.

Elisa sintió que al contacto se rompía en cientos de miles de pedacitos, dejaba de ser persona y se convertía en un enjambre de culpa o de algo posterior, una especie de resaca de la culpa que se instalaba en su garganta, en su vientre, en su cabeza y que nunca más la abandonaría. Una culpa que se convertía en el adhesivo que impedía que sus partes resquebrajadas se disgregaran dispersándose en el aire.

Aurel y su tío dejaron a Aimé en el campamento al cuidado de las gitanas y volvieron a la bodega a ver si podían dar con el atacante, basándose en la descripción que les dio Aimé antes de quedarse dormida de cansancio y de terror.

Elisa caminó por el baldío sin ganas de llegar a su casa. Pensó en las tonterías que había aprendido sobre los húngaros para impresionar a Aurel. Pensó en las maldiciones gitanas que había leído en otros idiomas y pensó que tal vez de tanto repetirlas se había contaminado. Se supo poseedora de una maldición que la convertía en la mano ejecutora de todas las tragedias a su alrededor. ¿Por qué? Porque estaba aburrida, por eso arrastraba a los demás a ese caos que eran todas sus malas decisiones, por eso perseguía los melodramas, las ruinas emocionales. Solo porque no soportaba ser normal. Volvería a Monterrey para siempre. Autoexiliada. Se concentraría en olvidar, en borrar de su memoria Mexicali, a Aimé, ese recuerdo constante de su fracaso como ser humano. Dejaría todo eso atrás, convenciéndose a sí misma de que nada de eso había ocurrido nunca. No volvió a salir de su casa, ni siquiera en Navidad. Se marchó de la ciudad sin despedirse de nadie. A efectos de su supervivencia, Elisa se repitió que ese breve viaje al barrio jamás había sucedido. Y se lo creyó.

8

Aimé miró la pantalla unos minutos. La mujer que estaba en la calle era una absoluta desconocida y, al mismo tiempo, le era familiar de un modo insoportable. Se movía con ingravidez entre los carros y los policías, amable, solícita y sonriente; era evidente que les estaba sacando información. Después iba y volvía de punta a punta a lo largo de la acera para regresar a la entrada principal y poner su rostro completo frente a la cámara de seguridad. Acercaba y alejaba la cabeza, como jugando. Y Aimé la veía agrandarse y empequeñecerse. Por un segundo creyó que tal vez la mujer estaba borracha. Aimé pensó en su marido y en Yami. En la quinceañera malograda. Se imaginó que Misael estaría llegando a la procuraduría, se detendría para la foto y la toma de huellas, lo revisaría un médico. El protocolo normal.

Volvió a la pantalla. Eran de la misma edad, pero Elisa se veía aniñada, sería la delgadez de la vida dedicada al ejercicio, la cara sin maquillaje, el desaliño general. Aimé, en cambio, procuraba parecer más adulta; si se veía unos años mayor, no tenía problema. En su mundo la vanidad pasaba por otras pruebas y los hombres que estaban alrededor de su marido solo la tomarían en serio mientras pareciera una gran señora. Dejó la tableta y se levantó del comedor sin reparar en el Farkas, que la observaba en silencio. Se vio en el espejo de cuerpo completo del salón, todavía con el vestido de la comida con monseñor, y pensó que le hubiera gustado llevar puesto lo que tenía preparado para la fiesta. Como fuera, estaba espectacular, con las ojeras marcadas y el maquillaje difuminado por las horas de una jornada tan extenuante.

Se acercó al interfón y dijo con la voz firme y nítida:

—Déjenla pasar.

En uno de los recuerdos más diáfanos que Aimé poseía, se veía sobre los hombros de su padre, estaban en una reunión al aire libre en el momento exacto del crepúsculo. El lugar debía de ser Sinaloa, donde había vivido sus primeros años, porque era de un verdor total. Verde esmeralda, verde limón, verde cocodrilo, verdes que se entremezclaban, un verde profundo que, al verse bañado del naranja del cielo, hacía que el monte pareciera una superficie extraterrestre de diversos tonos de amarillo. Hubo pirotecnia, luces y estallidos; después, balazos. Aquel amarillo se había quedado grabado muy hondo en Aimé, de manera que cuando llegaron al desierto de inmediato se sintió en casa. No como su madre, que renegaba del calor y de verse privada del verde.

El desierto no la doblegó. Se adaptó a él como si nunca hubiera estado en la selva montañosa ni en el bosque espinoso o en los manglares. Para Aimé, el ocre, el mostaza y el color leonado del fuego con sus matices estaban irremediablemente asociados a la fuerza, a la resistencia, a esa violencia que latía en todo, en las cosas y en las personas, una violencia siempre a punto de eclosionar. Aimé asistió a la violencia muchas veces en su vida. La ejerció y la padeció. Era lo normal en un barrio como ese en el que había crecido. La pobreza era violenta y los hombres eran violentos, y Aimé había sobrevivido a ambos. La vida era intolerable la mayor parte del tiempo y de cualquier modo había que soportarla, que cargar con ella, que llevarla a todas partes.

Aimé aprendió a fugarse estando presente, a entrar en trance y realizar sus tareas diarias como si fuera sonámbula, sin sentir ni pensar demasiado. Para compensar, se volvió bravucona y majadera, hizo y dijo cosas que no la enorgullecían, pero jamás cedió a la degradación y al embrutecimiento que se empecinaba con ella, porque la corrupción insistía siempre, no se cansaba de buscar intersticios para envilecer. Ni cuando conoció a Misael y comprendió a lo que se dedicaba. Aimé sabía cómo mantenerse impasible, cómo continuar más o menos íntegra viviendo del modo en que vivía sin convertirse en una hipócrita. O eso le gustaba creer. Era el pensamiento que la dejaba dormir por las noches. Por lo demás, tampoco se hacía demasiadas preguntas, era muy claro que hacía lo que podía con lo que tenía enfrente.

Como las demás mujeres que conocía. Como las mujeres del barrio. Como su madre.

Cuando Juana Emilia supo que Aimé estaba embarazada no reaccionó. En esa época ya no reaccionaba con nada, aunque Aimé abrigó la esperanza de que tuviera algo para decir, de que, de algún lugar adentro de ese cuerpo que después de tanto ya solo respiraba y comía, emergiera su madre y se comportara como tal. No sucedió. Su hermano era más chico y tampoco tenía opiniones. Aimé tuvo que atravesar el desorden, el miedo y la desorientación ella sola. Después del miedo inicial, con la certeza que llegó después de las vacilaciones preliminares, la invadió un alivio, como si hubiera hecho un largo recorrido y por fin pudiera descansar. Había dolor, por supuesto, pero los temores se habían materializado y, por lo tanto, ya no debían asustarla. Por fin podía enfrentarse a ellos.

Y Aimé recurrió a las mujeres gitanas.

—¿Te la vas a quedar? —La gitana le puso las manos en el vientre.

—Podemos sacártela —dijo otra, que se recogía el cabello con dos peinetas delante de un pedazo de espejo.

Aimé no contestó.

—Si dudas, ya tomaste la decisión —dijo otra más, que zurcía los flecos de una mantilla.

—¿Cómo saben que es una niña? —preguntó Aimé.

La gitana mantuvo una mano en su ombligo y con la otra le acarició el cabello con mucho cuidado.

—Tú solo podrías traer al mundo a una mujer.

—Si fuera *férfi*, varón, tu cuerpo ya lo hubiera... —dijo la de las peinetas, haciendo una mueca como de algo que explotaba.

Todas se rieron.

En el barrio se corrió el chisme de que el culpable del estado de Aimé era un gitano y todos sabían quién.

En el campamento no se hizo eco porque, si Aurel hubiera sido el responsable, los habrían casado a la fuerza

274

en una ceremonia de pan y sal, y en la alboreá se hubiera escuchado el místico cante del matrimonio, aunque Aimé ya no fuera virgen; solo lo harían por la tradición; era ese cante que decía: «En un verde prado tendí mi pañuelo, salieron tres rosas como tres luceros». Las mujeres la acompañarían una noche antes para prepararla, porque las bodas gitanas eran por la mañana, y también se ahorrarían a la ajuntaora porque, total, el bebé ya venía.

A veces Aimé lloraba deseando que esos chismes fueran verdad. Aurel no decía nada, se sentaba junto a ella y esperaba hasta que Aimé se cansaba y enjugaba sus sollozos.

No era un llanto histérico ni desesperado, eran unas lágrimas de desahogo que la dejaban liberada y a la expectativa. Ese llanto era su manera de detenerse a tomar aliento y esperar lo que estaba por venir. El tercer trimestre fue el más pesado y en su memoria aparecía difuso. Como esas veces en que se despertaba de golpe y era incapaz de retener las imágenes de sus sueños intranquilos. Se acordaba de la revelación, de haber recibido la noticia en aquel consultorio de barrio en una colonia vecina. Se acordaba de habérselo dicho a Juana Emilia y de haber ido al Seguro Social dos o tres veces. Se acordaba de extrañar a las enfermeras visitantes que hacía varios años habían dejado de andar juntas por el barrio.

Se acordaba del parto con una dolorosa claridad. Su cuerpo guardaba esa memoria sensorial con una precisión que le causaba contracciones en los músculos cuando la rememoraba.

Se acordaba de la primera vez que Misael había ido a visitarla a su casa, llevando su camioneta Ford Lobo 2006, nuevecita, con rines arreglados y vidrios polarizados, seguido de dos Silverado y una Cheyenne, también del año, en la que iban sus escoltas y que eran de una ostentación escandalosa, de un lujo que no tenía cabida en la carencia y la penuria que mostraban las calles miserables del barrio. Se acordaba muy bien de que Juana Emilia se había asomado por la ventana para verla subir a la camioneta y se había quedado ahí quince minutos para después ver cómo un guardaespaldas les abría las puertas para que ella y Misael se bajaran y entraran a la casa con un ramo de rosas y otros regalos para Yami y la familia.

Más tarde, mientras el hermano de Aimé jugaba con el Nintendo DS que le había dado Misael, Juana Emilia puso las flores en agua y le dijo a su hija:

—Uno de esos nomás se mete por aquí si está enamorado.

Aimé se encogió de hombros y arrulló a Yami, tratando de sacarle el pulgar de la boca.

Juana Emilia le buscó la mirada por primera vez en mucho tiempo.

—Si solo quisiera a una guapa, la podría conseguir en una colonia mejor. —Agarró el dedito de Yami con el que Aimé forcejeaba y lo puso en la boca de la niña otra vez—. No seas tonta.

Ese había sido su único consejo. Que no fuera tonta.

Y no lo fue, porque no lo era, porque Aimé nunca había sido tonta.

En las siguientes semanas, Juana Emilia se transformó. No regresó a ser exactamente la de antes, pero se parecía mucho a la madre perdida de Aimé. Volvieron los desvaríos esotéricos y, ante el asombro de su hija y de los demás, visitó el campamento en pleno día, a la vista de cualquiera que quisiera mirarla, para hacerse leer la mano y las cartas.

Ahí estaba, la buenaventura, la fortuna que le había sido revelada y que había aguardado tanto tiempo para verla llegar, era la misma de varios años atrás: Aimé y nadie más sacaría a esa familia adelante.

Elisa, por su parte, si hurgaba dentro de su cabeza, con trabajo daba con recuerdos importantes. Había dedicado su vida a eliminar, borrar, corregir, rectificar o abiertamente inventar memorias. Era impresionante el modo en que aquellos eventos que le hicieron daño o en los que ella hizo daño estaban ahí como si no hubieran sucedido. Elisa los anuló y los suplantó por otros. No fue sencillo. Tuvo que realizar elaborados ejercicios de imaginación y autoengaño. Se volvió experta en mentir. En mentirse. Era tan satisfactorio darle la espalda a lo que no le gustaba, desdeñarlo y avanzar, siempre incólume, sin la pesada carga de los sentimientos reales o profundos. Se acostumbró a vivir en la superficie de las cosas y se acomodó ahí.

Se volvió evasiva y escéptica, incapaz de conectar con las personas. La única que lograba ver un poco lo que había dentro de ella era la tía Angélica. Los reflejos y la coordinación motriz que desarrolló con el deporte le servían también para lograr ser esquiva en lo emocional. La huida y la fuga se convirtieron en su sello. Nunca estaba demasiado tiempo en un mismo lugar o con el mismo grupo de personas. Si podía, suplía las conversaciones con sexo, con hombres y una que otra mujer. Desde el principio dejaba fuera de las ecuaciones la posibilidad de una relación formal para no generar vínculos incómodos. Eran transacciones que debían darle placer físico, idealmente económico; en el peor de los casos, bastaba con que no la molestaran y ya, con eso se conformaba, ni siquiera tenía que agradarle lo que pasaba, con que no le disgustara era más que suficiente.

Era cómodo, se dedicó a una vida llena de aventuras y diversión sin tener la contraparte, sin compensar el porcentaje de desdicha que conllevaban las relaciones normales. Nada de emociones problemáticas. Perfeccionó ese estilo de vida, lo convirtió en una personalidad y la abrazó, la volvió su marca personal. Que otros padecieran y otros soportaran las angustias de la amistad, la familia o el amor. Incluso cuando tuvo que dejar el deporte profesional, durante un tiempo se convenció de que ella lo había decidido y contaba historias inverosímiles sobre sus nuevos planes, planes de los que estaba segura, de forma inequívoca, que llevaría a cabo a pesar de que nunca hacía algo para lograrlo.

Con su regreso a Mexicali le habían caído de golpe veinte años de mentiras y falsedades, de apariencias y encubrimientos. Volver a pisar la casa de sus padres había sido un choque, tuvo que enfrentar esa vida de la que había renegado tanto. El barrio era otro. Ya no había gitanos, ni uno. En el lugar donde un día estuvo el campamento, ahora había una planta de agua. El baldío era un estacionamiento público para los trabajadores del parque industrial. La reja del cerco fronterizo medía nueve metros e impedía ver el canal Todo Americano, en cuya ribera más de una vez había corrido descalza.

La primera noche en la casa de su niñez no pudo

conciliar el sueño. El patio trasero estaba invadido por una colonia de gatos ferales que maullaban, chillaban, se peleaban o se apareaban, no podía distinguirlo, dando tumbos con los trastos viejos que habían apilado sus padres. La basura de una vida que ella no conoció. Los gatos anidaban en el asador oxidado, detrás de un compresor inservible; en la caja de herramientas, que había sido saqueada, y en un minifrigobar que seguramente sus papás habían comprado en algún remate de saldos o de segunda mano. Tenía que resolverlo, pero no sabía cómo. Cualquier persona del barrio lo arreglaría envenenándolos sin tocarse el corazón, porque esa gente era peor que las bestias, Elisa nunca podría hacer algo así.

En su teléfono tecleó «Rescate animal Mexicali» en el buscador y dejó abiertas las ventanas de los dos primeros resultados arrojados; se comunicaría después. Salió a caminar. En uno de los patios vio a una mujer de unos sesenta años sentada en una mecedora, no parecía especialmente mayor, tenía la mirada dura y los ojos cálidos al mismo tiempo. Elisa le dio las buenas noches y la mujer inclinó la cabeza. Tres niños corrieron alrededor de la mujer. Gritaban. Dos calles hacia el oeste, Elisa descubrió el perímetro de una mansión. Incrustada ahí, en medio del barrio. Era rarísimo, el tipo de cosas que solo podían ocurrir en Mexicali. Siguió caminando sobre el asfalto de esas calles que había conocido cuando eran de tierra y piedras, a veces de lodo. La mayoría de las casas eran nuevas o estaban remodeladas; se veía el empeño que las familias pusieron en ellas para que el techo sobre sus cabezas fuera menos indigno que antaño. Ya no existían los teléfonos públicos, habían sido descontinuados por anacrónicos. No había paradas de camión, como si también el transporte público fuera innecesario. Al llegar al límite de la colonia, pidió un taxi al centro histórico desde la aplicación de su celular.

El Uber tomó la ruta de la avenida de un sentido que iba paralela a la línea internacional y Elisa observó cautivada el efecto de las rejas provocado por el movimiento, como si las barras de acero se barrieran, difuminándose, y las luces de seguridad que se encendían cada tantos metros se convirtieran en una sola recta refulgente, como una estría de luz que indicaba la separación entre los dos países. El chofer la dejó en la pagoda china, en una glorieta cerca de la zona de bares y cantinas viejas de la ciudad. Nunca había estado ahí de noche. La pagoda y los murales que aludían a la multiculturalidad local eran algo nuevo. De niña pasaba de día solo para cruzar a pie a Calexico. Le gustó. Había mucho movimiento en las banquetas afuera de los albergues de migrantes. Elisa escuchó los acentos centroamericanos y se sorprendió al distinguir algo que parecía francés.

Se detuvo y vio a un grupo de hombres de color. Elisa pensó en la leyenda del barrio sobre un policía negro que había ido a resolver el caso de las desapariciones a finales de los noventa. Esos hombres no eran policías afroamericanos, eran migrantes de Haití. Elisa entró a una cantina y pidió una cerveza. Preguntó a la mujer de la barra por los haitianos, y un hombre de sombrero que estaba solo en otra mesa se rio. Elisa supuso que se burlaba de ella, aunque no logró entender por qué.

—No le hagas caso —dijo la mesera—, es pura envidia.

—¿De qué?

—De lo que los haitianos hacen mejor que los mexicanos.

El hombre resopló.

La mesera le habló de un bar a poca distancia, le dijo que fuera, que no se iba a arrepentir. Elisa, sin tener nada mejor que hacer, se dirigió hacia allá.

Era un espacio pequeño, con luces de colores y música muy alta. No comprendía el idioma de las canciones, era criollo. Reguetón en creole. Se sentó en una mesita desocupada y entonces comprendió qué era eso que le causaba una sensación de extrañeza. Todos los hombres eran negros, no había ningún mexicano o centroamericano; en contraste, todas las mujeres eran mexicanas. Ellas se sentaban solas o en grupos, y los hombres bailaban en el centro de la pista. Estaban mostrándose, esperando a ser elegidos. Elisa sintió que la emoción la aguijoneaba.

Observó atenta los rituales de apareamiento a los que asistía. Los papeles ordinarios estaban invertidos. Las mujeres tomaban el lugar de los varones y viceversa. Ellas los miraban con lascivia, los cosificaban, les compraban bebidas y, al final, decidían con cuál de los hombres querían irse del bar. También se peleaban entre ellas. Si dos o más mujeres elegían al mismo haitiano, entraban en una batalla de tragos y propinas que podía escalar hasta los golpes.

Luego de un rato de observar la rareza antropológica que ocurría delante de su nariz, un joven haitiano se sentó junto a ella.

Elisa le sonrió.

—¿Hablas español? —le preguntó.

—Sí —dijo él, con un acento que era en sí mismo sugestivo.

Charlaron un rato y Elisa se dio cuenta de que le correspondía comprarle algo de tomar. Era raro comportarse de esa manera con un hombre.

Se llamaba Pierre y tenía veintitrés años. Hablaba español, inglés, francés, creole y un poco de portugués; era técnico en computación y había estudiado hasta el último semestre de Ingeniería en Sistemas, pero no pudo graduarse porque los conflictos de la isla lo obligaron a migrar. Le explicó que la primera llegada masiva de haitianos a Mexicali había ocurrido dos años antes, en 2016. Le dijo que la isla no había podido recuperarse después del terremoto de 2010 ni de la epidemia de cólera que los asoló más adelante. Le contó que estaban sin parlamento ni dirigentes, que los grupos del crimen organizado habían tomado el control del país.

Que las bandas eran feroces, compuestas por asesinos sedientos de sangre que usaban el vudú y la santería para someter y controlar. Que había historias de canibalismo, de zombis, de cosas inenarrables. Por eso los desplazados preferían salir a buscarse la vida en otros lugares. Muchos habían ido al Cono Sur, a Chile y Argentina, y otros habían preferido el norte con la esperanza de pedir asilo humanitario en Estados Unidos. La llegada de Trump a la presidencia lo había detenido todo y ahí estaban, varados en esa ciudad con un desierto inclemente hasta nuevo aviso, haciendo lo que fuera necesario para sobrevivir.

Elisa sonrió al entender lo que pasaba a su alrededor.

Si eso era lo necesario, ella no era quién para juzgar.

Conversó con Pierre otro poco, bebieron más cerveza y, antes de darse cuenta, ya estaban en uno de los cubículos del baño de mujeres. Pierre era diestro y pródigo, impetuoso, dedicado a que Elisa lo pasara bien. Ella lo dejó hacer y procuró retener los detalles de la experiencia para después, para alguna noche solitaria en que tuviera que arreglárselas con una fantasía. Qué mejor que esa fantasía, mucho mejor que los videos de porno *amateur* que poblaban el historial de sus búsquedas en internet. Cuando terminaron se acomodaron la ropa y, antes de que pudieran salir, Pierre detuvo a Elisa. La miró a los ojos y colocó una de las manos de ella en su entrepierna. Seguía duro.

—Te va a extrañar.

Elisa intentó soltarse. Pierre la retuvo un poco más, el tiempo suficiente para señalar su bolso y hacerla entender. Fueron quinientos pesos. También le explicó que, si quería, por dos mil pesos semanales podrían seguir viéndose, según la agenda de Pierre, con «trato de novios» incluido. A Elisa le volvió la comezón en el pie damnificado. La satisfacción se desvaneció y dio paso a la vergüenza, aunque breve, como solía ser, porque no se permitió reflexionar sobre cómo había transcurrido su primera noche en Mexicali. Un Mexicali tan distinto al que había enterrado en su memoria y que ahora recobraba de una manera diametralmente opuesta a lo que esperaba, tanto que casi le parecía un país extranjero.

La segunda noche no salió de la casa. Se le había apaciguado la mortificación por la noche previa pero también por estar de regreso y se dedicó a revisar los cajones de esa vida antigua, los armarios, los compartimentos secretos. Debajo de la cama encontró las fotos, el álbum de recortes y el diario. Eran viejos y estaban llenos de polvo. Se sentó con las piernas cruzadas, un tobillo encima del otro, y se dispuso a llevar a cabo esa expedición prehistórica. Estornudó varias veces a causa de las partículas que desprendían los periódicos viejos. Ahí estaba su pasado, mirándola fijamente. La niña que había sido, la promesa del deporte que se evaporó en el aire, la familia que tuvo durante esos breves años. Pasó las páginas del diario que Aimé le había regalado y leyó las entradas, lo que hacían por aquellos días.

Miró las fotos. Había varias de la primaria, muchas de la graduación y tres fotos escolares anuales, una de 1994, la de 1995 y la otra era de 1997. Solo en una aparecía el grupo completo. En la de 1997 estaba Rosario junto a la maestra. Ella y Aimé salían tomadas de la mano en todas. Había fotos de sus competencias de Tijuana y Ensenada, de Elisa en la alberca de la Ciudad Deportiva. También había muchas fotos de cumpleaños. Fotografías de Aimé y Elisa juntas en el patio de una casa desconocida, en una banqueta irreconocible del barrio; en una de ellas estaban sobre una duna del baldío. Elisa le pasaba el brazo por encima de los hombros a Aimé y la abrazaba del cuello; era un gesto divertido y vivaz, como era Elisa entonces, vehemente y amorosa con su mejor amiga. Aimé se dejaba querer, sonriendo, mirando a la cámara con las pupilas amplias. El cabello les revoloteaba con alguno de esos vientos áridos y ardientes. Eran felices.

Antes de irse a dormir, habló por teléfono con su madre para darle un reporte de la situación de la casa. Le informó de los gatos y, por primera vez en todos esos años, le preguntó por Aimé, si sabía dónde localizarla, a ella o a Juana Emilia, si tenía algún teléfono, no entendía por qué, pero imaginaba que podrían haber vuelto a Sinaloa.

—En Sinaloa no les quedó nada, siempre han vivido ahí —respondió Marina.

—¿Ahí dónde?

—Ahí en la colonia, ¿dónde va a ser?

—La casa ya no existe.

—En la casa vieja no. Aimé y Juana Emilia viven en la casona.

—¿Se ganaron la lotería?

—Casi, Aimé se casó con un narco.

Elisa se quedó pasmada.

—En mi cuarto, en el tercer cajón del mueble de la tele, hay un sobre con fotos de la boda.

—¿Estuviste en la boda de Aimé?

—Fuimos todos, no te conté porque...

—No quería saber.

—Eso, no querías saber.

Antes de despedirse, el padre de Elisa pidió hablar con ella y le dijo dónde encontrar veneno para los gatos. Le indicó que les cocinara pollo y lo mezclara con el veneno, como una última cena para los condenados a muerte. A Elisa le ensombreció que su padre entrara en la misma categoría de esa gente que ella detestaba. Contestó que lo arreglaría. Afuera, los gatos rompieron una maceta. Los escuchó reaccionar, sobresaltados por el crujido del barro al caer, un estruendo mitigado por la tierra reseca. Escuchó los golpes de las patas huyendo para ocultarse. Bufidos y gruñidos roncos.

Luego rebuscó en los cajones de Marina y dio muy

285

pronto con el sobre. Eran fotografías de revelado rápido, de esas que sacaban los fotógrafos de eventos sociales y las entregaban al final de la fiesta con un marco de cartón. Su madre de vestido largo y peinado alto, su padre de camisa y saco, posando juntos en la fuente de chocolate, bailando en la pista, haciendo corro con otras personas de la colonia que Elisa no reconoció. Pasó las fotos con descuido, una detrás de la otra hasta que llegó a la foto importante. Aimé con un hermoso vestido blanco de encaje, de corte sirena, que no dejaba ninguna parte de su figura a la imaginación. Se veía joven y preciosa. El hombre no era guapo, pero tenía un porte interesante. Algo en él era llamativo, podía entender que le hubiera gustado a Aimé, además de los motivos obvios detrás de un matrimonio como ese.

Aimé casada con un narco. Un giro que no se esperaba. En otra foto, Aimé estaba junto a Juana Emilia, su hermano y una niña pequeña, que era idéntica a Aimé. La mirada de la pequeña le resultaba intrigante. Elisa sintió que trataba de decirle algo, como si quisiera hacerle llegar un código secreto desde esa dimensión que habitaba y que nadie más que ella era capaz de descifrar. No tuvo que pensarlo mucho, fue un impulso al que no le dio oportunidad de desvanecerse. Elisa miró de nuevo la foto de Aimé con su marido y decidió que al día siguiente iría a verla.

Durmió hasta tarde. No notó el ambiente que invadía las calles del barrio proveniente de la mansión de Aimé, un ambiente que al principio era festivo y ajetreado. Hasta el anochecer, cuando se dirigía a la casa a pie, que se dio cuenta de las patrullas y los cercos policiales, y de que la atmósfera general era de turbación, sin que hubiera desorden, como si la presencia de los policías fuera un trámite. No se sentía miedo o peligro. Por eso se acercó a los agentes para preguntarles qué estaba pasando. Era una mujer adulta vestida como adolescente, era simpática y de sonrisa fácil; estaba acostumbrada a caerles bien a los extraños, a que las personas se sintieran en confianza con ella.

Así supo que se habían llevado al esposo de Aimé. Le dieron ganas de buscar su nombre en internet. Tocó el timbre varias veces, estaba a punto de marcharse cuando la dejaron pasar. Caminó por el sendero que unía el cerco de la calle a la entrada principal. El jardín era exquisito, parecía de revista; había plantas y flores que no se daban en el desierto, debía costar una fortuna mantenerlas vivas. Un guardia sin expresión alguna le revisó la bolsa y le abrió la puerta, que estaba semiderruida. La casa era opulenta, con objetos brillantes y ostentosos por doquier. Era como entrar a una de esas revistas de arquitectura que se dedicaban a reseñar los hogares de gente famosa. Era el espacio más suntuoso que Elisa había visto jamás.

Se sintió empequeñecer, pensó que debía haberse tomado con más calma la decisión de buscar a Aimé, porque, finalmente, ¿qué estaba haciendo ahí, qué quería? Ni ella sabía bien a bien lo que pretendía yendo a encontrar a Aimé después de tantos años.

La primera persona a la que vio fue al Farkas, que le hizo un saludo con la cabeza. A Elisa, aquel hombre enjuto e imperturbable de mirada fiera le resultó conocido, pero no pudo recordar de dónde. Era guapo de una manera extraña, con ese color de piel y el aspecto de forastero, eso sí lo notó. Entonces, como una visión un poco espectral, por lo resplandeciente, Aimé hizo su arribo. Elisa no supo cómo reaccionar, no quería incomodarla poniéndose física al tratar de darle un abrazo y entonces se limitó a sonreír. Su encanto no pareció tener efecto en Aimé, que la recibió como si fuera una vendedora ambulante, como si le estuviera ofreciendo algo que nadie quería ni necesitaba.

Aimé le dio la espalda y caminó sin decirle nada hasta que llegaron al comedor, donde sirvió dos tragos de whisky.

—Soy más de cerveza —dijo Elisa con un tono conciliador que trataba de no ofenderla al rechazar el vaso.

Aimé se tomó su trago de un golpe e hizo una seña al aire con la mano. Después se acercó el whisky de Elisa.

Las empleadas aparecieron y les indicó que llevaran cerveza. Las mujeres regresaron con cervezas de catorce marcas distintas en un recipiente con hielo que pusieron a un lado de Elisa, que sonreía divertida por el despliegue de atenciones. Aimé la veía con el rostro dubitativo. Elisa eligió una cerveza *light* y la empleada que estaba más cerca se la abrió y dejó el destapador en el hielo. Aimé lanzó una mirada fría que indicaba que las dejaran solas. Elisa levantó la botella hacia Aimé, que parpadeó, como asintiendo al remedo de brindis.

—La casa es muy bonita —dijo Elisa, limpiándose la boca con el dorso de la mano.

—Es cómoda, sí.

—Tuviste un día difícil.

—¿Qué necesitas?

Elisa suspiró, sacó la foto escolar de 1997 y la puso sobre la mesa.

Aimé la vio sin tocarla, después volvió los ojos a Elisa.

—No entiendo —dijo.

—Estos días, desde que volví, he pensado mucho en lo que pasó, en lo que hicimos.

Aimé se rio.

—Hice... —se corrigió Elisa—. Nunca lo hablamos.

Aimé la escuchó. Elisa habló de la culpa, de haber provocado la desgracia de Rosario, de las noches en vela viendo niñas raptadas, violadas, descuartizadas, de la necesidad de protegerse mediante la negación.

En algún punto de su discurso, Aimé miró el reloj. Elisa se detuvo, cortó el relato de modo abrupto.

Una empleada doméstica las interrumpió.

—¿Qué hacemos con la comida, señora?

Aimé dio la indicación de que sirvieran todo en recipientes desechables para los empleados de la casa, para los policías que seguían en la calle y para repartir entre los vecinos del barrio.

La empleada se retiró. Aimé se dirigió a Elisa.

—¿Es todo?

Elisa no respondió.

—Rosario está viva. Hizo su vida en un pueblo de Nuevo México juntada con un apache.

Una grieta se abrió paso desde el fondo de la tierra, la corteza se removió y un maremoto de magma se tragó todo lo vivo en el espíritu de Elisa, que se quedó muy quieta, procesando lo que acababa de escuchar.

Aimé le dio un trago al whisky que había servido originalmente para Elisa.

Los ojos de Elisa se humedecieron, quiso hablar, pero

su voz rota no enunció nada coherente. Aimé interrumpió su balbuceo.

—Si me disculpas, tengo mucho que resolver —dijo levantándose.

Elisa sintió la comezón en el pie como un recordatorio de quién era. Tenía que tratarse esa porquería. Vio a Aimé alejarse de ella como si nunca la hubiera conocido, como si nunca hubieran sido inseparables. Una de las domésticas la acompañó a la puerta. Estando ahí, las piernas le fallaron y se sostuvo del marco para no caer. Respiró, intentando darle sentido a lo que le había dicho Aimé, a Aimé misma. Estaba a punto de llorar, de gritar, de desmayarse. Tenía muchas preguntas, pero era claro que a nadie le importaba lo que ella quisiera saber ni lo que hiciera.

El Farkas tomó el lugar de la empleada y le tocó el hombro a Elisa para indicarle que saliera. Ese contacto la perturbó y sintió que las lágrimas la invadían. Elisa entendió que el hombre sería su escolta. Caminaron en silencio hasta la banqueta. Los policías comían recargados en las patrullas. Los saludaron con la mano haciendo como que no notaban que ella iba llorando.

Poco antes de llegar a la casa de Elisa, el Farkas lio un cigarro. Algo en la actitud, en el gesto de pistolero al lamer el papel para forjar la hizo reconocerlo.

—¿Aurel? —preguntó sorbiendo la nariz.

Él le dedicó media sonrisa taciturna.

Elisa se detuvo, luego se puso las manos en la cabeza, se jaló un poco el cabello, sin violencia, como si estuviera dándose un masaje. El olor del cigarro los llenó. Elisa se sintió más débil aún. La memoria corporal del desgarro de la rodilla la traicionó y tuvo que sostenerse de él para no terminar rodando por el suelo. Por debajo del aroma a tabaco, había algo de madera y almizcle, unas notas muy ligeras del amoniaco de su sudor. En medio de la confusión y el dolor que sentía, Elisa retrocedió en el tiempo hasta el olor de aquel primer cigarro que fumó, el cigarro de ese niño extranjero en el baldío.

—Claro que sí, claro que eres tú.

Elisa pensó en Erik Weisz, ese hombre de Budapest que algún día sería Houdini y podría escapar de todas las situaciones difíciles que se le presentaran. Pensó en la ilusión de desaparecer. Pensó en las cosas que aprendió sobre Hungría en sus primeros años en Monterrey, en la época en que estuvo encaprichada con Aurel y esperaba ansiosa volver a verlo. Pensó también en el magiar, en cómo ya había decidido no regresar nunca a Mexicali y, aun así, entró a estudiar el idioma porque la obsesión era su única constante. Quiso recordar una frase completa para decirla en voz alta y solo le llegaron ecos difusos. La *s* se pronunciaba como la *sh*, el idioma era aglutinante y sin género. Manzana se decía «alma». ¿Hola se decía *szia*?

Se separó de Aurel y se quedó mirando a la nada, como catatónica.

Aurel se puso alerta, quizá creyendo que Elisa iba a tener un episodio o un arrebato.

Ahí, a medio camino, ella por fin se movió. Se agachó, llevando los brazos hasta los tobillos, como haciendo una serie de estiramientos. Cuando se incorporó, se secó la cara con la camiseta. Lo miró desorientada, con una mezcla de nostalgia y pesadumbre.

Todavía estaba aturdida. No sabía cuándo iba a reponerse, cuándo iba a recuperar la serenidad.

Quizá no lo haría nunca.

Caminaron los pocos pasos que les quedaban y Elisa abrió la puerta de la casa de sus padres.

—Pasa, puedes fumar adentro.

Aurel dio una última calada y apagó el cigarro. No entró.

Elisa comprendió y sintió una especie de alivio. De pronto tuvo la sensación de estar en una favela. La casa de sus papás, que durante años había sido el orgullo de Marina, era una chabola cualquiera comparada con la mansión de Aimé. Miró a Aurel y pensó en el campamento, en los lugares en que él había vivido y se avergonzó. Se avergonzó también por hacer una comparación tan obscena, tan superficial, después de lo que había pasado con Aimé, después de lo que sabía.

Se quedaron parados en el umbral de la puerta.

—Has estado con ella todo este tiempo —dijo Elisa, no como una pregunta, sino como una afirmación.

Aurel asintió.

—No te reconocí —se disculpó Elisa.

—Todos hemos cambiado mucho.

—No, no es cierto. Ahora que te veo bien, tienes la misma pinta de bravucón de antes.

Se relajaron, aunque ninguno se rio.

Estuvieron en silencio. Elisa se sobaba las manos. Aurel esperó.

Se abrió entre ellos un espacio que nunca había tenido ni su tiempo ni su lugar, una coyuntura en la que se encontraban cómodos juntos.

—Necesito saber qué le pasó a Rosario —dijo por fin Elisa—. Por favor.

Aurel le contó que Aimé había leído en una revista que la CIA trajo el evangelismo a Latinoamérica en los años setenta, durante la Guerra Sucia. Que saber eso le había sorprendido mucho y que, cuando se lo contó, habían recordado juntos esos años en que las Iglesias gringas usaban la colonia como su predicadero y les daban ropa y comida, a veces dulces, por los mismos tiempos en que su campamento había llegado al barrio. Que a ambos les había costado mucho imaginar que aquello fueran los resabios de un plan maquiavélico de parte del Gobierno de Estados Unidos.

—Ese artículo hizo que Aimé se obsesionara con la mujer que andaba con el pastor del camioncito.

Elisa hizo un esfuerzo por recordar.

—Una señora que repartía despensas con el pastor Graham, que era pedófilo. Tu papá se encargó de él.

Elisa reaccionó.

—Tu papá era cabrón.

Aurel continuó su relato. Le dijo que la mujer había desaparecido después de la golpiza que le habían puesto al pastor los hombres de la colonia, liderados por el padre de Elisa, cuando lo encontraron con un niño en el camión.

Elisa estaba tratando de darle sentido a lo que escuchaba.

Él le dijo que supieron la historia de Nettie Jean gracias a una mujer llamada Ema, que se había obsesionado más que nadie con la desaparición de Rosario, con los sospechosos y con las consecuencias funestas que tuvo

293

ese suceso en la comunidad. Esa fijación la carcomía. Luego resultó que Ema tenía un amigo detective que le daba consejos y la ayudó en lo que pudo desde Los Ángeles. Era uno de los gringos que estuvieron husmeando en el barrio después de la desaparición. El de color, ese que se convirtió en una leyenda urbana porque nadie podía creer que un hombre negro hubiera estado en la colonia. Ema había sido su traductora. Juntos siguieron la pista al pastor Graham cuando se regresó a Estados Unidos huyendo más de la gente del barrio que de la policía mexicana. Así fue como Ema pudo dar con el paradero de la hermana Nettie Jean. La encontró en un *yongo*, hasta arriba de *crack*.

Después, Ema y el detective rastrearon a Rosario de Arizona a Nuevo México, donde supieron que su madre había muerto hacía varios años. Confirmaron que era Rosario con su padrastro. Él les devolvió las llamadas desde Japón. Ema viajó a buscarla y habló con ella una vez, en un supermercado. No le dijo nada sobre Mexicali. Solo eran dos desconocidas que tuvieron una conversación casual.

—Fueron las enfermeras.

Elisa abrió los ojos enormes. Las enfermeras. Llevaba veinte años sin pensar en ellas y, de repente, la imagen de las dos mujeres de uniforme blanco y cofia, codo a codo, cargando sus botiquines y esquivando los perros, los charcos y las piedras de aquellas calles infames con sus zapatos impolutos le llenó las pupilas.

Aquella noche de su infancia, Elisa y Aimé dejaron de ver a Rosario cuando se escabulló a la parte trasera de la camioneta, empuñando la navaja. Oyeron voces, gritos. Quedaron en medio de la pelea entre los hombres de la colonia y los gitanos. Lo que no vieron fue a Rosario afligida y ansiosa, sabiendo que no sería capaz de acuchillar la llanta como Elisa le había ordenado. Ella también escuchó a los hombres vociferar y, sobresaltada, iba a regresar sobre sus pasos cuando la puerta de la camioneta se abrió y dos pares de manos la metieron a la fuerza. No tuvo tiempo de gritar. Las mujeres la sometieron y le taparon la boca. Rosario ni siquiera trató de resistirse, iba a llorar, pero detrás de una de las mujeres apareció su mamá.

Relajó el cuerpo y las mujeres la soltaron. Entonces las identificó. Eran las enfermeras que la habían curado, las que habían salvado a su madre después de lo que les había hecho ese hombre. Su mamá la abrazó y le dijo que no se preocupara. Irma y Ofelia le sonrieron. Nettie Jean era la conductora. Arrancó y se dirigió al cruce fronterizo. Las enfermeras y su madre se bajaron de la camioneta varias calles antes de que tuvieran que integrarse a la fila para la aduana. La mamá de Rosario le dejó una mochila con ropa y algunas pertenencias, le prometió que la alcanzaría al día siguiente. Rosario cruzó a Estados Unidos oculta en una caja de plástico que casi siempre iba llena de conservas y latas de comida para regalar en el barrio.

—Todos estos años sentí que ese día desaparecimos las tres.

Elisa soltó un llanto contenido desde hacía mucho tiempo, como si sus lágrimas anteriores hubieran sido solo las preliminares de ese llanto verdadero.

Aurel la dejó llorar sin interrumpirla. Ella se tallaba

el empeine del pie infectado con el otro tenis de vez en vez.

Luego de un rato, Elisa lo vio a través de las lágrimas, con los ojos contrahechos, las sienes arrugadas, el rostro constreñido.

—¿Cuándo se enteraron? —preguntó por fin con un hilo de voz.

—Hace un par de años.

—¿La buscaron?

—Rosario fue mi primera amiga, me dio gusto saber que estaba bien, pero hasta ahí.

—¿Y las enfermeras? ¿Se supo algo de ellas?

—De una, está jubilada y llena de nietos, vive a unas casas de aquí. Después de lo de Rosario quiso quedarse a ayudar en la colonia.

Aurel volteó hacia la calle, como si quisiera abarcar todo el barrio con la mirada.

—No sé si es molesto o chistoso que las respuestas estuvieran aquí mismo todo el tiempo.

Elisa pensó en la mujer de la mecedora sin lograr ponerle un rostro. Se tomó un momento antes de continuar.

—La *rave*.

Aurel se tensó.

A Elisa se le llenaron los ojos de lágrimas de nuevo.

—Le hiciste falta después de eso —dijo Aurel.

Los sollozos inundaron el patio.

—Es que no podía —respondió Elisa, llorosa.

—Eso es lo que no te perdonó por mucho tiempo. Después se olvidó de todo eso, de ti. Al menos hasta hoy.

Elisa se calmó de a poco.

Aurel armó otro cigarro.

Lo compartieron en silencio. Elisa tenía años sin fumar, pero su aparato respiratorio supo exactamente qué hacer.

Cuando se acabó, Aurel se mojó los dedos con saliva y apagó la colilla.

De pronto, Elisa lo vio de catorce años. Un gitano altanero, un chiquillo tan extraviado como ellas. Pensó en Rosario de adulta, una imagen que nunca hubiera creído que su cerebro sería capaz de formar. Vio a Aimé la noche de aquella fiesta adolescente y decidió recordarla bailando, feliz, eufórica, queriéndola como la quería, porque Elisa sabía que si alguien la había querido sin condiciones había sido Aimé. Las personas se preocupaban demasiado por la familia, por el amor romántico, por las relaciones de pareja —sería por la creencia errónea de que les garantizaba el sexo—, cuando era la amistad lo que hacía más llevaderos los altibajos de la existencia. Una persona sin amigos nunca estaría completa. Elisa solo fue una persona real mientras tuvo una amiga de verdad. Después se convirtió en una parodia, en una fotocopia manchada de tinta de lo que sería, de lo que estaba destinada a ser.

Esa era la diferencia entre ella y Aimé. Elisa desertó de la amistad por miedo y culpa, mientras que Aimé mantuvo su fortaleza gracias a Aurel, que fue el amigo que Elisa no tuvo las agallas para ser. No tenía caso pensar en cómo habrían sido las cosas si no se hubiera marchado, pero apenas entendía lo mucho que la había traicionado al no quedarse a enfrentar las adversidades con ella.

Elisa y Aurel se despidieron con cortesía.

—Siempre eres bienvenido —dijo ella.

297

—No voy a volver.

Elisa lo supo: la tolerarían ignorándola.

Iba a decir algo más y se detuvo. Era un buen trato, podía soportarlo.

—Cuídate —dijo Aurel y se dirigió a la mansión, donde tenía responsabilidades, asuntos que resolver mientras el esposo de Aimé no estuviera, donde seguramente Aimé lo estaba esperando despierta.

Elisa lo vio alejarse. Exhausta, agotada a causa de todas sus equivocaciones. Consumida por la soledad y la tristeza. Se sabía inútil y eso la llenaba de odio, un odio visceral que le ardía en el pecho vacío y era ese autodesprecio el que iba a sostenerla. Lo transitaría si tenía que hacerlo, pero ya no iba a dejarse corroer por la culpa. Tantas separaciones y distanciamientos, tantas personas a las que no se había permitido amar. En adelante, se abriría para recibir la desmesura del mundo. Lo que el mundo quisiera darle. Ahí, en los límites que habitaba Aimé sin volver a cruzarlos. Respetando eso. Honrando la amistad que tuvieron y que, en algún tiempo, había significado todo. Se quedaría en esa ciudad con la que había sido tan ingrata y que, en consecuencia, era tan cruel con ella. En ese mismo barrio que la vilipendió y la arropó por igual. Se sentía temerosa y confundida, sí, pero estaba lista para dejar que la vida entrara en ella.

Fue a la cocina y abrió la alacena, removió paquetes y frascos hasta dar con unas latas de atún que tenían demasiado tiempo guardadas, las enjuagó y las abrió una por una. Encontró el veneno donde le había dicho su padre que estaría. Lo tiró a la basura. Salió al patio tomado y fue dejando las latas en lugares estratégicos. Percibió los movimientos en la oscuridad, el desconcierto que los olores les provocaban a los gatitos. Varios pares de ojos refulgieron como si hubiera encendido unas luces en serie. Esperó en vano a que los animales se aproximaran. Volvió a la cocina para lavarse las manos. Por la ventana, vio los cuerpos delgados moverse con precaución, deslizándose con una cautela elegante. Sonrió. Mantendría la calma, se ganaría su confianza con paciencia. Había tiempo para eso. Ni Elisa ni los gatos tenían ninguna prisa.

AGRADECIMIENTOS

A Michael Gaeb y América Gutiérrez, mis agentes, por la confianza y el cariño.

A Sergio Bang, Laura Barrachina, Adolfo García Ortega, Elena Ramírez y Santiago Roncagliolo, jurado del Premio Biblioteca Breve, los adoro para siempre.

A todo el equipo de Planeta y Seix Barral, especialmente a José Eduardo Latapí, Alicia Sandoval, Gabriel Sandoval, Carmina Rufrancos, Elena Ramírez, Jesús Rocamora, Andrés Prieto, Iraida Viñas y Fernanda Herrera, por su acompañamiento en la edición de esta novela.

A mi mamá, Irene Neri, que fue enfermera visitante como las heroínas de esta historia y también es la heroína de mi vida.

A mi hijo, Saúl, la mejor persona que conozco y quien me ha enseñado todo lo que sé sobre el amor, la ternura y la esperanza.

A mis hermanas Irene y Laura.

A las amigas y amigos que leyeron la novela en alguna versión del manuscrito: Jessica Sevilla, Liliana López

León, Xitlalitl Rodríguez Mendoza, Laura Baeza, Miriam Damaris, Jesús Ernesto Guevara, Javier Fernández, Carla Lamoyi, César Gándara, Raúl Linares, Liliana Lanz y Alonso Elías.

A Diego Olavarría por esa sugerencia que me ayudó a dar cohesión a la estructura.

A las amigas queridas que me escucharon hablar de la novela una y otra y otra vez y me soportaron en el proceso de escritura: Ana Fuente, Ana Rosa López, Carolina Yee, Antonio León, Carolina Arizona y Óscar David López.

A Perec y Molloy, mis gatitos, y a Checho, mi perrito, que también son mi familia.